法医昆虫学搜查官

尸语女法医

2

シンクロニシティ

八丁蜻蜓

〔日〕川濑七绪———

著

周立彬———

译

中国友谊出版公司

图书在版编目（ＣＩＰ）数据

尸语女法医.2，八丁蜻蜓/（日）川濑七绪著；周
立彬译.—北京：中国友谊出版公司，2019.3
ISBN 978-7-5057-4604-6

Ⅰ．①尸…Ⅱ．①川…②周…Ⅲ．①推理小说—日
本—现代Ⅳ．①I313.45

中国版本图书馆 CIP 数据核字（2019）第 031212 号

著作权合同登记号　图字：01-2019-7856

シンクロニシティ 法医昆虫学捜査官
SHINKURONISHITEI HOUI KONCHUUGAKU SOUSAKAN
Copyright © 2015 by Nanao Kawase
All rights reserved.
Original Japanese edition published by KODANSHA LTD.
Publication rights for Simplified Chinese character edition arranged with KODANSHA
LTD. Through KODANSHA BEIJING CULTURE LTD. Beijing, China.
本书由日本讲谈社正式授权，版权所有，未经书面同意，不得以任何方式作全面
或局部翻印、仿制或转载。

书名	**尸语女法医.2，八丁蜻蜓**
作者	［日］川濑七绪
译者	周立彬
出版	中国友谊出版公司
发行	中国友谊出版公司
经销	新华书店
印刷	嘉业印刷（天津）有限公司
规格	880×1230 毫米　32 开
	10.25 印张　252 千字
版次	2020 年 2 月第 1 版
印次	2020 年 2 月第 1 次印刷
书号	ISBN 978-7-5057-4604-6
定价	45.00 元
地址	北京市朝阳区西坝河南里 17 号楼
邮编	100028
电话	（010）64678009

如发现图书质量问题，可联系调换。质量投诉电话：010-82069336

Contents

序章

嗒、嗒、嗒、嗒……

老时钟的秒针震动着空气。太阳一下山，这个声音就会响起，让人心烦。苍白的月亮发出微弱的光亮，透过天窗勉强照在地上。夜色深重，空气中混杂着青草味、潮湿的泥土味，以及水生物和野兽的气味。

男人躺在铺着木板的水泥地上，眼神迷离地看着那发出放射状光芒的细丝。天窗上，腹部通红的络新妇蛛织出了一张大网。虽然网上已经粘住了几只小虫，但它似乎打定主意今晚要等个大猎物。

无趣乏味的每一天。不管是昨天还是前天，还是更久之前，男人一直待在这个一成不变的地方。他甚至已经不清楚这究竟是不是他所追求的"平静"了。

男人感受到从宽敞储物间另一边投来的、一如既往的灼人视线。然而，这道视线并非来自一人。那里有四个女人，其中有女童，也有少女，她们一动不动地盯着男人；还有两个中年女性，并肩而立。所有人都屏着气息，伫立在黑暗中。

男人一直躺着，看着眼前的昏暗。在微弱的月光中，男人与短发少女四目相对。少女的皮肤缺乏血色，反射出淡淡的灰光，微微张开的双唇间露出了珍珠般的白牙。

"干什么？"男人问。他低沉的嗓音回荡在储物间，外面吵闹的青蛙也在瞬间闭上了嘴。然而，记录时间的秒针并没有停下，少女也依旧凝视着男人，一言不发。

"怎么了？"男人再次问道，但谁也没有回答。

男人慢悠悠地站起身，一口气喝光了啤酒，然后将啤酒罐捏扁。这已经是第5瓶了。他站到了短发少女的正前方。

她坐在藤椅上，一丝不挂，害羞地袒露着尚未发育完全的、平坦而坚硬的乳房。男人抚摸着少女的脸颊。她的脸颊冰冷，像瓷器一样光滑。在这个过程中，她只是一味地睁着清澈的双眼，一眨不眨。

"你有话想说吗？"

男人将手移到少女的脖颈，用指尖反复抚摸她清晰可见的锁骨。

"你知道这时钟的声音是从哪里传来的吗？你听，能听到对吧？这房子里根本没有指针式时钟，但一到晚上就会响起这个声音。我在想，会不会是时钟被埋在了房子的墙壁里，又或者这是什么冤魂搞的把戏，毕竟房子这么旧了，就算闹鬼也不奇怪。"

毫无回应。少女仍是一言不发。男人将手放在她的脖子上，并缓缓用力，同时内心涌上一股想就这样把少女的脖子扭断的冲动。男人闭上眼深吸了一口气，将手从少女的脖颈上移开，走出屋门。

西风带着浓重的湿气，在夏生的青草间穿行，吹向山的另一边。男人背着手关上门，将一大口带着青草味的空气吸到肺里。在这里，他才第一次发现月光和星光原来如此明亮。此外，他也第一次感受到了对未知气息的恐惧。不，并不只是气息这么简单。这个地方到处都充满着虚幻的光景。此时此刻，身后那片沼泽上正漂浮着一个苍白的发光体，不断地变换着形状，不安定地上下摇曳着，时不时掠过水面。千万不能直视那东西，那是鬼火。

一到夜晚就响起的时钟声、时隐时现的鬼火，还有这难以言喻的令人发狂的空气，我的注意力完全被这些东西吸引着，我大概终于是疯了吧。这么想着，男人不禁咯咯地笑了起来。终于疯了？我明明本来就是个疯子。

男人尽力忽视鬼火，跨过小溪走到了土路上。

现在大概刚过晚上9点吧。这种没有时钟也不会感到不便的生活，他已经过了快半年了。虽然平时的活动范围只限定在熟悉的区域，但在某种程度上，他的内心已经放弃了。我已经不再怀念大城市的喧闹和用来排遣寂寞的无聊娱乐了。

男人走在昏暗的田间小路上，脚下的泥土沙沙作响。他以丛生的香蒲为参照物，用细竹当绳子爬上河堤，然后用手擦了擦额头的汗水。能闻到透明的水的味道。眼前是一片发出黄绿色光亮的小点。这可不是不祥的征兆。要是来的时间早了，它们不会发光；时间晚了，它们则会进入梦乡。萤火虫敏感又胆小，和男人的性格倒有几分相似。

就在男人拖着微醺的身子欣赏着这奇妙的萤光时，眼角似乎瞥见了什么白色的东西。男人一惊，定睛一看，发现黑暗中飘浮着一个模糊的人影。瞬间，男人全身的汗毛都竖了起来。

在小溪的另一边，一个身穿白衣的女人背对着男人。她一动不动地站着，又直又黑的长发在风中飞舞。男人不禁咽了下口水。就在这时，女人缓缓转过身来。

她有着雪白的面颊、细长的双眼、笔挺的鼻子和一张玲珑小嘴。男人因恐惧而手脚动弹不得，同时又因女人惊人的美貌而睁大了双眼。女人身上那一眼看上去像是寿衣的装束，实则是带有蓝桔梗花纹的浴衣。女人的表情好像在笑，又好像在哭，口中发出了毫无感情的声音。

"你是谁？"她那毫无生气的高音在萤火虫闪烁的空间里回荡。

男人全身僵硬。这样下去我的魂魄会被吸走。男人一边小步后退，一边看着女人问道："你是人类吗？"

女人一动不动。水面反射的月光将她的脸照得更加苍白。

"你是人类吗？"男人再次问道。

女人任凭发丝挂在脸上，轻轻地歪了歪头："你觉得我像什么？"

"怎么看都是死人，不然就是妖怪吧。"

女人微微一笑。她身上有种勾人魂魄的吸引力，男人感到背脊一凉。女人凝视着男人，笑容消失得一干二净。

"我只有一半活着。我是被人创造出来的、彷徨在死亡深渊的人偶。"女人停顿了一下，嘴角再次浮现出妖媚的笑容，"我是从墓碑底下爬出来的，夜晚是我的领域。"

长势旺盛的青草在夜风中泛起层层波浪，美丽动人的鬼魂伸出了细长的手。

"喂，能不能把你的心脏给我？这样我也许就能成为真正的人类了。"

女人轻快地扬起嘴角招呼男人过来。她的眼眸像是点缀着萤火的玻璃球，仿佛马上就要脱离眼眶浮在空中。这也是现实吗？如果能没有痛苦地死去，干脆把心脏给她算了。男人这么想着，视线始终无法从女人身上移开。

Chapter 1

她与虫的地盘

1

9月4日，下午3时20分。

法医瞥了一眼墙上的时钟，将弄脏的医疗器具放进不锈钢方形盘。"我宣布，南葛西警署辖内发现的身份不明尸体的司法解剖到此结束。"沙哑的话语让包裹他面部的透明面罩表面泛起一层白雾。

法医话音刚落，五位参与尸体解剖的刑警立即行了个礼，而后走向门口。他们早已无法忍受在这个地方多待一秒，死命压抑着想冲出这里的冲动。

与其他人相反，岩楯祐也走到门口时，忽然停了下来。这是最后一次亲眼看被害者的机会。他努力克制逃离的冲动，将横躺着的死者的样子深深地烙印在脑海里。

岩楯祐也一直将脑海中贴着"犯罪受害者"标签的抽屉保持为半开状态。因为如果一不小心关上了，再打开就得费很大的劲。于是他想出了这样的方法，让抽屉一直保持半开状态。但同时，他也牢牢掌握着从这里切换回正常生活状态的方法。他认识的好几个刑警都是因为没办法回到正常生活，导致终日被噩梦纠缠，最终走向崩溃。

不管戴了多少层口罩，都无法将臭味分子阻挡在外。岩楯祐也一边缓缓用嘴呼吸，一边将目光移向耷拉着的尸体，那具尸体看起来就像个灌了太多气体的人皮气球。

尸体全身的皮肤胀得透亮，像是用针一刺就会爆炸。从锁骨到胸部，再到下腹部的皮肤上浮着血管，看起来就像大理石上的纹路。据说这是因为异常繁殖的细菌破坏了细胞壁，导致血液变黑形成的。岩楯祐也以前从没见过这种异常的尸体。

一如既往，那个东西叫人备感恶心。岩楯祐也注视着从手术台上掉落的、数量众多的"那个东西"。大量的蛆虫在瓷砖地板上跳动，发出令人作呕的噗叽噗叽声。它们的个头很大，几乎可以当作鱼饵，就连身经百战的岩楯祐也见此情景，也不禁感到一阵恶寒。

岩楯祐也最后看了一眼尸体，然后穿过了弹簧门。他加快脚步，走向走廊尽头的洗手台。他边走边粗暴地摘下口罩、护目镜和无纺布的帽子，然后开始撕扯缠绕在手腕上的强力胶带。

在面对尸体时，如果不将衣服的所有缝隙都用胶带封死，就会在无意间把蛆虫带回家，十分麻烦。岩楯祐也在镜中看到了自己的打扮，夸张得像是危险物处理小组的人员——手上戴着三层橡胶手套，脚上套着从脚底一直包裹到膝盖的塑料袋。不管是乱蓬蓬的头发、眼袋，还是没刮干净的胡须，年近40的他没有一点过着正经日子的样子。跟这样的男人擦肩而过，就算是大白天，也会感到不快吧。

已经脱掉手术服一身轻松的四名刑警一边叹气、咒骂着，一边将标有"生物危害"的塑料袋封了口。

自己辖区内发现了腐尸，作为南葛西警署署长，面对这种倒霉事，肯定忍不住要咒骂几句。更何况，这次尸体的情况可不是一般地糟。任谁看到那具尸体，都会不由自主地想逃开，而且一不留神胃里还会开始翻江倒海。

岩楯祐也反复吞了好几次口水，然后坐到硬木圆椅上。他把缠在脚踝上的强力胶带撕掉，看到里面粘着好几只圆滚滚的蛆虫。为什么这些蛆虫连这么一点空隙都能通过呢？它们简直无孔不入，就连鞋套褶皱处和包裹小腿的塑料袋的折痕里都能藏身。

每次看到那些乳白色的烦人东西，岩楯祐也都会忍不住咂舌。他把处理腐尸时专用的防护装备揉成一团扔进了塑料袋。

不锈钢长水槽边，南葛西警署署长、鉴定课课长以及刑事侦查员把消毒肥皂从手掌涂到手肘，开始使劲地搓揉清洗。所有人都眉头紧锁，脸色凝重，专注着手上的动作。那景象也挺让人毛骨悚然的。因为没有实际触碰尸体，所以他们的这番动作多半是毫无意义的。尽管如此，但岩楯祐也仍能理解他们那种不由自主地想要洗去污秽的心情。

一名年轻刑警从背后慢慢接近那群心烦意乱的男人。他身材高挑、脖子细长，脸蛋小得令人吃惊。

"署长。"

他是任职于南葛西警署的一名刑警，说话时声音沉稳，让人听不出一丝紧张。署长一边固执地用刷子清洗指缝，一边转过头来瞥了他一眼。

"今天的事情，请您给我个解释。"

"解释？你要我解释什么？"

"这一切。"

"你不会是什么都不知道就过来了吧？"

署长再次将头转向水槽，冲洗着那几乎已经看不见泡沫的双手。

"我完全没有问问题的时间，突然就被课长叫过来了，然后就立刻被送去参与尸体解剖了。这样一点解释都不给我，我很为难。"

"你到底有什么好为难的？"

身穿白色T恤和牛仔裤的年轻刑警似乎是有话直说的性格。署长大声地漱了口后，拿起看上去吸水性很差的毛巾，仔细地擦了擦嘴。

"虽然这种事情还没有先例，不过你被点名了。"

"点名？"

"没错。你被指定和本厅一课的岩楯警部补[1]搭档，调查这次的仓库弃尸事件。"

年轻刑警困惑地歪了歪头。

这时，岩楯祐也站起身来。"署长，对不起，我提出了这么无理的要求。因为我无论如何都想跟他搭档。"岩楯一边脱下长靴、换上皮鞋，一边说道。

身材矮小却精壮的署长礼节性地向他投以一笑："我真是搞不懂你，非要跟这种初出茅庐的新人搭档，甚至不惜改变已经确定好的调查人员配置。其实我更希望你能指定其他侦查员跟你一起调查。"

"只是突发奇想。非常抱歉，给您添麻烦了。"

"突发奇想啊……希望你的直觉是对的吧。你最好别中途跟我说要换人！"

署长边说边整理衣服，看起来并不太看好岩楯祐也的这个决定。这时，那位新人面不改色地说道："要与岩楯警部补搭档的事我已经知道了。但是，为什么非得让我来参与尸体解剖呢？"

"这也是他提的要求。"

"谁的要求？"

对于年轻刑警连环炮一样的问题，署长似乎已经感到了厌烦，于是一言不发地给岩楯祐也使了个眼色，示意他代为回答。

原来如此。见此情形，岩楯祐也对整个情况似乎有些了解了。根据从调查会议开始到现在大家的反应，他点名要与之搭档的这位新人似乎

1　警部补：警部补是日本警察阶级之一，位居警部之下，巡查部长之上。

风评不佳。大概正是因为如此，所以即使岩楯祐也向大家询问他平时的品行举止时，得到的都是一些无关痛痒的评价。

岩楯祐也和新人四目相交，新人一脸不服气地朝他走过来。他的五官端正，无可挑剔，只有嘴角略微向右歪，但歪的角度十分完美。他相貌英俊，让人不由得心生嫉妒，即便男人见了也会忍不住想看第二眼。

岩楯祐也一边脱掉工作服、换上白 T 恤，一边跟新人说道："一旦发生杀人事件，手头上不管有什么事都要立刻放下，参与解剖。这是我的工作习惯。对于我的搭档，我也会这样要求他们。你倒霉透顶被我点名了，所以你现在才会在这么个鬼地方。这么解释你能接受吗？"

"说到底，为什么岩楯警部补要参与尸体解剖呢？我觉得完全没必要做到这一步。"

"我正是因为觉得有必要才参加的。"

新人似乎还想继续追问，但看到署长一脸不悦，终于放弃，只应了一句"我明白了"。

"你顺便介绍一下自己吧。"

"我是任职于南葛西警署侦查课的刑警月缟新，今年 27 岁。"

"俗话说人如其名，看来说得没错啊。"

岩楯祐也仔细端详着月缟新端正的五官，用脚踢飞了几只在地上活蹦乱跳的蛆虫。但话说回来，从刚才开始，这个男人就一直给人一种懒散的感觉，到底是怎么回事？年轻、热情、霸气，在他身上都感觉不到。他的神色没有丝毫异样，完全让人想不到他刚参与了一场惨烈的尸体解剖。

"听说昨天你是第一个到达弃尸现场的人？"

"是的。"

"听说直到机动调查队的人抵达，你一直跟尸体一起待在仓库里？"

"对。"月缟新答道，眉间轻轻一皱。

"为什么要一直待在里面？"

"视线绝对不能离开尸体，这是保护现场的铁则。我在警察学校学到的。"

"原来如此。这可真是模范行为。那你为什么又要把窗户关紧，和一具已经腐烂得不成样子的尸体共处一间密室呢？当时屋子里应该臭气熏天，苍蝇多到跟龙卷风一样吧。"

月缟新眉间稍微流露出了一丝情绪，双眼直视着岩楯祐也。

"正是因为有苍蝇我才关窗的。我想让苍蝇尽可能地留在现场。去年，我们系统在办案中首次引进了法医昆虫学。我读了那起板桥纵火杀人事件的报告书。昆虫学家说，在调查的时候，苍蝇、蛆，还有跟尸体有关的昆虫，一只都不能放过。"

"非常好。"岩楯祐也点了点头。听到了令人满意的答复，岩楯祐也放心了。这是一个不惜把自己关在仓库里，独自在地狱般的密室中待 20 分钟，也要坚定不移地保护案发现场的强者。对于岩楯祐也来说，这个男人值得他不惜改变调查人员配置与其搭档。

"你奋不顾身保护的虫子们，现在正在某个女人的照料下活蹦乱跳着。你的努力没有白费。"

岩楯祐也非常友善地对他笑了笑，但月缟新连嘴角都没有动一下，没有流露一丝情感。目前就先这样吧。岩楯祐也并不讨厌自大而冷漠的人，不过前提是那个人要有坚定的意志和目标。

岩楯祐也简单地洗了洗脸和手。这时，解剖助手走了过来，通知五位侦查员一切已经准备就绪。五位侦查员便随之走向另一个房间。

2

东芳大学法医学教室的二楼，有一间狭小的会议室，里面设置了被摆成"凹"字形的长桌。身材魁梧的法医背对着白板，随意地靠在折叠椅上。他满脸通红，像是刚泡过澡，而不是刚做完尸体解剖。

"准备好了吗？"

法医这么问的同时，解剖助手将笔记本电脑转向五名刑警。

南葛西警署署长略行一礼，说道："在您百忙之中提出这么无理的要求，真是抱歉啊。"

"没关系。尸体腐烂成那样，即使我边解剖边解说，你们大概也听不进去吧。而且，不用现场解说，我在解剖过程中反而更能集中精神，挺好的。总而言之，我就简明扼要地挑我觉得是重点的地方来讲了。"

法医朝解剖助手抬了抬下巴，解剖助手便从笔记本电脑里调出方才结束的解剖的特写照片。由于打着无影灯，照片异常明亮，被害人清晰地映在屏幕上。突如其来，尸体的味道好像随之被带到了这里，几位刑警似乎又闻到了那股尸臭，喉咙不由得隐隐作痛。岩楯祐也越想越郁闷。侵入毛发和毛孔的尸臭，最少也要两天才会消失吧。

尸体仰面朝天，四肢张开，躺在银色的解剖台上。不管看多少次，那具因腐败气体而膨胀的躯体都不由得让人觉得凄惨。眼、鼻、口等开口处布满了蛆虫，鼠蹊部的蛆虫数量多到让被害人看起来像是穿着一件白色内裤。法医按了一下回车键，画面立刻切换到尸体的脸部特写。署长被吓得往后退了一步。

"这也太惨了。"年轻刑警说着，将视线移开。

与他们不同，岩楯祐也挪动椅子，贴近了屏幕。尸体口鼻部流出的黑色血液顺着下巴一直流到脖子上。参与解剖的时候，岩楯祐也对这点就非常在意，看起来好像被害人在死前被人用力殴打过一样。察觉到岩楯祐也的疑问，法医伸出教鞭指了指画面中的嘴部。

"这不是你想象的人为外伤，是溶血。"

原来是溶血啊。岩楯祐也恍然大悟地点了点头，而其他侦查员的脸上则写满了问号。

"溶血是尸体腐烂过程中的自然现象。内脏因腐败气体而膨胀，向上压迫横膈膜，导致血液逆流，所以血才会从嘴和鼻子里溢出。"

"那脸上的伤呢？"岩楯祐也指着尸体颧骨上方的裂伤，看了看法医。

"那是因膨胀而裂开的。伤口还很新，我想大概是尸体被运到这里的途中才裂开的。"

"那就是说，被害人脸上的伤口跟瘀青并不是由于殴打产生的？"

"瘀青是尸斑，细微的擦伤则是虫咬的伤口。"法医如此解释道，并用关节突出的手指敲了一下键盘。这次画面变成了左手手肘到手掌的照片。尸体的手掌膨胀得像是戴着一副充满气的橡胶手套，唯独缺了中指。整根手指都不见了。岩楯祐也刚才还在怀疑被害人的手指是在死前受到严刑拷打时被割下的，但看过照片后，他感觉这个伤口太过整齐了。

法医身子向前倾，身下的椅子随之嘎吱作响。他用教鞭指了指中指的指根，说："因为腐烂太过严重，无法分辨是不是死后被切下的。从近节指骨[1]的切面看来，凶器应该是剪刀一类的工具。我会再请专家鉴定一下，不过应该是剪刀没错。"

"这么说来，跟黑帮断指[2]也没有关系啊。"鉴定课课长推了推银边眼镜，注视着画面，阐述了自己的意见。

确实，这并不像是一起黑帮犯罪。因为遗体看上去没有被施暴过的痕迹。从全裸弃尸这一点看来，凶手是想隐藏被害人的身份。但是，凶手又没有处理被害者的指纹和掌纹。或许被切断的中指上存在着能确定被害人身份的重要线索。岩楯祐也的脑海中闪过手术伤痕、身体特征、刺青、戒指等可能性。

法医移动教鞭，敲了敲照片中的手腕处。

"还有这里。虽然看不太清楚，但是这里也有外伤，应该可以看出是摩擦导致的擦伤吧？"

岩楯等五人探出身子，将脸贴近屏幕。这么说来，在外观检查的时候，法医多次用消毒棉棒擦拭了尸体的手腕和脚腕部分。

"死者大概是手脚被绳子绑住了。具体的我之后会让科研组鉴定，不过我发现伤口上沾着麻绳纤维一样的东西。"

"能看出大概被绑了多久吗？"署长抱着胳膊低声问道。

"腐烂到这种程度，很难判断。死亡时间也无法判断。"

"玻璃体呢？"鉴定课课长紧接着问道。

"没听过这个词啊……"在一旁看着屏幕的月缟新小声说道。

法医听见后，马上敲击键盘，重新调出了面部特写的照片。

1　近节指骨：各指的指骨由近侧至远侧依次称为近节指骨、中节指骨、远节指骨。近节指骨即是离掌心最近的指骨。

2　黑帮断指：日本黑帮传统中，失败者将会被切去小指以示惩罚。

"玻璃体是人眼球中一种呈胶状的透明体液。因为眼球是与其他所有器官隔离开的唯一器官，所以受腐烂影响较小，可以根据其中钾和钙的浓度来判断死亡时间。"

"嗯，不过这次只能放弃了。"岩楯祐也插了句话，用手指了指尸体空洞的眼窝。眼球完全消失了。

"人死后经过的时间，可以通过人体平均体温37摄氏度减去直肠温度，再乘以3大致算出。但是，如果尸体腐烂了，细菌就会繁殖，导致直肠温度上升，这个公式就不再适用了。所以，如果尸体是这种情况，调查常常会陷入僵局。"

对于法医详尽的说明，月缟新一脸意外，点了点头向他致谢。

出于工作原因，岩楯祐也平时也经常和其他法医合作，但其中大多数不甚友善，待人冷漠，跟赶时间一样总想快点结束解剖说明。因此，他们一般不会一一回答菜鸟提出的问题。菜鸟们大多数时候会被"自己去看解剖报告"搪塞回去，有时甚至直接被无视。与之相反，这位法医似乎不管谁问题，都欣然回答。不仅如此，他甚至连现场人员的自言自语都不放过。所以，他的解剖说明往往会拖得很久。可以说，岩楯祐也所储备的关于人体和解剖的知识，大多是从他这里听来的。跟直率的男人一起工作真是太有趣了。

看着法医还打算就死亡时间展开长篇大论，鉴定课课长果断地转移了话题。他和法医合作多年，清楚地知道，如果这样放任不管，法医可以一直说到第二天早上。

"侧腹部好像也有伤口，那是什么伤？"鉴定课课长插嘴问道。

法医看起来有些不满，但还是老实地敲了敲键盘，调出了伤口的特写。

"这也是擦伤，但是和手脚处被捆绑的伤不太一样，感觉像是被什么东西抓挠过的伤口。"

"这伤口的位置也相当奇怪啊……"腰部上方的皮肤呈外翻状。

法医缓缓站起身，将双手背到身后，说道："如果以这个姿势被绑住的话，手刚好能够到侧腹的那个位置。"

法医用手碰了碰和画面中伤口一样的位置给大家看，然后咚的一声坐了下来。

"尽管这只是我的推测，不过这伤口也许是被指甲挠破的，多半是因为死者被蚊虫叮咬了吧。虽然由于腐烂严重看不太清，但全身上下有 30 多处奇怪的肿胀。"

"被你这么一说，这个伤口看起来确实有点像是被蚂蚁咬的啊。你看这里，到处都是包，肿得圆圆的。"岩楯祐也指了指屏幕。

鉴定课课长长叹了一口气："那就是说，受害人被监禁的地方有大量蚊子或是虱子之类的东西。被虫子咬了 30 多处，想必是相当特殊的环境。"

"毒素大概也已经分解掉了，所以很难判断是哪种虫子。沾在身上的只有蛆的尸体、尘土和细小的垃圾一类的东西。这些我之后会交给科研组鉴定，问题是要如何确定被害人身份。"

听了法医的话，鉴定课课长一脸凝重，用力点了点头。

全身上下有 30 多处被虫子叮咬的痕迹，说明死者在生前就已经被剥光衣物、绑住手脚。岩楯祐也想象着吸血虫类大量聚集的恶劣环境，虫群的振翅声在耳边挥之不去，地板上还有其他的虫子在四处乱爬……想想都觉得可怕，也难怪鉴定课课长会眉头紧锁了。虽然不知道凶手把被害人关了多久，不过地点应该不会在居民区附近。风险太高了。但如果是在人烟稀少的地方下的手，那凶手又为什么要弃尸在葛西的仓库里呢？

"死者的体格如何？"岩楯祐也整理了一下思绪，抬头问道。

听见问题，解剖助手拿起记事本，念出了写在上面的数字："身高

161 厘米，体重 41 千克。"

"挺轻的啊。"

"因为缺了内脏部分，所以体重变轻了。加上体液的损失，大致计算一下，生前体重在 65 到 70 千克吧。"

"是个微胖的女人啊……"

"没错。年龄在 40 到 60 岁。单从盆骨和子宫口的情况来看，死者没有分娩经历。如果进一步分析骨头和牙齿的形状，还可以做出更准确的判断。"法医说着，并向大家展示了死者头部的 X 光片。以外行的眼光看来，死者无疑是被钝器击打了头部，放射状的裂痕覆盖了整个后脑。

法医将死者的头部特写摆在 X 光片旁，用教鞭指了指龟裂的部位。

"这是同一个地方被打了三次造成的，伤口最深的是这里和这里……"

在反复对比两张照片的时候，岩楯祐也发现了异样。在严重凹陷的伤口边缘，还有另一处有棱有角的伤口，伤口几乎呈正方形。

"这里的伤跟其他地方的不同啊。"

听到岩楯的话，法医连连点头。

"后脑勺正中间的伤口毫无问是圆形的。从大小来看，凶器大概是棒球棍一类的物体。但是边上的这个，"他指了指尸体头头发被剃掉的部分，"很明显是被有棱角的东西击打所致。凶器大概是方形木材或其他方形物体。"

他接着指了指另外一处伤口。

"这处是圆形的裂伤，但比中间的伤势要轻，直径还不到 4 厘米。此外，死者是被凶器的前端击中的，所以伤口中间有凹陷。也就是说，凶器可能是铁管一类的东西。"

"意思是，有三件不同的凶器？"

"对。"面对南葛西警署署长的问题，法医断言道。

岩楯祐也将脸靠近屏幕，仔细端详伤口。棒球棍击打产生的凹陷是致命伤，其余两处较轻的伤口则是在其之前留下的。回过神来，岩楯祐也发现月缟新就站在自己身边，近到甚至能感觉到他的呼吸。

月缟新看着屏幕小声说道："击打的顺序是方材、铁管，然后棒球棍啊。"

"犯人不止一个吗……"岩楯说着，抬起头，发现鉴定课课长欲言又止地盯着自己看。一丝不苟、凡事追求准确的鉴定课课长，最讨厌别人贸然下结论。他是个即便有所推测也不轻易说出口的男人。

"怎么断定犯人不止一个呢？"

"如果是单独犯案的话，使用这么多种凶器没有意义啊。"

"说不定凶手是有特殊癖好的怪人呢？"

"如果凶手是有着特殊癖好的怪人，那在这种情况下他应该十分享受才对。好不容易把受害人监禁起来了，就这样干脆地杀掉感觉有点白费劲了。再说，如果他是刻意使用多种凶器，那不应该选择一些更让人耳目一新的东西吗？但方形木材、铁管、棒球棍都是些很平常的东西。从这具尸体上我怎么也看不出凶手对凶器有着近乎疯狂的执着。而且，尸体上外伤较少，看起来也不像是为了追求快感而杀人。让人奇怪的是，凶手似乎一点情绪波动都没有，不是吗？"

听了岩楯祐也的推断，鉴定课课长摸着下巴，陷入了沉思。

参考以往案件，把杀人当作娱乐的家伙通常都深信不疑地认为自己冷静且头脑敏锐。即便当事人自认为很有条理地杀了人，也很难隐藏其中流露出的、因对鲜血的疯狂而产生的异常感。但从这具遗体上感觉不到这份"异常"。话虽如此，但这具尸体却给人另一种强烈的异常感。岩楯祐也眼前浮现出三个人将手无缚鸡之力的中年女人捆绑起来，然后一个接一个用钝器击打女人头部的画面。在犯案之后，他们还把尸体从满是虫类的地方运到了仓库里。

这只能说明一件事。

"处刑。"有人小声说道。

岩楯祐也转头看向发声处，月缟新正用浅茶色双眼凝视着屏幕上的被害人。没错，是处刑。尸体上无处不刻满了凶手们强烈的恨意。但如果是这样，为了排解恨意，明明可以让被害人在死前受到更大的痛苦，却没有那么做，可见凶手们在行凶时仍保有一丝理性。

接着，法医又滔滔不绝地继续讲述解剖的发现。被害者胃袋中空空如也，要达到这种状态至少需要绝食两天。死者身上找不到疾病留下的痕迹，可见其生前身体很健康。

岩楯祐也一边听着法医的话，一边全神贯注地看着电脑屏幕。这个女人到底是谁？她到底做了什么罪大恶极之事，以至于遭人怨恨落得这般田地……

法医用平静的语气继续说道："能确定的是，尽管只是少量，但死者的呼吸道存在着血液流过的痕迹。也就是说，头部的击打是其直接死因。尸体腐烂到这种程度，推测出死亡时间几乎不可能，而且也没办法从血液凝固的状态来确定死亡时间。"

"模糊的判断呢？"

"从尸体腐烂状况来看，死亡时间大约是一周。但是根据尸体所处的环境差异，死亡时间可能更久。"

法医关上笔记本电脑，结束了尸体解剖说明会。

"真没劲啊……"月缟新仰头看着夜空嘀咕着。他原本就身材修长，而苍白的室外灯将他的身形拉得更长，投影在沥青路上。四肢被拉长的诡异剪影如幻灯片一样，岩楯祐也不禁心生一丝怀旧情绪。

岩楯祐也一言不发地叼着万宝路，用一只手挡着风点上了烟。吸进一大口烟后，他紧绷的神经终于得到了放松。原本到了这个年纪，他早该把年轻时那些有害健康的习惯改一改了，但唯独尼古丁怎么戒都戒不掉。只要还做着这份工作，他就没办法不抽烟。岩楯祐也总是这样给自己找借口。

巡逻车是一辆淡蓝色的力狮。车上落着几片不知从哪儿飘来的银杏叶。秋意渐浓的夜晚变得凉爽起来。月缟新用遥控钥匙解锁车门，车子回应似的短暂地响了一声。

月缟新没有因为担心气氛尴尬而和岩楯祐也搭话，而且他也不觉得这份沉默很难熬。在这种情况下，一般人多少都会有些紧张，但月缟新似乎一点都没有这种意识。他何止没有这种意识，甚至从搭档第一天开始，他就敢在上司面前说"真没劲"。这在岩楯祐也还是第一次。月缟新就是现如今那种非常典型的年轻人，受到注重个性的教育方式还是什么其他东西影响。虽然他说的话都一针见血，却让人感觉不到他作为刑警想要向上爬的野心。真是个难以捉摸的人。

车门打开，月缟新又嘟囔了一句："真没劲啊。"过了几分钟，他又低声重复了一句。这句口头禅和这个自以为是的小年轻相当般配，但岩楯祐也并非宽宏大量到能一笑置之，装作没听见。他盯着月缟那百无聊赖的侧脸，心里想着要如何应对。就在这时，月缟新又不知好歹地开口了。

"真没劲啊。"

"啊，是啊。今天比平时还要没劲几十倍。对你来说，没劲的程度大概还要加倍吧。接连两天跟腐尸打交道，而且还得跟完全陌生的麻烦上司搭档。祸不单行说的就是你这种情况吧。"

"我并没有那么想。"面对讽刺，月缟新丝毫不为所动，只是冷冷地回了这么一句。

月缟新刚想坐上驾驶座，却突然厌恶地大声咂舌，整个人弹了起来，跳下了车。然后不知为何，他开始粗暴地脱掉运动鞋和袜子。岩楯祐也抽着烟定睛一看，月缟新袜子里跑进了好几只蛆。

"你这是想带点伴手礼回家吗？"

岩楯哈哈大笑。看着月缟新引以为豪的扑克脸居然这么轻易就变了个样，真是有趣。月缟新一边呲嘴一边把动作迟缓的蛆虫从袜子上甩掉，然后把袜子往车轮胎上来来回回摔了好几遍，又弄掉了几只。

"百忙之中打扰了，可以问你个问题吗？"

"非得挑现在问吗？！"月缟新大声回答道。

"是啊，一定得现在问。"

"那您请问吧！"

月缟不停地大声咒骂着，单脚立着一蹦一跳的。难得这么一张帅气的脸蛋，却抓着袜子到处乱甩，那样子实在滑稽。看着搭档的这副狼狈相，岩楯祐也心里十分痛快。

"解剖的时候，你好好换上长靴了吗？"

"我换了啊！"

"为了防止蛆虫顺着缝隙钻入，好好贴上胶带了吗？"

"贴了！"月缟一边回答，一边把运动鞋倒过来，检查里面还有没有蛆虫。

岩楯祐也把香烟掐灭，坐上了副驾驶座。"那还真是奇怪啊。明明都贴了胶带，为什么蛆虫还会跑进袜子呢？当然，你肯定也把裤脚塞进袜子了吧？"

"把裤脚塞进袜子？"月缟扬起头，"为什么？我没有塞。"

岩楯祐也眯起双眼，浮现出一脸的坏笑："那你最好再检查一下裤脚，说不定能看到更有趣的东西哟。"

他话音刚落，月缟新马上翻开裤脚。沿着针脚，排着一列白色物体，还不断蠕动着。

"该死的！怎么这里也有！"

看着不停跺脚的月缟新，岩楯祐也冷冷地说道："刚才在换衣服的时候，我本来想提醒你的。但是，看你一脸什么都知道的样子，我就不好多此一举了。啰唆的上司惹人厌啊，对吧？另外，我当时也比较着急，一不小心就忘了帮你检查。哎呀，真是抱歉，真是抱歉。"

月缟新一脸"你是故意的吧"的表情，怨恨地看着岩楯祐也。在再三检查了包括鞋子里面、牛仔裤口袋等各个地方之后，他终于放心地松了一口气，启动了引擎。

"听说昨天有两个进了现场的侦查员昏倒了？"岩楯祐也问正在启动车子的月缟新。

"是的。当时现场苍蝇多得遮挡了眼前视线，气味更是臭得让人无法呼吸。"

"也就是说，跟现场一比，解剖室里的那个惨状都不算太差了啊。"

月缟微微点头。经历刚才蛆虫的洗礼，他的完美表情有了些许破绽。在神田骏河台四丁目的四岔路口等红灯时，他似乎又回想起了一些事，在座位上扭动了好几次。

"如果想到了什么，不如像刚才说'真没劲'一样，都说出来如何？我个人觉得把沉默是金当作美德的时代早就过了。"

"不劳您费心。"

"我的意思是，你不用故意压抑自己的想法。"

"我没有故意压抑我的想法，而且我并没有想什么。"

"哦……跟体液横流的腐尸，还有风暴般的苍蝇共处一室，连CIA的精神实验都望尘莫及。但是显然，这对你来说是小菜一碟啊。年纪轻轻的，真是了不起啊，简直就是警察界的楷模。"

岩楯祐也装出一副夸张的样子，接着开始讲述过去经历过的惨绝人寰的案例，并巨细靡遗地描述了个中细节。比如，在金属桶里发现尸体的那次，还有水下尸体的肚子里钻出无数乌龟的那次。当岩楯祐也讲到上吊尸体的眼珠掉到自己头上的故事时，月缟新终于抢先一步打断了他。"我知道了，已经够了。"他擦拭着额头的汗水，一字一句地说道。

"真是无法想象，人死后竟然会变成那样。太惨了。"

"你之前处理过腐尸的案件吗？"

"没有。"

"这样啊。不过尸体因为腐败气体而膨胀成那个样子的情况还是挺少见的。反倒是刚出生的婴儿，因为接近无菌状态，所以如果放进袋子密封起来的话，就不会腐烂。"

闻所未闻。月缟新有些惊讶，微微睁大了双眼。

"那样的案例我见过好多次了。还有这次的尸体，不是因为溶血搞得血液从口鼻倒流而出吗？"

月缟点点头，看到信号灯变绿，轻轻地踩了油门。

"那就是吸血鬼传说的起源。以前，人们出于某些原因打开棺材的时候，发现尸体嘴边都是血，就以为是尸体复活，吸食人血。他们为了消灭怪物，就把木桩钉在尸体的胸口上。这样，积攒在胸腔里的腐败气体就会一股脑儿地喷涌而出，那声音听上去像极了怪物死前的哀鸣。然后细菌四处飞散，在场的人因此全都染上了传染病，接二连三地离奇死亡。这样慢慢就演变成了现在的吸血鬼诅咒传说。"

月缟新安静地听完解释，迅速地瞥了岩楯祐也一眼。这次岩楯祐也似乎能明白他在想些什么。月缟大概从没遇到像他这样喜欢闲聊的上司吧。月缟新对本厅似乎没有什么好印象。不只是本厅，甚至对整个警察组织，他不知怎的都抱持一种蔑视的态度。是我多心了吗？毫无疑问，他在南葛西警署就有些格格不入，是那种难对付的麻烦人物。

"我出于好奇问一句，你今后有什么目标吗？我指的是在警察组织中你想当的职位。"

"我已经提出申请，希望能被派遣到小笠原群岛任职。"月缟新不假思索地回答了。

岩楯祐也叼着烟，目不转睛地盯着坐在身旁的人。看样子他不是在开玩笑。

"原来如此。听说最近的年轻人流行离开日本本岛，寻找自我。看来警察也不例外啊。"

"我可没在追逐什么无聊的热潮，我只是觉得那样的生活也许也不错。"

"嗯，反正是你自己的人生，没人会阻止你的。"

真是个让人摸不着头脑的男人。

"话说回来，对于这次的尸体解剖，你有什么感想吗？"岩楯祐也盯着前方车辆的尾灯问道。他想触到更接近这个男人本质的东西，想知道他是在假装不思进取、碌碌无为，还是他真的就是个没有追求的小警察。

月缟新稍微思考了一会儿开了口："在案发现场的时候，我就觉得犯人不止一个。因为要在那个地方弃尸，一个人很难办到。"

"因为车子没办法开到仓库里，得把尸体扛进去才行。"

"对。但是三个人轮番行凶这件事还是让我挺意外的。"

"不过眼下这还只是个推测。"

"只要看了被殴打的伤口，就知道下手的肯定不是同一个人……我是这么觉得的。"

"啊，虽然我也这么认为，不过我很想听听你的见解。"

月缟新安静了下来，似乎不太想表露自己的想法。可是，在面对署长和初次见面的岩楯时，他明明都能那样步步紧逼地发问，不可能一点自己的想法都没有。岩楯懂了，这是南葛西警署侦查课的一贯做法。除了问问题之外，新手侦查员是没有任何发言权的。

穿过神田桥收费站，车子开上首都高速公路。月缟新反复斟酌措辞后说道："后脑勺正中央、力度大到让头骨凹陷下去的那一击，看起来是要置人于死地。但另外两处打击看上去则并非如此。"

"什么意思？"

"当然，把被害人监禁起来的目的自然是杀人。但是到了该下手的时候，这两个人说不定是怕了，从那两处伤口能看出下手的人似乎有所犹豫。"

岩楯祐也微微点头。这个着眼点不错，在看了那些伤口之后，他也瞬间感觉到了三个人杀意程度的差别。他接过话道："主谋大概是那个用棒球棍打了死者的人。面对被绑起来的女人，他可能把先下手的权利让给了另外两个人。"

"让？"

"没错。他告诉另外两个人他们可以先下手。然而，另外两个共犯退缩了，所以才留下了那种不轻不重的伤。杀人动机就暂定为强烈的恨意吧。"

除此之外，虽然还有一些让人想不通的地方，但那些就得仰仗昆虫专家来解答了。

3

正如天气预报所报，第二天白天气温达到了 32 摄氏度，路面上热气升腾。西边天空上聚集了大量丝绵般的积雨云。每年这个时期，夏天的回热比什么都让人恼火。岩楯祐也从口袋里掏出皱成一团的手帕，擦了擦脸和脖子。

透过门上小窗，能看到教室里坐着四个学生，个个都一脸认真地在笔记本上奋笔疾书。其中一个头发散乱，戴着眼镜，一脸书生气；第二个是光头，肌肉发达，耳郭上戴着一溜耳环；第三个有着一张看不出年龄的娃娃脸，面色白嫩，身材有些发福；第四个是个脸颊消瘦、上身修长的瘦子。四个都是男生，外貌特征各异，让人备感有趣。

岩楯祐也给月缟新让了个位置。

"你过来看一下。听好了，从右边开始依次是蜻蜓、好像是被叫作赫拉克勒斯甲虫的独角仙、蚕的幼虫，还有尺蠖。"

月缟新一脸狐疑地朝里看。当他看清里面的四个人时，为了强忍笑意不禁干咳起来。

"一个个都是完美的虫子脸。没想到每天想着虫子的事情，人就会变成那种异于常人的长相啊。"岩楯祐也感慨道，同时将目光投向讲台。

一位身材娇小的女性正挥舞着教鞭，及肩短发随意地绑在脑后。不，那不是教鞭，而是像钓鱼竿一样的细竹，她将它当作教鞭在使。细竹在空中嗡嗡作响，咚的一声落在黑板上。她踏上垫脚台，在黑板上草草写下各种莫名其妙的公式和符号。她的动作让人眼花缭乱，像在看一部快进的影片。从天花板上垂下来的投影屏幕上，是全身布满了蛆虫的某种生物。

法医昆虫学家赤堀凉子一如既往，素面朝天，刘海用发卡夹着，露出光洁的额头。不管见了几次，他都无法想象这个看起来只有 20 多岁的女人已经 36 岁了。反倒是她的四个学生，看起来都比她年长，更有威慑力。

"感觉是个挺可爱的人啊……"

岩楯祐也听到身后传来月缟新直率的观感。

"你喜欢那种类型的女人吗？"

"不，一点也不。"月缟新立刻答道，"她跟我想象的完全不同啊。"

"我好像能猜到你想的是怎样一个女人。"

"您猜的大概没错。"

"接下来发生的事会更加超乎你的想象。只要接触过本人，你无论如何都没办法把她跟'可爱'两个字联系在一起。她不可爱得惊天地泣鬼神。"

就在这时，尖锐的下课铃响了。两位刑警走进教室，跟像极了虫子的学生们擦肩而过。注意到了岩楯祐也，赤堀凉子做着夸张的动作示意他稍等，并向他投来一如往常的笑容。笑的时候，她的眼角下垂得更厉害了，给人一种猜不透她真实年龄的天真无邪感。

她粗略地擦掉黑板上的字，从台上轻盈地一跃而下，拍了拍手上的粉尘。她身着一件格子衬衫和一条穿旧的牛仔裤，脚上踩着红色的人字拖。

"岩楯刑警，好久不见。"

"我怎么记得我们两周前还在小酒馆里喝得大醉、聊了好久呢？"

"啊，这么一说确实是。那看来不是好久不见呢。"赤堀凉子咧嘴大笑道，随后注意到站在岩楯身后的月缟新。她向前一步，用水汪汪的大眼睛饶有趣味地盯着他看，双眼放光。

"你长得这么帅，明明有很多条轻松的路可以选，你却刻意选了警察之路。我向你表示敬意。"说着，她夸张地向月缟敬了个礼。

面对她意料之外的举动，月缟不知所措，支支吾吾地思索该如何回话。

这时，赤堀凉子踮起脚尖拍了拍他的肩膀："不管怎样，欢迎来到昆虫的地盘。顺便问一下，你应该没有昆虫恐惧症吧？你有没有因为昆虫而陷入休克之类的经历？或者你的家人、亲戚里有没有异常讨厌昆虫的人，比如说像岩楯刑警这样，看到蜘蛛就会吓得半死的人？"

"看到蜘蛛就会吓得半死？"月缟朝岩楯看了一眼。

赤堀凉子自顾自地滔滔不绝起来："哎呀，你不知道啊，你的上司是重度蜘蛛恐惧症患者，严重到连蜘蛛的图鉴都看不了。如果你想杀他，那么我推荐以下这种方法。虽然事后或许很可能会遭报复，劝你最好不要尝试，但这个方法毫无疑问可以达到目的。你只要找一只身长超过5厘米的高脚蜘蛛，放进他的口袋就可以了。多么完美的犯罪啊！"

这个女人还真是一针见血。只是听到她的这番话，岩楯祐也全身瞬间立起了鸡皮疙瘩，连手都不敢往口袋里放了。他猜想，在摸到蜘蛛的瞬间，自己大概就会口吐白沫不省人事吧。可恶的女人，竟敢出这种馊主意，把那噩梦一样的场景烙印在我的大脑里……

月缟新好像被她的话唬住了，一一回答了她提出的无关紧要的问题，然后把名片递给了她。

不过，这个女人难道真的谁都不怕吗？岩楯祐也看向赤堀凉子。她正缠着不善交际的月缟不放。无论男女老少，也不管职位、地位高低，她都一视同仁。然而，她虽然咄咄逼人，却让人讨厌不起来。岩楯祐也时常觉得，她可真是个立场奇妙的女人。

岩楯祐也苦笑着对赤堀凉子说："你要是真敢派蜘蛛来刺杀我，我做鬼也不会放过你。"

"你说什么呀，太逗了！记得下次来找我的时候一定要戴头巾哟！"赤堀拍着手，放声哈哈大笑。

"你也尊重一下死者好不好。不过我还真是跟你有剪不断的孽缘啊。不知为什么，我遇上的案子总是跟蛆有关。"

"你该不会以为这是偶然吧？岩楯刑警有这么单纯吗？"赤堀凉子擦了擦眼泪，盯着他看。

岩楯笑着说了句"没有"。

"没错。每次发生需要我帮忙的案件时，上头就会派岩楯刑警出马。这都是上头安排好的呀。"

她的猜想十有八九是对的。在一年前的纵火谋杀案中，法医昆虫学大放异彩，得到了警界的认可。虽说目前仍在探索阶段，但警方确实已对其改观，决定今后要更加积极地利用法医昆虫学协助办案。因此上头得出结论，认为在现在这个打地基的时期，由最早参与相关案件的岩楯祐也来负责对接最为妥当。虽然岩楯祐也感觉像是拿到个烫手山芋，但想到能再次近距离地观察赤堀凉子的工作风采，倒也十分期待。

三人动身前往法医昆虫学研究室支部。支部离主教学楼相当远，位于排成一排的研究用温室和田地边缘。肆意生长的橡树枝叶覆盖了木造建筑表面，这里与其说是支部，不如说是荒废的储物间。红褐色的铁皮屋顶上落叶堆积，屋子周围堆放着玻璃瓶和笼子等杂物。赤堀凉子把挂在门上写着"外出"的牌子翻了个面，用钥匙打开挂锁，打开了研究室的门。

月缟新一脸"这是研究室"的疑问表情。也难怪,这个杂草丛生的地方给人一种像是从宽敞的校园中被流放到此的感觉。

赤堀凉子带头进了研究室,眼前还是和一年前一样的光景。房间约8张榻榻米[1]大小,墙边堆满了文件和书籍。不锈钢架子上摆放着各种器材,房间里到处贴满了笔记和便条。

"刚才那四个人就是肩负着法医昆虫学未来的栋梁吗?"岩楯祐也一边不客气地自己拉出折叠椅坐下,一边问道,"感觉他们都还有些青涩啊。"

"算是吧。'就算毕业了也找不到合适的工作。''在日本根本没办法养活自己。''不知道学了有什么用。'虽然我们这个专业人少的原因很多,不过说到底,还是'辛苦'二字吧。"

赤堀凉子从书架上抽出文件,继续说道:"今天一大早我们就去校外实践了。学校租了一块山林地,离这儿不远,我们在那边做了腐烂实验。"

"腐烂实验?"岩楯祐也问道。

正饶有兴趣地四下张望的月缟新听到这里,停下了动作。

"把死掉的动物放在地上,观察死后的变化过程,这就是腐烂实验。"

"你们就这样把死掉的动物丢在山里吗?"

"嗯,虽然是在一定条件下进行的,不过简单来说就是这样。世界各地都在进行着动物的临床实验,所以实验数据很丰富。但是显然,实验结果是会因物种和当地实际情况而改变的。所以我花了好几年时间,将

1　1张榻榻米大约等于1.62平方米。

各种实验数据和过去在日本发生过的谋杀案的数据进行对比。得出的结果是，和成年人的腐烂分解模式最接近的动物是体重23千克的猪。这就是我现在在使用的实验动物。"

"分析腐烂的猪身上虫子的实验啊……听着就觉得很辛苦。"

赤堀凉子略带忧伤地望着窗外。"当然，要做这些实验，需要卫生所和大学，还有土地所有人的许可。用药物和毒气杀死动物的话，实验结果会受到影响，所以要尽可能地用和案件相似的方式来处理动物。这很难让人接受吧。甚至有人说我是没血没泪的怪物。不过，这是不可避免的。为了确立法医昆虫学，这是必要的步骤。很多学生也是因为过不去心里的这道坎才离开的。"

这些话岩楯祐也都是第一次听说，不过他至少听明白了一点——科学的进步和各种各样的实验密不可分。平时镇定自若、坦率豁达的赤堀凉子脸上掠过一抹忧郁。

"这些实验其他国家也一样在做吧？"

"嗯。美国也有叫'尸体农场'的实验机构，不过先进得让日本望尘莫及。该试验机构会将死者生前自愿捐赠的遗体，按模拟杀人事件的方式来进行处理，比如把尸体绑上重物扔进池子、用水泥活埋、用塑料袋包裹、吊在树上等，任其自然腐烂。其实验过程难以描述。"

"真是骇人听闻啊……"月缟无意识地开了口。

"没错，不仅骇人听闻，还涉及伦理问题。但是，通过了解了人死后的腐烂过程，很多疑问能够得到解答。大家的最终目的是相同的，都是要查明真凶。"赤堀凉子吐了一口气，歪着头微微一笑，"好了，法医昆虫学的沉重话题到此为止。我们还是来讲讲眼前的沉重话题吧。"

她边说边从文件夹中抽出事件现场的照片。这些照片也挺惨不忍睹的。在桌上一字排开的照片上记录了仓库中遗体的凄惨死相。仓库深处有一扇外推式的小窗，窗户下面坐着一具腐烂膨胀、双脚外伸的女性尸体，简直就像一个被扔掉的人体模型。

"解剖报告书还没送到我手上。虽然这次我也很固执地提出了申请，但还是拿不到在遗体被移动前进案发现场的许可，更不要说参与尸体解剖了。真是的，我都说过多少次了，这些地方才是最关键的。"

"毕竟是多年以来延续下来的规定，一朝一夕很难改变。我本来也想把你加进调查队，但这种做法对组织来说太过新潮了。在他们眼里，你还只是个外人。"

听岩楯祐也毫不留情地这么一说，赤堀凉子鼓起脸蛋，滔滔不绝地抱怨起来。

"但是，我把跟尸体共处一室的男人给你带来了，能不能委屈你用他凑合一下？"

"共处一室？"她双眼放光，"哦，第一个赶到现场的就是月缟你啊。"

"没错，就是他。"

"看你白白净净的，没想到还挺厉害的嘛。说吧，你吐了几次？回宿舍以后肯定也吐了吧？"

为什么在问这种问题的时候，她看起来却是一脸期待和开心啊？

月缟新面不改色，淡淡地答道："托您的福，一次也没吐。"

"你说什么？新人在那种情况下肯定是要吐的吧？"赤堀凉子一脸无趣地摇了摇头，"所以呢，现场是什么感觉？"

"总之，苍蝇多到遮蔽视线，简直像风暴一样。不过不是去年报告书里写的那种绿豆蝇。"

"没错，食腐的这种虽然叫大头金蝇，但不会反光。身体是带点黑的绿色，复眼是红砖色，体长大约 8 毫米，对吧？"

"没错，就是那种。现场蛆的数量也非常多。"

"换算成茶碗计量,大概有几碗?"

月缟新微微皱了皱眉道:"请问为什么要把蛆的数量换算成茶碗计量?"

"为了从视觉上让人一目了然啊。要是我问现场有几只蛆,肯定没一个刑警答得出来吧。但如果换算成茶碗或海碗,应该比较好把握吧。顺便说下,一茶碗蛆大概有 3000 只……"

听到赤堀凉子似乎还想继续那令人作呕的说明,月缟新赶紧说了句"我明白了",并抬手示意她停下。如果月缟新不阻止,岩楯祐也大概也会插话制止她吧。

"确实,我对蛆的数量完全没有概念。只能说当时看到的蛆的数量真的十分惊人。如果换算成茶碗的话,请给我一些时间。那大量的蛆说不定也只是因为现场太过凄惨导致的幻觉。我先试着冷静一下。"

"很好。"赤堀凉子意味深长地笑了笑,不再追问。

她喜欢通过这种异乎寻常的问题来揣摩对方的心理,去试探对方是否还受着心灵创伤的影响,有没有足以跟自己一起工作的魄力。最厉害的是,不管对方是谁,她都能逼其说出真心话。看样子赤堀凉子十分欣赏月缟新的不服输和倔强品质。

她收起现场的照片,在桌上咚咚敲打了几下,将它们弄整齐后,塞进了文件夹。

"差不多是时候了。调查会议是 4 点开始对吧?谢谢你专程过来接我。"

"毕竟上级有令,要我郑重地接待老师呢。"

"哎呀,那可真是麻烦了。"

赤堀凉子用打趣的语调说着,脱掉人字拖换上运动鞋。她接着往大型双肩包里一个接一个地塞进疑似是捕虫道具的东西,伸手去拿比自己身高还长的捕虫网。

"对了,岩楯刑警,会后我可以到现场去看看吗?"

　　"我怎么觉得你已经打定主意要去了？"

　　"算是吧。如果不在现场的生态系恢复到原先状态之前去就没意义了。要跟时间赛跑呀。"

　　她拉开不锈钢抽屉，迅速取出各种精密器具，然后干脆地站起来，毫不费力地背起塞满了工具的双肩包。

4

"案发现场在江户川区东葛西五丁目 30 番地，东西线高架桥下的一处集装箱仓库，也就是所谓的出租仓库。"戴着金属方框眼镜的队长对着麦克风说道。

南葛西警署出动了大约 20 人的侦查员，会议室前方被本厅的人严守着。大家都面色凝重地阅读着新追加的几份报告书。

着装随意，跟调查会议格格不入的赤堀凉子坐在岩楯祐也旁边，翻阅着文件资料。每次赤堀凉子参会，都让人感觉像是一个来警署参观的小姑娘不小心混进了严肃的男人堆。她一边读着解剖报告一边发出"哦""这样啊"之类的声音，并随手画着下划线。

"这一带基本是仓库和建筑公司存放建材的地方，即使白天也没有什么人进出。"队长用让人难以听清的含混声音继续说明，"报警人是接了江户区工作委托的三名园艺工，主要是修剪街边树木。修剪工作预定从 9 月 1 日开始，为期一周。他们第一天就察觉到了异臭。"

"第一天？那就是说，他们整整两天时间都没报警，是吗？"署长这么问道。

队长推了推眼镜，点了点头表示确认："他们以为是垃圾，最多也就是动物尸体散发的异味，于是整整两天都没有报警。但是到了第三天，他们终于意识到了事情的严重性。因为他们当时就在案发现场的仓库边修剪树木。"

接到报警之后，派出所的警察去了现场，然后月缟新也赶去了现场。

"用于出租的集装箱仓库一排6个，分为上下两层，每层3个，一共两排12个，沿着高架桥的方向排列。遗体的位置是在靠里面的单间，门上发现了被撬棍一类工具撬开的痕迹。租户是一名35岁的派遣公司员工，用仓库来存放书籍。该男子已被列为证人之一，目前正在向他取证。"

岩楯祐也粗略地过了一遍租户的资料。租户老家在滋贺县，独生子，总之，看起来就是个把平时所有空闲时间都用在读书上的怪人。资料上写着，该男子在听说自己租的仓库里发现尸体时，没有表现出震惊或是害怕，而是愤愤不平地称"真是太给人添麻烦了"。毕竟是飞来横祸，倒也不是不能理解他的想法。不过，让岩楯祐也觉得可疑的是，该男子显得并不是非常震惊这一点。虽然单凭这点信息没办法断定什么，但看起来有必要跟这个男的见个面聊一聊。

"此外，对出租仓库的其他租户的取证也已结束。这些租户签的都是为期两年的长期合同，租的仓库都是用于存放滑雪和户外用具等特定时期使用的东西。这些人都住在江户川区，除了三个人是单身外，其余均有家室。"

队长接着就案件的目击情报进行了阐述，以一句"并没有什么有力的证据"结束了报告。

鉴定课课长接着在他后面开始发言："被害人身份不明。目前也尚未找到相吻合的牙科医疗记录。除了被害人是年龄在40到60岁的妇女以外，没有能确定其身份的特征。那个，相吻合的已备案失踪人口有多少？"

鉴定课课长看了一眼部下，坐在前面的侦查员读起了手头的报告："该年龄段的女性失踪人口已备案的有近8000人。"

"8000？真是个了不得的数字。"

"没错。只能用年龄或身体特征来进一步缩小范围了。"

"这样啊。那就辛苦你们啦。发现尸体的仓库里几乎没有微量物证[1]，几乎没有留下毛发、脚印和纤维，同时现场也没有检测到任何指纹。"

"看起来犯人在离开前好好打扫了一番啊。"

一课课长脸上浮现出讥讽般的冷笑："没错。恐怕犯人在现场使用了吸尘器。现在正在把仓库周边外壁上检测出的指纹，与管理者和租户的指纹进行对比。其中发现了一件可疑证物。"

鉴定课课长摘下银边眼镜，把报告书稍微拿远，眯起了眼睛。

"嗯，先从毛发开始说。我们发现了数根长度在 15 厘米以上、脱色过的自然落发。脱色程度并非只到褐色，而是接近金发的强力脱色。"

"是女人的头发吗？"南葛西警署署长插了一句话。

鉴定课课长摇了摇头："正在进行进一步鉴定。在结果出来之前，无法断定头发主人是男是女。还有……"课长舔了舔大拇指和食指，将文件翻到下一页，"在附着在尸体上的微量物证中，发现了疑似和刚才提到的金发相同的毛发，以及植物的种子。"

"植物的种子？"

"没错。种子的鉴定结果已经出来了，是鹭兰的种子。"

"鹭兰？"像是确认一般，会议室中响起了此起彼伏的重复声。

坐在岩楯祐也旁边的赤堀凉子突然停下了动作。屏幕上出现了刚才提到的植物，植株很小，整体看起来纤细得惊人，花朵洁白，形状像极了白鹭振翅。赤堀凉子和月缟新一动不动地盯着图片，看得入神。

"鹭兰是生长于湿地的多年生兰科草本植物，数量十分稀少，已被列

入准濒危物种。"

这说不定能成为什么线索。侦查员们的眼神变得锐利起来。然而鉴定课课长没有任何反应，继续读报告书。

"野生鹭兰，正如刚才所说，数量十分稀少。但同时，鹭兰也作为观赏用植物被大量栽培、上市出售，在普通花店里就能买到。但是，在市场上流通的鹭兰大多是球根，而不是种子。"

"鹭兰是无法产种的植物吗？"岩楯祐也一边做着笔记一边问。

"并不是这样。在花期过了之后放置一段时间，种子就会自然掉落。不过，对于养殖鹭兰的人来说，正常做法是在花期过后立刻摘掉种子，否则种子就会抢走球根的养分，球根就废了。"

"那也就是说，和本案有关联的可能是不知道这一点的外行人？反过来说，也有可能是对鹭兰十分熟悉、特意摘除了种子的植物爱好者，还有可能是贩卖鹭兰的农民。当然，这也有可能是野生鹭兰的种子。"

"嗯，这个范围也很广。虽说情况特殊，但光凭这点很难锁定目标。"

但是可以确定的是，从杀人到弃尸过程中的某个阶段，尸体接触到了鹭兰。这个监禁杀人案本来就涉及至少三名嫌犯，现在又扯到了花花草草……岩楯祐也放下了笔，抱起胳膊。

说到底，犯人为什么要把尸体遗弃在仓库里呢？把尸体丢弃在葛西到底有什么意义？犯人甚至还用吸尘器打扫了仓库，并仔细地擦掉了各处指纹。岩楯祐也从前天开始就一直在思考这些问题，但始终得不出一个合理的答案。

鉴定课课长继续说明尸检解剖情况。讲完要点之后，他看了看四周，示意大家可以提问。这时岩楯祐也身边立刻传来了一声："我有问题！"声音之大吓得他不禁哆嗦了一下。全场的目光都聚焦在声音的源头上。

赤堀凉子拉开椅子，弄出巨大的声响。她特意鞠了一躬，而后说道："大家好！我是在本案中一手包办昆虫调查的法医昆虫学者赤堀凉子。这是我第二次参与案件调查，我会努力，积极协助警方破案，请各位多关照。啊，后面的各位，我没用麦克风，能听得清吗？"

赤堀凉子瞬间就打破了会议室里的紧张气氛。在场的人里，应该没有谁比岩楯祐也更慌了。他提心吊胆地抬起头，从旁边看着赤堀凉子一脸开心地东拉西扯。他明明已经叮嘱过她，让她不要说奇怪的话。但赤堀凉子本身就是个怪人，再怎么叮嘱也于事无补。

侦查员们一脸"这家伙是谁啊"的疑问表情，现场响起窸窸窣窣的说话声。这时，一课课长慢慢拿起了话筒。这个简单的动作立刻让全场温度降到冰点，空气中弥漫着令人不适的紧张感。一课课长花白的头发梳成三七分，肤色晒得黝黑，眼睛看起来异常凸出。这是一副让人本能地不想与其对视的面容，但赤堀凉子似乎不受影响。她满脸笑容地向一课课长问好："一课课长，好久不见。您最近还好吧？"

"托你的福。"

"之前真是承蒙关照了。那时候感觉一课课长真是每天都在对我发火。啊，不过，去年您还来探望我了……"

算我拜托你了，快停下吧。就在岩楯祐也心里这么祈祷的时候，一课课长挥了挥手打断了赤堀凉子的寒暄。

"刚才的自我介绍十分精彩。赤堀副教授将会加入这场调查，从法医昆虫学的角度来分析案件。去年，她从蛆虫生长速度的差异入手，查明了已经被烧得炭化的被害人摄入过可卡因的事实。在座的各位应该对法医昆虫学几乎没有了解，还请赤堀副教授简要地向大家说明一下。注意，请务必'简要'。"

"小事一桩。"赤堀凉子欢快地回答道，把拳头放在嘴边，清了清嗓子，"简单地说，我的工作就是研究蛆虫和尸体上的其他虫子，然后推断被害人的死亡时间及犯人和被害人所处的环境。"

"要怎么推断?"

后面传来了听起来有些胆怯,却十分感兴趣的声音。

"请回想一下小学学习的自然界的物质循环。物质循环的主体就是昆虫。附着在尸体上的昆虫种类,会以可预测的模式随时间变化。也就是说,只要能确定各种昆虫的龄数,自然就能知道尸体的死亡时间了。"

"龄数……吗?"

"没错。每当昆虫蜕皮,龄数就会增加。如果是丽蝇科的苍蝇,产卵期是 6 天,而发育期是 12 天。在那之后就会结成蛹,大约过 17 天长成成虫。苍蝇在闻到尸臭的 10 分钟之内就会在尸体上产卵,所以用这种办法判断被害人的死亡时间几乎没有误差。"

"总感觉不够准确啊。"

"不会的,不会的。我会计算出比任何学者的推断都更加准确的数值哦。"

会议室里的人都用半信半疑的目光看着赤堀凉子。

"那要如何判断犯人和被害人所处的环境呢?"

"围绕捕食关系,生物与生物之间能瞬间构筑起一个生态系统。其中的规则一定是弱肉强食。比如蛆以尸肉为食,小型蜂以蛆为食,大型蜂以小型蜂为食,其中还要加入各种寄生生物和微生物,生态系统会变得越来越复杂。这次犯人虽然移动了尸体,但无论犯人如何机关算尽,也一定会留下破绽。现场照片和解剖照片就记录下了许多'昆虫的告密'。"

赤堀凉子得意地笑了笑,高高举起手上的照片。

"据在密闭的仓库中跟尸体共处一室的月缟刑警报告,当时仓库内的苍蝇多到遮蔽视线,我认为其实际数量应该是非常庞大的。所以我刚才就问月缟刑警,现场的蛆大概有几个茶碗那么多。"

"茶碗……"在场有不止一两个侦查员发出了这样的惊叹。

赤堀凉子一边比画着一边继续说:"实际上,相对于苍蝇的数量,现场的蛆虫并不算多。就像尸检解剖报告上写的一样,尽管腐烂严重,但尸体内脏液化程度较轻,说明蛆虫还没有入侵到体内。"

"那又如何?"一课课长取出笔记问道。

"我去找了直到尸体被发现的前天为止三个星期的气象数据。那个地方的平均气温是 31 摄氏度。如果是在铁制的集装箱仓库中,白天的温度应该可以轻松达到 50 摄氏度以上。不过,因为仓库位于高架桥阴影中,所以温度保持在了 50 摄氏度以下。"

"然后呢?"

"蛆虫没办法调节体温,如果温度超过 50 摄氏度就会热死。就算只有 35 摄氏度左右,蛆虫也难以活跃地繁殖。细菌类生物也是一样。因为天气炎热,所以蛆虫的生长和内脏的腐烂都停滞了。"

"原来如此,原来如此。"南葛西警署署长拍着手插话道,"也就是说,根据你的分析,蛆虫的数量并没有很多是吗?"

"没错,正是如此。"

"但在尸检解剖的时候可是涌出了大量的蛆啊。你并没有实际看到那个场景吧?纸上谈兵可不好啊,你们这些学者总是这样。"署长自认为驳倒了赤堀,冷笑了几声。

确实,解剖当时的场面和赤堀凉子的解释有所出入,然而她似乎毫不动摇。

"解剖时涌出的大量蛆虫,是在尸体被从仓库里搬运出来的时候孵化的。从犯人弃尸的时候开始,应该就有大量的苍蝇接连在尸体上产卵了。但是,产下的卵因为气温过高无法孵化。现在我手上拿到的虫子,也清一色都是一龄的幼虫。"

署长一脸"那又怎样"的表情，皱着眉头，嘴唇紧闭。岩楯祐也一时间没有理解署长的意思，但突然灵光一闪，匆匆翻阅资料。没记错的话，鉴定组在现场采集到的微量物证中，混入了一些蛆虫蜕下来的壳。仓库里是连卵都孵不出来的严酷环境，那这些蛆虫又是怎么蜕皮羽化的呢？

"副教授，请问你如何解释在仓库中发现的蛆虫蜕下的壳和你的推断之间的矛盾？"

赤堀凉子咧嘴大笑，重重地按了按岩楯祐也的肩膀。

"反驳得好呀，岩楯刑警！"

"这不是反驳，我是在问你问题。"

"嗯，你问到了第一个关键点。考虑现场的环境，在现场产下的卵是不可能度过蛆虫期并正常羽化为成虫的。很可能是一些卵在死者被杀害的地方就已经孵化，以蛹的形式和尸体一起被搬到了仓库里。其中一些蛹在比较早的阶段就成功羽化了。"

"也就是说，可以推断出死者的死亡时间了？"

"没错。如果苍蝇是在死者死后立刻产的卵，从产卵到羽化需要 17 天。考虑到先前提到的，仓库内温度过高导致羽化过程停滞这一点，能推断出这名女性在 8 月 18 日之前就已经遇害了。"

"那就是说，法医提出的死亡时间约为一周的推测是不正确的？"

"根据情况来看，那应该是尸体被遗弃在仓库里到被发现为止经过的时间。不过还需要进行更细致的气象状况和环境分析，再修正数据。"

受限于法医和科研组提出的数值，侦查员往往会忽略真正重要的问题。这种情况过去也出现过。无意识地缩小了范围，不在范围内的可能性就理所当然地被无视，后果就是给了犯人逃跑的机会。从那之后，对于带有"大约"二字的阐述岩楯祐也都充耳不闻。但像今天这样的判断，给出了如此有说服力的根据，岩楯祐也自然会竖耳倾听。月缟新瞳目结舌地看向充满自信的赤堀凉子，其他侦查员也被赤堀凉子的推理给震慑住了。

"明白了，我们会把你的假说加入研究资料。但是，大夏天的，放置了 17 天的尸体可不会是这样的，你懂吗？就算只过一天，尸体都会变成相当糟糕的状态。"一课课长停下记笔记的手，用毫无起伏的语调说道。

听到这些话，赤堀凉子慢慢走上前，看了看贴在白板上的尸检解剖的照片，并取下了其中三张，分别是手部、脚部，以及惨不忍睹的头部伤口的特写照。看到这几张照片，岩楯祐也轻轻点了点头。就算她不指出来，他原本也准备对这几张照片进行询问。

"被害人的手腕和脚腕被绳子一样的东西绑住了。仔细看，可以发现伤口已经结痂了。此外，头部的殴打伤出血应该特别严重。"赤堀凉子用笔分别指了指各处伤口，"根据解剖报告书，法医的结论是这些伤在女性死亡前就已经有了。我刚才也说了，苍蝇只要闻到尸臭，一定会在 10 分钟之内赶到。"

"它们会舔食伤口上的血和体液，并在那里产卵对吧……"岩楯祐也回想起刚才她的讲解这么说道。

赤堀凉子用力地点了点头："这具遗体奇怪的地方是，伤口处并没有苍蝇产卵的痕迹。这完全不符合昆虫的基本习性。这也就意味着，这名女性死后被置于一个与昆虫完全隔离的环境中。"

"那不是因为受害者被监禁了吗？"一课课长提高声音问道，仿佛觉得很莫名其妙。

"死者的确是被监禁、密闭隔离了，这没有错。但恐怕不是在常温状态下。正如一课课长所言，现在这个天气，尸体不出一天就会开始腐烂。而且，苍蝇喜欢水分，不管多大的伤口，一旦干燥了，苍蝇就会失去兴趣。"

"干燥？"

"没错。蛆只会吃富含体液的柔软组织。也就是说，我认为这名女性很可能死后被冷藏了。"

"这回是冷藏啊……"

"经过一定时间的冷藏，伤口就会变得十分干燥。直到被丢弃在仓库里，尸体才终于开始腐败分解。不过，因为原本的伤口干燥了，所以苍蝇会选择其他开口处进行产卵。您觉得这个解释如何？这么一来，尸体的腐烂状态和推测死亡时间的误差就说得通了。"

赤堀凉子伸出食指指向眯着眼睛的一课课长，朝他笑了笑。

"这么看来，确实不能排除有人在利用昆虫扰乱调查的可能性。仓库的小窗之所以是开放状态，也是为了吸引苍蝇吗……啊，这一点可以忽略，并没有根据，只是我的猜测。"

"刚才你说，在杀人现场产下的卵孵化变成蛹之后，被带到了仓库里，对吧？那如果尸体被冷藏了，卵还能孵化吗？"

"蛆在低温下并不会轻易死去。它会暂停生长，缩进伤口的深处继续生长。通过这点也可以推测出尸体周围的环境。"

"怎么说？"

"尸体并不是被放置在用来冷冻鱼类、肉类制品的零下几十摄氏度的商用冷冻库里。要是温度真的那么低，蛆还是会死的。现在能得出的结论只有一点：这名女性从死亡到被发现确实经过了 17 天以上。从照片上能找到的'昆虫的告密'只有这么点而已。还有什么问题吗？后排的各位听得见吗？"

会议室沸腾了起来，这与赤堀凉子漫不经心的声音形成了鲜明对比。岩楯祐也注意到自己下意识地发出了赞叹。真是太精彩了。即使在现在这个物证极少的情况下，赤堀凉子提出的假说的逻辑也完美得惊人。不过，要证明她的假说可就麻烦了，得考虑到法医昆虫学不被承认为证据这一点，还需要一些和昆虫无关的切实佐证。

调查会议一结束，赤堀凉子就两眼放光地背起双肩包，像条向主人撒娇要散步的小狗一样，抑制不住兴奋地欢欣雀跃。感觉智商被单方面碾压的月缟新，一言不发地拿起了赤堀凉子的捕虫网。

一行人开车经过葛西站前，沿着铁路继续前进。进入仓库林立的冷清街区后，就看到了黄色的"禁止入内"警戒线。万幸的是，这里没有媒体的影子。岩楯祐也把力狮停在鉴定车辆的后面，打开了车门。时间已过傍晚5点半，天阴沉沉的，带着厚重湿气的风打在身上。

"这附近植被还挺多呢，空地也不少。"

岩楯祐也听到身后传来了一本正经的声音。赤堀凉子脱下衬衫，露出里面的橙色T恤。她卷起牛仔裤的裤腿，光脚穿着运动鞋，斜背着装着工作道具的背包，手里举着比身高还长的捕虫网。看到她这副打扮，岩楯祐也回忆起了久远的小学时代的暑假，不知道是不是只有他自己有这种感觉。沉默寡言的月缟新看她的眼神像是在看着某种珍稀动物，完全无法移开视线。

"我帮您拿吧。"月缟新伸出手。看到身高只有一米五左右的瘦弱女性拿着这么大的行李，任何有良知的人都会这么做吧。可是赤堀凉子并不领情。

"月缟有种酷酷的感觉呢。从不多嘴，非常文静。看来我见证了一对两极化刑警搭档的诞生啊。"

"不好意思，我这个人就是喜欢说多余的话。"

"'多余'二字是岩楯刑警的核心特点呢。"

"核心……"

"另外，月缟，你不用担心我。如果真的太重，我会说的。我没有刻意勉强自己，不过还是谢谢你。我喜欢体贴的男人。还有，我希望你想到什么就直说。从无关紧要的闲谈中能得到的发现，多得超乎你的想象。这跟人生阅历什么的完全没关系。岩楯刑警应该也是这么认为的。"

"没错。"岩楯祐也表示同意。

"你看，你家上司看上去虽然严厉无情，但其实是很通情达理的。不过严厉这点倒是真的。"

赤堀凉子拍了拍月缟新的手臂，大步流星地朝目的地走去。被留下的两人毫无意义地交换了一下眼神，跟着她穿过了黄色的警戒线。在东西线的高架桥下，集装箱仓库像被堆起来的火车车厢一样，面对面一共有 12 个。第一层最靠里的那间就是发现腐尸的地方。

"在会上我忘了说，"赤堀凉子边走边说，"单从遗体的腐烂状态和推断的死亡时间来看，虫子们似乎有些迟到了。"

"虫子迟到了？苍蝇吗？"

"不是。让我觉得奇怪的是，只吃干燥组织的甲虫——皮蠹，居然一只都找不到。一般情况下，尸体应该是处于同时发现蛆跟皮蠹的阶段才对。"赤堀凉子歪了歪头，"而且这次的案件，我觉得就算推断出蛆虫的生长速度也几乎没什么意义。"

"因为尸体所在的环境里卵没办法孵化啊。"

"对，没错。所以我们的调查方法必须来个 180 度大转弯，借助虫子的眼睛来观察。这次没办法像上次一样故技重施，所以我们得去各处接触各种虫子，从它们身上问出需要的信息。"

虽然说得很含糊，但她的脑海里一定已经构建起了精密的计划框架和具体实施步骤。岩楯祐也觉得，这种时候就应该让赤堀凉子自由发挥。他有预感她能发现一些有趣的东西。

穿着蓝色制服的鉴定侦查员们匍匐在案发现场，专心地采集着微量物证。岩楯在获得鉴定主任的许可后，套上了鞋套，戴上了口罩和手套。

赤堀凉子早已准备好，正在调整头盔探照灯的角度。

进到仓库区，臭味一下子就变重了。赤堀凉子观察着和仓库无关的周边环境，再三抬头看了看阴郁的天空。就在电车经过头顶、发出嘈杂的噪声时，她突然停下脚步叹了口气，关掉了头顶的探照灯。

"今天就先回去吧。"

"你在说什么？我们才刚到啊。"

"是这样没错，但今天虫子们都跑去避难了，我无能为力。我们最好也早点撤退。"

"为什么？"

"因为10分钟内就会有一场风暴。"

赤堀凉子煞有介事地说着，像祈雨师一样朝空中举起双手。她看向仓库后面杂草丛生的建材存放处，接着移动视线，看向仓库的地板下面。她似乎对边上的这块空地很感兴趣，朝那边看了好几眼，做出测量距离的动作。

就在这时，以远处微微闪烁的闪电为信号，乌云开始变厚。一开始星星点点落下的雨滴迅速地增加着数量，一下子就成了暴雨，猛烈地击打着地面。看着鉴定侦查员为了保护现场而拿出防水布，赤堀凉子突然发出了不合时宜的大笑。

"你看，我说对了吧。虫子这么少，就是暴雨来临的前兆。虫子们很了不起吧？"

"啊，是啊，了不起！你是昆虫大师，你比它们更了不起！"

这场暴雨异常猛烈，集中打在身上隐隐作痛。岩楢祐也一边高声呼喊着一边跑向车子。赤堀凉子露出让人毛骨悚然的笑容，时不时回头望向后面的空地。

"赤堀老师，如果有什么在意的地方，我帮您用防水布保护起来吧。"

弓着背一路小跑的月缟新突然朝赤堀凉子说道，声音甚至大过雨声。岩楯祐也听见了，也看向了昆虫学家。

赤堀凉子用同等的音量回答道："没关系！保持自然的状态就行！接下来只要让虫子们自由发挥就可以了！这真是一场及时雨啊！对我，还有对警方来说都是！"

虽然两位刑警搞不懂她的话是什么意思，但确信她似乎看见了些什么。

三人上车时，浑身已经湿透。

"你醒了吗？喂，已经早上啦！"

屋里的人被敲打木质拉门的声音和地热般的暑气唤醒了。盖在身上的小毯子被挥开，缠在了脚上，身上穿的 T 恤也不知在什么时候脱掉了。薮木俊介裸着上半身，呆呆地盯着天花板上的污渍看了一会儿。

"薮木，喂，差不多该出来开门了吧！"

尖锐的声音让人鼓膜阵阵发痛。薮木慢吞吞地坐起来，眯起眼看向挂在柱子上的电子时钟。现在是早晨 6 点 50 分。拜托，饶了我吧。薮木一边用手擦了擦汗津津的脸，一边咒骂着站起身。他解开木质的挂锁，拉开了门，拉门咔嗒作响。阳光瞬间射进了薮木眼里，他举起手挡住了光线。

"早上好。今天天气也很好哟。"

薮木眨了眨眼适应光线，只见淡红色芙蓉肆意绽放的庭院里站着一位体态丰满的中年女人。女人圆滚滚的脸上布满雀斑，头戴一顶草帽，笑容满面。是住在附近的真舟郁代。她似乎已经从田里工作回来了，黑色的长靴上沾满了泥土。

"难不成，你才刚醒吗？"

"这还用说吗？你以为现在几点啊？"薮木一边打着哈欠一边抗议道。

"已经 7 点了啊，全村就只剩你还在睡了。"

"就算全日本只剩我一个人在睡，我也希望你不要来扰人清梦啊。"

"不行不行。要是昼夜颠倒，整个人就会变得奇怪的。你是时候改改生活习惯了。"

郁代用责备的语气说道，并伸手递出竹篓。竹篓里放着新鲜的西红柿、弯曲的黄瓜……刚摘下来的蔬菜堆成了一座小山。

"这是我刚摘的。收成不错哟。"

她在套廊上坐下，把竹篓放在地上。薮木也蹲下，拿了个颜色通红、已经熟透的西红柿。虽然表面坑坑洼洼的不太好看，但能感受到其中迸发出来的生命力。薮木在运动裤上擦了擦上面沾着的泥土，一口咬了下去。不仅酸得刺激舌头，还有一股菜味，薮木忍不住打了个冷战。虽然这味道再怎么违心也说不上好吃，但这大概就是西红柿原本的味道吧。

"好吃吗？"

"嗯，很好吃，酸酸的。"

郁代的脸上顿时绽放出笑容，眼睛眯成了一条缝。

薮木偷偷地仔细观察着她的举动。刚过50岁的郁代表情丰富，怎么看也不像是城里人。面对自己这种来路不明的人也毫无戒心。听说真舟夫妇之前在东京开了一家拉面店，一年前搬到了这个村子里。据她说，丈夫得了脑梗死是他们搬家的契机。不过自给自足的生活想必也不轻松吧。

"薮木，你要不要也试着种种菜？"郁代指着杂草丛生的田地说道。

"不可能的，我没那个耐心。"

"种菜不需要耐心啊，农作物会自个儿长大的。"

"那怎么可能。"

"哎呀，是真的。你越是不去管它，作物就越好吃。"

薮木把西红柿放到嘴里，把蒂丢在院子里。自顾自生长发芽的牵牛花爬上了方格竹篱笆。牵牛花花色洁白，黑凤蝶围绕在其周围嬉戏。看着这画一般的风景，薮木想起三天前夜里发生的事。在乱舞的萤火虫中现身、想要自己心脏的那个女人……不知道讨厌阳光的妖怪是否已经回到了坟墓之下。

"郁代姐，这附近有那个出没吗？"

"出没？你在说什么？"

"呃……就是，那一类的东西。"薮木吞吞吐吐地说道。

郁代盯着薮木，歪了歪脑袋："你指的难道是幽灵什么的吗？"

"不单单是幽灵，我指的是所有跟幽灵类似的东西。"

听见这话，郁代豪爽地哈哈大笑起来。

"拜托，薮木，你难道是一个人住怕了吗？"郁代笑得越来越大声。

果然不该问的。薮木感到了深深的后悔。

郁代喘了口气，眯起眼睛："我虽然从来不信这些东西，但搬到这里来以后，我被夜晚的黑暗给吓到了。总觉得真正的黑暗很有压迫感，真的就是'夜幕降临'的感觉。"

"嗯，毕竟这里就是个似乎被时代抛弃的偏僻小地方啊。"

"对啊，对啊。这么一想，感觉不管有什么东西出没都不奇怪了。所以，你是看到什么了吗？"

薮木把玩着弯曲的黄瓜。虽说是看到了，但他也不清楚那是不是真的。当时他酒喝多了，整个人醉醺醺的，分不清哪些才是现实。

"顺便问一句，薮木，你多大了？"

"不好意思，我今年 29 岁了。"薮木苦笑着，耸了耸肩。

"毕竟你才刚来这儿半年嘛。一个人起夜害怕也是正常的。要不要来我家住几天？"郁代恶作剧般地笑了笑。

"要不然，我搬来这里住也行哟。你知道吗，这个地方好像还保留着男女夜里私通的风俗哟。"郁代意味深长地眨了眨眼。

"好了……"郁代站起了来,"要是有空的话,等会儿过来吃午饭吧?诹访夫妇也会来哟。"

听到"诹访"两个字,薮木有些反应过激。他非常不擅长跟诹访夫妇打交道。

"我想去的话会去的。"

"你每次都这么说,结果一次也没来啊。总之,我们对这个村子来说都还算是外人,大家互相帮助吧。这个村子本来就相当闭塞了。"

"是啊。谢谢你送的蔬菜。"

郁代笑着点了点头,挥挥手出了门。

薮木干脆地站起来,把滑动不顺的六张木门板全部卸下来,放进了门板收纳袋。他打开木造老平房的窗户,把房间里混浊的空气赶到外面。他穿上凉鞋,走进院子,立刻就感觉到了炽热的阳光直射在头顶上。不过空气湿度较小,没有让人喘不过气的不快感。这里离东京才不过170多千米,但不管是气候也好,风土人情也好,完全像是两个不同的世界。

无视接着水管的水龙头,薮木径直走向了荒废菜园深处的古井,站在井前。这是薮木每天都要玩的游戏。薮木手握满是铜锈的水泵,大幅度地上下拉动,将打上来的井水从头往下倒。井水冰冷,刺激得太阳穴阵阵作痛。像是修行的僧侣似的,他一只手汲水,一只手把水从头顶淋下,同时把郁代给的蔬菜浸在了装满水的桶里。

薮木在门口的踏脚石上脱下凉鞋,进了屋。房子的屋顶是典型的农家风格,天花板上可以看到光秃秃的横梁。宽敞的日式客厅被满是污渍的拉门隔开。瓦片铺的屋顶比墙壁还要向外突出不少,导致阳光照不进屋子,屋内总是光线昏暗。应该说,这是非常符合本地风土的构造吧,有种东北农村特有的阴森感觉。

电子钟显示时间为7点30分。她们在等着我。薮木随意地收起被子,穿上 T 恤和拖鞋，绕到了房子后面。这时，从边上一篱之隔的作坊中传来海浪一样的沙沙声。有个人端正地坐在铺开的席子上。

"婆婆。"

听见薮木的声音，把手帕像头巾一样绑在头上的老人慢慢转过身子。老人小巧的脸上密密麻麻的全是皱纹，眼睛圆溜溜的，眼珠呈银色。虽然她说自己是白内障，但薮木总觉得她更像是上了年纪的妖精，充满着神秘色彩。

"是俊介啊。今天起得可真早啊。"

"我是被郁代姐叫醒的。"

"郁代？哦，那个东京人吗？"

"我也是东京人啊。"

薮木打开矮小的篱笆门，走向老人。发出海浪声的是被撒在报纸上的紫红色的红豆。

"在干什么呢？"

"红豆里进了虫子。晚上睡到一半，就听见里面窸窸窣窣的。"

"里面窸窸窣窣的？"

老人身边堆着好几个枕头，她一一解开枕头的缝合口，从里面倒出红豆。

"你在枕头里放红豆吗？"

"对啊。虽然有的人喜欢放荞麦壳，俺还是喜欢放红豆。夏天枕着很凉快。"

老人用布满皱纹的手挑拣红豆，开心地笑着。

把一间独栋副屋租给薮木的这个老人名叫三桝多惠，管自己叫"俺"。自从丈夫去世之后，她就一直一个人打理着房子。不过最近，她终于决定接纳村里的政策。不，应该说，如果不接纳的话，她一把年纪日子也过不下去。所谓政策，就是总务省制定的"促进定居空房活用政策"。

福岛县青波郡枯杉村是个人口不到 800 的小村庄。农村有的所有问题——人口老龄化、人口稀少、财政困难、失业严峻，这个村子都有。加之当地政府的决策失败，可以说进一步加速了村子的"空村化"。

当初村子以"打进东京新干线通勤圈"为口号，大兴土木地开始开发新兴住宅区。在村子的一角铺上时髦的欧洲风格的红砖路，建起一排排跟示范住宅一样漂亮整洁的新房。据说刚开卖的时候，购房竞争十分激烈，想必村里的投资商们一个个一定都笑得合不拢嘴。

但是，就连初来乍到的薮木都看得出，这个举措没办法为村子本身注入活力。农村区和住宅区的生活完全被区分开，人与人之间被画上了一条肉眼看不见的、名为阶级的分界线。别说注入活力了，这个措施反而在村里形成了决定性的等级分化。即便如此，买房热潮也好景不长。因为经济不景气，大家开始不断将房子转手，而且在那之后又发生了地震，因此这个被起了个如墓地一样名字的"绿丘住宅区"终于变成了废墟一样的死城。

薮木静静地看着双手忙碌的老人。多惠张开瘦骨嶙峋的手掌，把红豆倒在手上滚动着。

"这样能找出被虫蛀的红豆吗？"

"能啊。如果是空心的就会比较轻啊。"

"这……用你这个办法弄到太阳下山也弄不好啊。"

"俺只知道这一种办法啊。要是太阳下山了，那俺只好不枕枕头将就一晚了。"

她似乎一点都不介意。

"对了，俊介，前天的那个青年团集会你去了吗？"

"没去，"薮木马上答道，"感觉很麻烦。"

"什么呀，难得村公所的夏川都来邀请你了。去了可以交到很多朋友的。"

"我又不是为了交朋友才到这里来的。还有，村公所的夏川是谁啊？"

"是个好像很熟悉复杂机器的男孩子。说起来，大家是不是都管像你这样的人叫'宅男'啊？我看 NHK 新闻里提到过。"

啃老族、宅男、家里蹲，在多惠眼里大概都没有区别吧。

"嗯，差不多吧。我去了人多的地方就会晕倒。"

"那可真麻烦。希望你的病能早点治好。"多惠一本正经地回答道。

枯杉村采取的下一个政策，是试图吸引新人口搬到村里定居。具体的方案是用补助金修缮无人使用的农房和独栋副屋，然后低价出租给外来人口。

薮木打一开始就没打算务农，也不想与人来往，只希望能过上隐居一样的日子。决定搬到这里来也只是一时冲动。环境安静，还带房子，而且村里还保证每月租金只要两万元。就算日子过腻了，他只要忍过规定的 5 年时间就可以回东京了，完全不用深思熟虑。

"我过一会儿要去镇上买些东西，要我带点什么吗？"薮木朝默默地分辨着虫蛀红豆的多惠问道。

"那真是辛苦你了。"

"哪会辛苦，开车也就 30 分钟而已。"

多惠停下手，用肩膀擦了擦松弛的脸颊。

"对了，前阵子吃的那个东西挺好吃的，那个滑滑的、用豆腐做的东西。俺活了这么久，第一次吃到那样的东西啊。"

"哦，那个叫杏仁豆腐，当然不是豆腐做的啦。"

"没错，没错。新人豆腐。那个可好吃了。"

看着满面笑容的多惠，薮木心里微微有些刺痛。听说多惠的儿子一家移民到了美国，她甚至一次都还没见过在美国出生的孙子。

"还需要什么其他东西吗，特别是那些重的东西，洗衣粉、白糖、油之类的？"

"暂时不用。俊介搬过来之后真是帮了俺大忙啊。真是太好了，太好了。"多惠说着，睁大了双眼，直直地盯着薮木。

"怎么了？"

"你过去坐在那边的椅子上。"多惠用下巴指了指放在里面、像是风化了一样的圆椅子。

"你是个宅男，所以连理发店都去不了，对吧？明明是个男孩子，头发却这么长。"

多惠打开裁缝盒，从里面取出刻着名字的裁衣剪。

"俺帮你剪剪。"

"不用啦！我是故意留长的。"

"要是头发进了眼睛，眼睛会瞎的。"

"不会瞎啦。"

薮木从老人手上拿起沉重的裁衣剪，放回盒子里。

"对了，我有件事想问婆婆。这附近有妖怪、幽灵之类的出没吗？"

"嗯，会啊。死人复活也是常有的事。"

"死人复活？"

"现在都是火葬，所以不常见了，但以前是土葬。那时候，进了棺材的死人经常会复活。"

"那不成了僵尸吗……可是，要是死人经常复活那可不好吧。这不是说明下葬的时候人还没死吗？"

"特别是在盂兰盆节前后，各个地方的死人都会变得不安分起来，到了今天都还不消停呢。那边的沼泽里也会出现鬼火。你可别盯着它看。

只要装作没看见，过一会儿它就消失了。"

薮木牢牢记着多惠的忠告。从活了80多岁的老人嘴里说出的话不会有错。

"这一带有比较出名的女幽灵吗？年纪在20岁左右，长得非常漂亮，嘴里说着'想要心脏'，还穿着白色的浴衣。"

"心脏？你该不会是差点被她拿走心脏吧？"

多惠是认真的吗？她从头上摘下手帕，把银白的短发往后梳。

"你在哪里看到的？"

"我沿着后面那条小路，朝山的方向走，到了个有条小溪、萤火虫成群的地方。"

"是增谷家的田地附近啊。朝那个方向一直走下去，有一座祈雨人借住过的马厩。"

"祈雨人？那是什么，跟女幽灵有关系吗？"

多惠反复点了点头，坐直了身子。

"俺也是从俺姥姥那里听说的。在宽永年间，有一年这里滴雨未降。从春分开始就连日大旱，地里的庄稼都快死了，水井也干了。听说村里也死了不少人。于是，大家决定造一座雨神的祠堂。"

"这么一说，我记得枯杉公交站附近就有个写着雨神堂遗址什么的标志。"

"对啊。尽管村民们在山上建了祠堂，但干旱还是持续着。于是，村民们就一起上山去念经了，但雨还是没有下。"多惠用仿佛亲身经历过的口吻说道，"这时候，有人就说，是不是神灵在作祟。于是，大家就决定向神灵献上灵魂。"

"灵魂……难不成是活祭吗？"

"没错。他们准备把活人埋在祠堂下面，然后请北边村落的祈雨人过来祭拜神灵。他们相信这次老天一定会降雨，相信祈雨人神通广大。所以，在一次村子的集会上，大家决定进行活祭。"

"真是太乱来了。谁想被活埋啊？！"

"那当然谁都不想被活埋啦。"老人冷冰冰地说，"因为决定不了谁来当活祭，村民们又闹了起来。"

"那，最后决定了吗？"

"定了，定了。村子中间有一棵巨大的松树，大家决定第一个路过那里的人就得当活祭被活埋。"

"太过分了。我有点懂了。第一个路过那里的是个女孩子吧？"

薮木看着多惠的眼睛，多惠叹了口气，悲伤地皱着眉头。

"没错，就是个女孩子。但是这下可大事不好了，那个姑娘是远道而来的祈雨人首领的女儿。她抱着一个包裹，看起来很着急的样子，一路小跑着过来了。"

"这下可糟了。"

薮木被民间传说深深吸引，不禁探出了身子。

"首领这下可吓死了。他马上飞奔过去，朝女儿大喊让她赶紧回去。但是女儿的耳朵不灵，没听见。首领不停地摆手，大叫让她别过来。但女儿误会了，以为那是父亲在招手叫自己过去，便越走越快。她其实是来给父亲送饭的。"

"接下来发生了什么？"

"那姑娘逃了很久，但最后还是被抓住了。"

"没人肯帮她吗？"

"谁要是帮了她，就得代替她成为祭品。她真是太可怜了。"

"她后来被活埋了吗？"薮木提着嗓子地问。

"是啊。被装进木桶活埋了。听说首领也很是可怜，作法的时候一直在哭。结果仪式一结束，天就下起了雨，祈雨人也被大家崇拜。但其实祈雨人根本没有让天下雨的力量，他们只是一直祭拜神灵到天开始下雨为止。"

多惠低下身子双手合十，口中低声念叨着"南无阿弥陀佛"。

"在那之后，就经常有人说在村里看到了那姑娘的幽灵。所以为了镇魂，大家在村里种了梅花树。那女孩被叫作'冰雪花'，直到现在还在那一带出没。"

"婆婆，这只是民间传说吧？"薮木一脸认真地问多惠。

多惠回答道："这都是真的。"

这时，一只不合时节的秋蝉停在了附近的柱子上，发出了恼人的叫声。

6

薮木打开木门，冷空气一股脑儿扑面而来，他全身立刻起了鸡皮疙瘩。他反手关上门，踩在木板上，拉了拉电灯泡下面悬着的铁链。

薮木走向储物间深处，站在横着摆成一排的 3 张榻榻米前面。全身赤裸着坐在椅子上的，是看上去总是欲言又止的短发少女。她的眼角微微上吊，显得有些好强，但略微张开的嘴唇却带着一丝哀愁。在她旁边，微微歪着脑袋的女童两脚张开跪坐着。女童垂着一头长发，把枫叶一样的小手放在鼓鼓的肚子上。她也是全身一丝不挂，甚至能看见她那无瑕的肉色生殖器。

榻榻米上仰躺着的是一名身形丰满、拥有一头黑色鬈发的娼妓。她边上则是一名身体略微发福的中年妇女，红褐色的头发被整齐地剪成了娃娃头，嘴上涂着大红色的口红。

"你们还好吗？"

他朝所有人发问，但没有人回答。他从架子上取下遥控器，将除湿器的温度调低。明明连家里都没有空调，但储物间里却有，实在是太不正常了。但是，保证她们的舒适才是薮木最优先考虑的事情。

薮木作为一名球体关节人偶师的才能被世间认可。导致薮木走上这条路的根本原因是某具美丽的尸体。那是他和朋友一起去雪山时的事。他在远离登山路径的杂木林里，发现了一位倒下的女性。她直直地仰躺在软绵绵的新雪上。气温已到零摄氏度以下，但她还穿着单薄的罩衫和短裙，手脚和脸颊泛出淡淡的红色。

说实话，他从没见过这么美丽的女性。她不只是外表美，而且全身都散发出一种神圣的气息。薮木记得，自己被她那交织着希望和绝望的表情深深吸引。虽然后来他听说那女人是自杀，但她那透着希望的脸庞却让他难以忘怀。存在于死之彼岸的希望，究竟是什么样的呢？

之后，薮木学习了美术解剖学，并醉心于研究如何制作具有真实感的人偶。他做的人偶一定得是等身大，细微之处也十分讲究。这份异于常人的执拗为他吸引到了一批客户。尽管年纪轻轻，他却已经积累了不小的一笔财富，不过他仍无法感到满足。没错，他是个被死人吸引的变态。他一直在下意识地寻找、追求无法开口的美丽死者。

他再次想起那天夜里看到的女人。她真的是冰雪花的亡灵吗？

"你们觉得呢？"薮木自言自语道。

他的指尖在石塑黏土制成的肌肤上滑动，摸上移植着真实人类毛发的脑袋。

"被人活埋的冰雪花，应该对人类恨得不得了吧。即使进了黑暗的木桶，她也不可能乖乖受死。她一定是胸中满怀着对人类的怨恨直到发疯，然后才死去的吧。"

她们的瞳孔散发着光芒，似乎是在对薮木表示同意。

"为什么会想要人的心脏呢……"

"为了复活，所以需要。"突然，短发少女回答道。

"我也想要心脏呀！"5岁的女童插了句话。

"如果不拿到心脏，心里就平静不下来吧？"

"是啊。她肯定想把村民全部杀光。一直游荡在人世，无法安息，她一定很痛苦。"

娼妓和中年妇女也依次发表了意见。

"那我在那时就应该把心脏掏出来给她吗？"

"你做不到的。"

"为什么？"

"你不是普通人。"

"什么意思？"

"你明明活着，却喜欢没有生命的东西。"

薮木扑哧笑出声，撩起因为太长而让多惠看不顺眼的头发。她们的心情似乎挺好的，今天从一大早话就很多。

要是有医生目击到这个场景，一定会认为薮木患有重度妄想症。薮木也觉得自己离妄想症只有一步之遥了。女人们的声音轻轻回荡在他的脑海里，一句接着一句，但也不是一直都是这样。

他集中精神听着女人们随心所欲的话语，想拿出椅子再跟她们聊几句，但是运动服口袋里的手机却开始振动了。薮木咂了下嘴，看了眼屏幕，上面闪烁着策划公司的名字。薮木感到十分厌烦，将手机塞回口袋。应该是打来催促他提交用于个人作品展以及出售的作品的吧。虽然自己作为人偶师的地位已被社会认可，但薮木早已感觉喘不过气了。受人管理、成天被人催促的感觉，只有"痛苦"二字能形容。更重要的是，要把她们当商品卖掉，薮木内心深处还是无法接受的。

他再次转向那四个人偶，但她们清澈的眼眸已经变成了普通的玻璃珠。她们的意识在交流时十分敏感，是一不留神就会消失不见的虚无之物。

"喂。"薮木试着喊她们。果不其然，她们已经封闭了内心。薮木放弃对话，关掉电灯走出储物间。

薮木走回院子，透过套廊看了一眼房里的电子钟，时间已经过了 9 点 30 分。薮木决定先去购物，于是脱掉拖鞋走向洗脸台。

薮木凝视着饱经风霜、满是污迹的镜子中映照出的自己的脸。原来如此，可以理解为什么婆婆想帮他剪头发了。他及肩的长发由于没有好好梳理，杂乱地纠缠在一起。搬来这个村子之前，薮木脸色差得一眼就能看出是长时间闭门不出导致的。尽管整个人仍显得邋遢至极，但在搬来这个村子之后，他的气色好转了不少，现在看起来已经和普通人差不多了。刷完牙，薮木把头发扎成一束，拿起车钥匙。

储物间后面有一间临时搭建的简陋小屋。小屋的屋顶用白色铁皮搭成，里面停着一台多年未动、布满灰尘的拖拉机。而拖拉机前面则停着一辆牧马人越野车，它甚至比拖拉机更脏，让人不忍直视。不过反正在乡下开车肯定会弄脏的，也没必要在意。

薮木拉下手刹，踩下油门，把车开出了三桵家的土地。放眼望去，四周一片青绿，只看得见山峦和农田。道路两边的狗尾巴草拍打着车身，车子剧烈地摇晃着，在弯弯曲曲的单行道上前行。

车过了弯，薮木看到了熟悉的面孔，放慢了车速。他们是自己最近一段时间的专属闹钟郁代，还有诹访夫妇。原本神清气爽的薮木瞬间变得心情沉重。在单行道上遇到熟人，不停下来打招呼都不行。不，在农村，就算是陌生人，都会要你停车，跟你聊天。

薮木在一行人面前停下车，踩上砂石路。

"又见面啦。去哪里呀？"郁代脸上带着暧昧的微笑说道。

"去镇上买点东西。"

薮木把目光转向郁代旁边的男人，略微点头致意。这个男人骨瘦如柴，脖子上青筋暴起，每次一看到薮木，就唠唠叨叨地开始说些"现在的年轻人真是不行……"之类俗套的话。这个叫诹访政春的男人，据说今年才50岁多，但外表看起来至少比真实年龄老10岁。

而他的妻子基子，长得跟丈夫完全相反。她身高至少有一米七，虎背熊腰、膀大腰圆。她总是推着一辆老旧的婴儿车，里面放着一只博美犬，汪汪汪地叫个不停。尽管天气这么热，博美犬身上还是穿着衣服。

"难不成，你们从早上一直聊到现在？"

这也不是不可能。不过郁代摆了摆手，笑着说："怎么可能，再怎么说，我也没这么闲呀。我们刚决定了中午吃饭的时间哟。"

诹访的嘴角上扬，意味深长地笑了。今天也逃不掉啊。

"薮木，你一定是很想学人家当独行侠吧。哎，年轻人嘛，都这样。也只有年轻的时候才能摆出这样一副看破一切、自以为是的样子了。"

不出所料，诹访没有忘记贬低薮木。

"这个先不提，你找到工作了吗？"

"没有。"

"有没有在找啊？"

"没有啊。"

"这怎么行啊。报纸上不是有很多招聘启事吗？有招汽车零件加工的、运货的，还有招人割草之类的啊。"

"我没有订报纸。"

"我告诉你啊，年轻的时候就是要多吃点苦头，老了这些都会成为宝贵的经验，不能一直逃避辛苦啊。所以我才说现在的年轻人真的不行啊。人一辈子这么短，不知道什么时候就死了。说不定5分钟后就死了啊。"

诹访张口闭口都是这些自己非常认同的、没有营养的废话。这个男人不知怎的经常露出一副空洞的眼神。现在他也隐约是那样的表情。每次看到他那张不带感情的脸，薮木总是感到异常不快。

诹访收起讽刺的笑容，瞥了一眼引擎还没关的越野车。

"网络会让人堕落。对社会一无所知的人整天就知道搞些什么股票、投资的。要是这种外行人要要小聪明就可以赚大钱，那这世道也要完了。"

"不过人都会想轻松地赚钱啊。"

"所以现在才有这么多啃老族啊，家里蹲的，自己还一点都不觉得丢脸。要我说，这些人都是垃圾啊垃圾。真想看看这群人最后会落到个什么地步。肯定会不得好死的。"

诹访满头大汗地说着自己的观点，而他的妻子一言不发，慢悠悠地推着婴儿车，车里的博美犬一直叫个不停。

现在整个村子里没有哪里比这儿更让人难受了。薮木没有公布他与众不同的人偶师的身份，所以在旁人看来，他就是个来历不明的无业游民。虽然他并不在乎别人的看法，但对于每次见面都要纠缠自己一番的诹访，他是打心底里感到厌烦的。

"诹访大哥，不要太欺负薮木了。有些时候人是需要一点时间来好好思考的，需要休养一下什么的。"郁代看不下去，插了句话。

诹访对此嗤之以鼻："要思考的话，等老了有大把大把的时间啊。年轻的时候不努力工作到睡不饱可不行。你知道吗，人的脑细胞可是每天都会死 10 万个啊。"

面对扬扬得意、滔滔不绝的诹访，薮木硬挤出一个微笑说道："听说人脑的神经细胞一共有一兆个左右呢。"

"哦，好像是这样啊。"

"也就是说，假设一天死 10 万个脑细胞，100 年就是 36 亿个。对比总数，这点脑细胞连零头都算不上，根本是九牛一毛啊。"

薮木话音刚落，诹访便收回了烦人的笑声。他阴森森地打量着薮木，仿佛在说"真是个讨人厌的家伙"。

"好了好了，薮木，你不是要去买东西吗？不快点走的话，镇上超市里的人就要多起来了。上午不是有限时特惠嘛。"

郁代有些担心，开口打破了现场紧张的气氛。她不停地给薮木使眼色，把手放在低处小幅度地摆动，示意他快走。

"是啊。那我先告辞了。"

薮木朝一行人点了点头，打开车门。在薮木坐上车的瞬间，诹访刻意用薮木能听见的音量说道："就知道油嘴滑舌，没半点真本事。"

随你怎么说。薮木粗暴地换了挡，无视诹访冷冰冰的视线，开着车走了。

Chapter 2

雌雄同体所述之事

1

9 月 6 日，星期六。

岩楯祐也和月缟新走下南葛西警署的楼梯，三名女警朝他们走来。三个人作为警察似乎还有些太过年轻，边走边嬉闹着，看起来像三个女高中生。但三人在看到月缟新的瞬间，便立刻拉了拉制服的下摆，恭谨地向他点头致意，这期间没有一个人看过岩楯祐也一眼。她们走出很远，岩楯祐也都还能听见她们嬉闹的声音。

"月缟，你在青春期的时候，应该没有过闷闷不乐、失落烦恼的经历吧。"岩楯祐也感慨道。月缟新一脸不解地看着他。

"长得好看就意味着能在人生的起跑线上赢过其他人，人与人之间还真是不公平啊。像我这样的，一开始就落后于别人，从出生开始就拼了命地往上爬，好不容易爬到跟别人同步的起跑线了，又被人一脚踢回去。"

"啊，您说的是这件事啊。这对我一点意义都没有。"月缟新含混不清地立刻答道，打开停在地下停车场的力狮的车门，"我想趁这个机会说清楚，对我来说，女人只不过是麻烦而已。我感觉她们心里总是打着小算盘，而且目前我对女人也不感兴趣。应该说，是我还没遇到过让我感兴趣的女人。"

"居然能轻描淡写地说出这种话。换作是我，早就被人用麻袋套头暴打一顿了。"

"我只是在陈述事实。我对赤堀老师挺感兴趣的，但她给我的感觉就像我们是不同次元的人。"

"这话说得倒是没错。"

岩楯祐也叼着烟，坐上副驾驶座，系上了安全带。就在这时，上衣口袋中传来一声微弱的短信铃声。没有几个人会给岩楯祐也的私人号码发短信。他打开手机，屏幕上是他已经看过无数次的消息："今天几点回来？晚饭在家吃吗？"

他离家才不过几个小时，而且这些事在出门前明明都交代过了。岩楯祐也叹了口气打算把手机收回去，收到一半时，突然觉得自己不能这么懒惰，于是拿出手机，回了信息："确定了再告诉你。"

岩楯祐也还没来得及合上手机，短信铃声又响了。

"什么时候才能确定？一个小时后？两个小时后？三个小时后？"

"要是知道的话，我刚才就告诉你了。"

几秒之后，就在岩楯第二次准备合上手机时，短信又来了。

"连续三天上班上到半夜才回来，您工作真是辛苦啊。"

这人到底是怎么回事啊？岩楯祐也揉了揉隐隐作痛的太阳穴。他反复思考了妻子希望得到的回复，但现在不管哪个选项都可能会踩到地雷。在这种情况下，讲大道理只会起到反作用，但要是反其道而行之，开玩笑打马虎眼，多半又会火上浇油。岩楯祐也已经吃过无数次苦头，清楚地明白短信绝对不能乱回。一言以蔽之，跟老婆交流时，从来没有正确答案。没想到简单的一则短信，就能让人如此头疼……岩楯把刚才的信息重发一遍后，急忙把手机收进口袋封印起来。

"您真疼老婆啊。"月缟新突然来了这么一句。

岩楯祐也慌得差点没拿稳手里的打火机。月缟新盯着岩楯祐也无名指上的戒指，露出一脸看透他的夫妻关系的挖苦表情。岩楯祐也不禁在心里暗骂了他一句。

　　每被问及私生活，岩楯祐也总是阵脚大乱，不知道该如何应对。自己和妻子的关系不顺到令人绝望。他清楚地知道自己平时重心都放在工作上，没有给妻子足够的重视。他错过了好几次弥补的机会，事到如今，想修复关系也无从下手。双方之所以无法坦诚相对，总是旁敲侧击地打探对方的想法，是因为害怕听到意料之外的真心话。所有问题都一而再，再而三地往后推，这已经成了两人间不言自明的默契。岩楯祐也由衷地觉得，就算在这种事情上意见一致，也一点意义都没有。

　　看到月缟新看破一切的表情，岩楯祐也先瞪了他一眼，然后打开了调查资料文件夹。

　　"先去找仓库的租户。"

　　"租户们的取证已经完成了。听说其中并没有可疑人物，您有什么在意的地方吗？"

　　"嗯，租户里有三个人是单身吧？"

　　"对。都是30多岁的男人。"

　　"那里的仓库有4张榻榻米大小。我在想，单身汉租这么大一个地方到底用来干什么？"

　　月缟新发动了力狮。车子从昏暗的地下开到地面，天空一片阴郁。岩楯祐也把刚才没点成的烟点上，吸了一口，把烟放在烟灰缸边上。

　　"有家室的人还能理解。生了孩子后东西自然会多起来，兴趣广泛的话，相关的器具也会越买越多。"

　　"租赁仓库的九个家庭都是住公寓或住宅楼的，说不定收纳空间确实不太够。"

　　"但是单身汉哪儿来的那么多东西？我理解不了。"

　　月缟新跟着前面的车辆，在七丁目的四岔路口处利落地右转弯。

　　"尸体所在仓库的租户完全就是个书虫。那个仓库里也发现了大量书籍，我觉得完全没必要太过在意。"

"你真这么觉得吗？再好好想想。用警察的视角来看问题。"

月缟新握着方向盘一言不发，过了一会儿转头说道："我觉得东西多不多要看具体个人情况。单纯因为对方单身就认为他东西少，我觉得不太对。"

"问题不在那里。我是想告诉你，要从更大的角度来看问题。"

"你是什么意思？我不太明白。"

"听好了。那边的仓库分上下层，上层和下层的价格差距很大。这也是理所当然的，因为搬运物品时的费力程度完全不同。然而三个单身汉全都租了价格更高的一楼仓库，而且这个人不是派遣公司的员工就是自由职业者。一般来说，这种人平时过日子都相当拮据，怎么可能每个月还花 2 万多块钱来租个仓库？"

"原来如此……有这笔钱，他们完全可以搬到更好的公寓去。"

"而且合同期是两年，这意味着他们总共花了 50 多万在租仓库上。换作是我，绝对不会做这种事。"

"但是，说不定租户确实有那样的高收入呢？根据工种不同，派遣公司员工和自由职业者也可以赚不少钱。"

"所以我才想跟他们见一面啊。懂了吗？"

"懂了。"月缟新点点头，终于明白了。

"还有一点，"岩楯祐也翻阅文件夹，停在了某一页上，"假如仓库的租户真的喜欢读书，那么这个列表就太奇怪了。一般来说，喜欢读书的人对书籍的种类不都会有一定偏好吗？但是你看看这家伙的藏书，从古典到悬疑、诗歌、短歌、儿童文学、历史、实用技能、纪实文学、浪漫文学、情色文学、护理知识、政治经济……这乱七八糟的种类究竟是怎么回事啊？所谓书虫，并不是只要是字都能读得下去啊。"

"啊，关于那个我自己做了些调查。租户对书的喜爱可能已经严重到书本依赖症的程度了。现实中确实会有那种因为一段时间接触不到文字就心情变差、患上精神疾病的人。"

岩楯祐也双手抱胸。如果真是这样，倒是能解释他为什么会在取证时说出"真是给人添麻烦"这种话了。但他总觉得还有什么不对劲。

车子开出七环，在拥挤的车流中穿过架在新川上的桥。岩楯祐也把还没吸几口就几乎燃尽的烟头摁灭在烟灰缸里。

这时月缟新变更了车道，再次开口道："昨天我上网查了一下法医昆虫学。"

"你开始对蛆感兴趣了吗？"

"我是因为去年发生的板桥纵火事件才对法医昆虫学产生兴趣的。它不仅能从一只蛆推断出被害者吸食过可卡因，还能洞察出这与被害者的嗜好的联系，更别提还能让蜜蜂带路到犯罪现场，这怎么可能让人不感兴趣？"

"总觉得你今天话挺多啊。"

岩楯祐也看了眼握着方向盘的月缟新，他像是不想让人看出自己难为情似的干咳一声。岩楯祐也知道月缟新从一开始就在关注法医昆虫学，要不然也不会说出什么"不能放跑苍蝇"之类的话了。

"仓库的窗户之所以开着是为了引诱苍蝇进入。赤堀老师是这么觉得的。"

"好像是啊。"

"我搜索后发现，网络上有非常多的这类信息。网上有篇论文就提到通过蛆虫的成长可以推断死亡时间。如果是这样，犯人肯定也知道自己这样做反而会留下证据。如果赤堀老师的推理是正确的，尸体真的被冷藏过，那就更搞不懂犯人到底想干什么了。"

"确实啊，不知道犯人有什么意图。"岩楯祐也合上调查资料的文件夹。

"不管是留下了蛆的线索也好，还是弃尸日期被人判断出来也好，从那个现场可以看出，犯人对这些根本不在乎。"

"为什么会这么认为？一般来说，犯人如果真的无所谓的话，根本就不会去做那么多复杂的善后工作啊。"

"要是不想被人知道，那只要把尸体分尸再埋在深山老林里不就行了。要处理尸体，方法多得是。但他为什么偏偏选择把尸体丢在集装箱仓库里，还刻意打开窗户呢？"

月缟新在斑马线前停下车，转头看向岩楯祐也。

"搞不懂。"

"对吧，搞不懂。就是这么一回事。既不希望被害人的身份被人查明，同时也不希望被害人的身份无法查明，两种情绪混合在了一起。"

当拄着拐杖的老人过了马路后，月缟新静静地发动了车子。他一脸想不通的表情，同时又不知道该往哪个方向去思考。看到他这个样子，岩楯祐也想起了从前的自己。说不定他当年也跟月缟新一样，总是这样奋力地表明主张、狂妄地显摆自己的观点。

不过，到目前为止能掌握的信息只有一点：死者是受三人怨恨，导致自己被轮流击杀。这点岩楯祐也还是能确定的。冷藏尸体、集装箱仓库、被切断的中指、数十处蚊虫叮咬的痕迹、鹭兰的种子，线索到处散落，却完全无法联系起来，这是非常罕见的。虽然月缟新把这些称为复杂的善后工作，但在岩楯祐也看来，这一切看起来只是一团乱麻而已。

一路避开拥堵的车流，车子开到了人流集中的商店街。这里是江户川六丁目，林立着狭窄的公寓楼。月缟新确认了电线杆上的番地标志，指了指死胡同尽头的一栋建筑物。

"木造的两层楼。那里就是仓库租户的居住地。"

不用实际查看，他们就能想象到那是一栋不带浴室的公寓。铁质的栏杆和楼梯都锈得厉害，屋顶的排水管破烂不堪，一部分已经脱落垂在空中。地上到处是空瓶和塑料袋，感觉根本不是经济宽裕的人住的地方。

"租户就住在这种破公寓里，每个月还花2万块租了那个仓库。"

"也有人不喜欢在住房上花太多钱。"

"说得没错。好了，进去见见他的庐山真面目吧。基本信息呢？"

月缟新熄灭引擎，哗啦啦地翻阅着资料。

"35岁，单身，派遣公司的正式员工，现在处于工作空档期，也就是无业状态。"

"怪不得有大把时间读书。"

两人下车，走向破败不堪的公寓楼。月缟新挥手赶走从杂草丛中飞出的豹脚蚊，猛烈地敲打101室的门。

"有人在吗？我们是南葛西警署的人！"

见他一副正义凛然的英雄样，岩楯祐也的太阳穴又开始阵阵作痛。这种情况下有必要一开始就亮出自己的警察身份吗？正常做法是什么都不说，先把他叫到门口来才对吧？对方看到警察的第一反应也包含了不少能窥探其性格和为人的线索。但一切都完了，月缟新的做法已经给了屋里的人短暂却充分的应对时间。

干劲十足的月缟新反复敲打着三合板大门。

"请开门！我们是警察！"

岩楯祐也警戒着毒虫和蜘蛛，绕到房间后面。然而该男子并没有通过窗户往外观察。更重要的是，窗户内侧堆满了纸箱，遮挡了视线，从外头根本无法观察屋里的情况。岩楯祐也一路避开豹脚蚊和泥泞的泥土回到玄关，月缟新正把耳朵贴在门上听着屋里的动静。

"看样子人不在。"

岩楯祐也有很多话想说，但面对一脸认真的月缟新，只是点了点头。两人检查了公寓的公共信箱，除了看上去像是刚被放进去的传单外，空无一物。这可不寻常。岩楯祐也脑中警铃大作。

"他该不会是溜了吧……"

"溜了？警方可是连续两天都在对他进行审讯取证啊。他昨天还在警署露面了，没有理由逃跑吧？"

"最好是这样。"

岩楯祐也看着布满蛛丝的电表，指针已经完全停止。他急忙走向隔壁，确认电表指针仍在运转后，敲了敲门。

"不好意思，我想问些事，有人在家吗？"

这次马上就有人应门，门被打开一条缝，房间里飘出食物馊掉的气味。应门的男人身材发福，穿着背心和大裤衩，坑坑洼洼的脸上挂满了汗珠。

"抱歉，打扰你休息了，我们是警察。"岩楯祐也向他展示了警官证，"关于住在你隔壁 101 室的这个人，我有些事想请教。"

"哦，如果是这样，我可帮不上忙啊。我平时不跟邻居往来的。"

"今天你看到他了吗？"

"没有。我几乎没怎么见过这个人。"

男人提起脏乎乎的背心下摆擦了擦脸上的汗。

"昨天警察也来这里了，你应该知道吧？"

"哎？是吗？这我不知道啊。"男人夸张地摇着头。

他不可能不知道。他刚才一定正竖着耳朵，捕捉着他们的动静吧。额头处明显有贴在猫眼上往外看留下的痕迹。

"你的邻居每天都回家吗？"

"不清楚啊。"

"不清楚？隔壁有没有发出声音总听得见吧，你们公寓的墙壁这么薄。"

岩楯祐也微微侧身看了一眼堆满了垃圾的房间，男人慌张地出了房间关上门。

"我觉得他应该不怎么回来，晚上都不在。"

"晚上不在？那是昼伏夜出，白天才回来睡觉吗？"

"不太清楚啊，感觉不到什么动静。"

"这样啊。那平时有人登门拜访吗？"

"没见过有人来。"

"顺便问一下，你在这里住多久了？"

男人的动作突然僵住，脸上明显地浮现出警戒的神色。

"等一下，等一下。你们该不会想把我也卷入麻烦事吧？"

"你如果跟麻烦事没关系，麻烦事自然不会找上你。我再问一次，你在这里住了几年？"岩楯祐也居高临下地看着这个身材矮小的男人。

男人极不自然地缩着缩脖子，答道："今年是第四年了。这里地处东京都内，租金便宜，而且合同条款也一直没变，所以一直没搬家。"

"四年了啊。这四年里发生过什么麻烦事吗，什么事都可以？"

"嗯，麻烦事啊……"

男人挠着鼻头，把松松垮垮的大裤衩往上提了提。

"记者跟宗教宣传之类烦人的家伙三天两头地过来，但最麻烦的，是去年年底，我被一个外表凶狠的人给踢了。"

"外表凶狠的人？"

"对，对。那天我打工回来，看到那边角落里有个人蹲着在玩手机。"男人用粗大的手指指了指外面的私家车道，"看上去又蠢又吊儿郎当的，就是社会底层人的感觉。我最讨厌的就是那种人了。"

"然后呢？"

"总之，我不想跟他扯上关系，就快步从他面前通过了。然后他就说了一声'等一下'，把我叫住了。真是的，这种人最擅长找别人麻烦。我是真的不想跟蠢货扯上关系。"

男人皱起满是肥肉的眉头，一脸愤愤不平。但说实话，无法否认这个男人确实有种让人想找他麻烦、推他肩膀的气质。月缟新不时地观察男人的举动，飞快地记着笔记。

"那人靠过来问我：'东西是不是放你这里了？'我回答他：'什么意思？'他就叫我'别装傻了'，然后一脚踢了过来。真是的，这种人才应该赶紧被抓进监狱。我们纳的税养着你们，你们真该好好想想怎么处置这种人，怎么都让他们逍遥法外了？那种人明明一网打尽就行了，不知道你们在干什么。昨天也是，七环的那个蠢货……"

那个男人像是鼻子堵了一般，嗡嗡地讲个没完。岩楯祐也干脆地制止了他，放任他这么讲下去，也不会得到什么有用的信息。

"你最讨厌的那个'蠢货'，他说的放在你这里的那个东西是什么？"

"我毫无头绪啊。真是飞来横祸。"

"那个男人会不会是想问，101 的住户是不是把什么东西交给你了？"

男人似乎已经对问题失去兴趣，随便地答了句"谁知道"。

"男人的体格和外貌如何？"

"嗯，这个啊，总之就是特别白，穿得跟以前的流氓一样。眉毛剃得很细，脖子上挂着金链子，穿着恶趣味的白色尖头皮鞋。"

"确实，现在这样的打扮很少见了。"

"对吧？最厉害的是，他还留着一头鸡冠一样金色的莫西干头。"

"金色？"岩楯祐也和月缟新异口同声地问道，"年龄呢？"

"虽然他一副自作潇洒的样子，不过大概还只是个未成年的小鬼。"

这个男人又滔滔不绝地讲了起来，不过他说话时似乎习惯于贬低他人。

"他下身穿着皱巴巴的运动裤。你知道的，就是蠢货经常会穿的那种。他还故意把裤子往下拉一点，露出内裤。就是那种毫无羞耻心的小混混。"

"你自己现在也是穿的一身内衣啊。"岩楯祐也不耐烦地插了句话，双手抱胸。

在集装箱仓库里发现的微量物证中，有几根15厘米左右、脱色过的金色头发。如果那是来过这里的小混混的头发，那就说明他确实跟仓库的租户有着某种联系。这究竟意味着什么？

向跟自己一样陷入深思的月缟新示意问得差不多了后，岩楯祐也便满脸堆笑地对男人说："哎呀，不好意思占用了你这么长时间。非常感谢你的合作。你刚才说的这些内容，我想麻烦你去做一下笔录。"

"啊？笔录？"

"对。需要麻烦你到南葛西警署一趟。到时候会联络你的。月缟，记一下这位绅士的电话号码。"

"等一下，等一下，开什么玩笑？为什么我得去警署啊？我也是很忙的啊。真是太霸道了。你们这群警察真的是……"

两人从心有怨气嘟囔个不停的男人口中问出电话号码后，立刻原路折回，坐上了车。

"接下来去下一个租户家。我总有种不好的预感。"

结果，岩楯祐也不好的预感成真了。三个单身汉的住处全都没人，甚至让人感觉不到有人生活过的痕迹。

"哎……这到底是在闹哪出啊？"

岩楯祐也心烦气躁，点上了一根万宝路。仓库的租户竟然在同一时间搬出了公寓，这绝不可能是偶然。而且这三个男人住的公寓，一间比一间破烂，租借仓库的理由十分可疑。岩楯抽了口烟让大脑开始运转，但脑海中浮现不出一个使人信服的假说。

"这三个男人跟杀人事件有关……"跟岩楢祐也一样，月缟新坐在驾驶座上漫不经心地抽着烟说道。

"受害者头部受的伤共有三处。失踪的男人有三个，而且都租了仓库。"

"显而易见的共同点啊。"

"考虑到他们疑似逃亡这一点，难道他们果然跟杀人事件有关？"

"听着，月缟，你的这种推理简单到连少年侦探团都能想到，而且一个谜题都没有解开。"

岩楢祐也用力摁灭了香烟。

"如果人是他们杀的，为什么他们昨天要接受取证？"

"他们这是逆向思维。"

"怎么逆向了？"

"他们觉得只要老老实实地接受调查，就可以从嫌疑人里被排除。他们是故意自投罗网来迷惑敌人。正所谓灯塔照远不照近[1]。"

月缟新极力想说服岩楢祐也，但岩楢只是叹了口气。

"还有这种可能性：他们之所以租了横排三间连续的仓库，是因为不希望第三者不小心进到弃尸现场。他们希望现场两边都能有其他仓库隔离开。"

"他们可是把现场搞到臭得连警察闻了都晕过去了啊！都这样了，为什么还要保证现场两边有其他仓库隔开？仓库难不成能消除臭味吗？"

岩楢祐也打开文件夹，瞥了一眼仓库的合同内容。

"而且这些家伙在一年前就签了为期两年的合同了。如果是为了弃尸，签一年的短期合同不就行了？不，甚至根本不用租仓库，直接把尸

1　灯塔照远不照近：日语俗语，比喻眼皮底下的事反而看不清。

体扔进去不就好了？"

"虽然有些不合理，但我还是认为他们在对警察使障眼法。"

"那我问你，你怎么解释今天我们刚知道的这个金发小混混的事情？"

"他也一起犯案了吧。"

"我们假设受害者已经死了20天吧。杀了人，作为犯人应该巴不得马上开始逃跑。但是他们却先把尸体冷藏，然后使其腐烂吸引虫子，最后还掰着手指等着警察找上门，有人会蠢到这种地步吗？"

岩楯祐也把资料扔到后座上，月缟新仍不死心地继续说道："侦查总部也认为，这很有可能是一起精神异常的犯人犯下的高智商犯罪。犯人一眼看上去乱七八糟的做法，我认为确实都符合这种情况。以前也出现过犯人故意进行没有意义的行动，以此来妨碍侦查的案例。"

"很抱歉地告诉你，你思考的方向错了。侦查总部的预测是错的。我觉得这次的案件跟脑子不正常的高智商犯人没关系。"

月缟新露出一副沉重的表情。过了一会儿，他把香烟摁灭，拉下手刹。

"去找找管理公寓的房地产公司吧。还有，最好也去找一下出租仓库的经营者。"

"这才是当务之急。得先查清楚他们到底是不是跑路了。不过……"岩楯祐也看了眼手表，"下午1点要去现场捕虫。还是那边优先，这些调查只能让别人来做了。"

岩楯祐也拿出手机，打开通信录拨了电话，铃响两声后电话接通了。岩楯询问部下现在能否出动，部下立刻回答"没问题"。岩楯祐也把探明的事实和事情的原委告诉部下，指示他去确认房地产公司和仓库经营者的情况。

"好了，我们吃过午饭就去现场。到了那里肯定少不了让人丧失食欲的事情，所以得趁现在好好补充点体力。"

岩楯祐也和月缟新换上工作服，套上鞋套，用力扣上帽子。虽然云层厚重，但气温却超过了 30 摄氏度。修剪工作被暂停的梧桐树上，落着迟到的知了，发出恼人的鸣叫。

岩楯祐也把口罩拉到下巴，擦了擦流到了太阳穴的汗水。明明让她到了车站就打个电话，但手机却一直没响。月缟新也像突然失去干劲一样，又在自言自语地说着"真没劲啊"。

月缟新似乎有种喜欢装有气无力的坏毛病。他现在好像换了个人似的，跟刚才直率地表现出干劲时的样子差了十万八千里。除此之外，他还缺乏合作精神，绝对不让别人踏足自己的空间。一定是因为他整天这个样子，才会在署里被打上了无能下属的标签。岩楯祐也觉得如果换个角度来看，他其实是个挺不错的人。不过他迟早有一天会越过自己心里名为"宽容"的那条线吧。要是真到了那个地步，再把他骂个狗血淋头就是了。

就在这时，岩楯祐也看到一辆自行车拐过建材存放处的路口，正以异乎寻常的速度接近两人。那个人毫无疑问是赤堀凉子。只有她喜欢戴施工现场专用的黄色头盔。她背着比身体还宽的背包，任捕虫网在风中呼啸，上半身前倾着全力冲刺的样子，完全看不出来是个女人。自行车经过岩楯祐也旁边时一个急转弯停了下来。

"不好意思，稍微迟到了一会儿。"赤堀凉子喘着粗气，面红耳赤地下了自行车。

对女性要求严格的月缟新，用仿佛看到外星人一样的惊讶眼神看着她。

"你该不会是从池之上大学一路骑过来了吧？"岩楯祐也难以置信地问道。

赤堀凉子一边用手在面前扇风一边说道："才没有啦。这是我在日本桥那边租的自行车。"

"为什么要特意租自行车过来？坐电车过来不就好了。"

"这个地方离车站很远呀。自行车的话，就可以径直朝这边骑过来了。"

不太懂她的逻辑。即使一再追问，最后的回答还是让人一头雾水。她身穿像工程师一样的牛仔连衣裤，把帽檐推到后面。她从自行车上拔出捕虫网，向两人点了点头。

三人走到了出租仓库的后面。赤堀凉子调整自己的步调，从旁边瞄了岩楯祐也一眼。

"今早的调查会议有什么新进展吗？"

"没什么重要的报告。虽然出现了一些新证物，但都是些无关紧要的东西。鹭兰种子也依旧来路不明。"

"被害人的身份呢？"

"也没有新情报。死者住哪儿、叫什么，完全没有头绪。"

"这样啊，太遗憾了。"赤堀凉子耸了耸肩。

新增加的也只有她昨天的假说，调查方向还是不甚明朗。希望可以在这附近找到一两个能指引调查方向的线索。

每当高架桥上电车经过时，铁质集装箱仓库就会开始震动，发出声响。昨天的大雨和较高的湿度使这一带弥漫着浓烈的腐臭。

岩楯祐也站在犯人弃尸的仓库前。入口处的门把手是拉杆式的，旁边有被撬棍撬过的痕迹。岩楯祐也戴着工作手套，摸了摸翘起来的门把手。就算撬门没花多少时间，在这里弃尸被人看到的风险也不小。然而，犯人似乎无论如何都想把尸体丢在这个地方。

仓库里被灯光照射得十分明亮，却看不见工作告一段落的鉴定小组的身影。准备好面对让人窒息的臭味后，三人戴上口罩进了现场。被害者被放置的地方是入口正对的墙上。死者的尸液渗进了灰色的地板，在发出恶臭的同时，还吸引了无数的蚊子。靠近天花板的位置，有一扇外推式小窗。

"你到这里的时候，那扇窗是开着的吧。"

月缟新听到身后传来的声音，一边点头一边往前走。他用手按了下玻璃板，窗户微微开启，缝隙只有几厘米。

"窗户是开着的，虽然只开了这么大。苍蝇的数量多得惊人。"

"除此之外还有什么可疑的地方吗？"

月缟新凝视着尸体曾经靠着的墙壁，仿佛死者还在那里一样。

"尸体的头发在发光。"

"发光？"

"没错。所以我靠近了一点，仔细看了看。结果发现尸体的头发上凝结着水滴，不，是像露水一样细小的水珠。就是那些露珠在发光。"

岩楯祐也抱着胳膊，不明白这意味着什么。月缟新从裤子后面的口袋里取出记事本，迅速翻阅后抬起头。

"尸体被发现的时间是 9 月 3 日下午 1 点 30 分过后。那天早晨没有下雨，我进入仓库的时候正是气温急剧上升的时候。不管是出于什么原因而产生的露珠，照理来说都应该会马上蒸发掉才对。"

"是啊。再怎么说，这里的温度也高达 50 摄氏度啊。"

"不过，遗体的头发确实被打湿了。我就这个现象进行了很多调查，但仍没有找到答案。虽然有可能只是死者的体液，但我认为这种原因不明的不确定因素，说不定正暗示了这是一起精神异常者犯下的案件。"

确实，岩楣祐也不知道该如何解释这个现象。他还明白，月缟新准备全面支持总部的结论，完全否定他的推测。

另一边，昆虫学家赤堀凉子正在外面奋力挥着捕虫网，伴随着一声声的"哈！""呵！"，她眼疾手快地采集着样本。

"她到底在干什么？"

面对月缟新合乎情理的疑问，岩楣祐也回答道："据说有四类虫子跟腐烂分解有关。为了观察生态系，她正在采集那些虫子的样本。"

"我怎么看都觉得她是在玩。"

"是啊。四类虫子里，第一类是食腐肉的虫，主要是苍蝇和甲虫。拿罪犯来打比方的话，它们就是那种闯空门的小偷，乘虚而入，入侵尸体。第二类是以蛆虫和甲虫为食，或是寄生在它们身上的小型的蜂和蚂蚁，这些家伙就相当于狡猾的诈骗犯。"

"这些比喻有必要吗？"

"学者讲话总是喜欢往复杂了讲，怕你听不懂，我才用常见的东西来打比方。"

"总感觉加了这些比喻之后，反而更复杂了。"

月缟新面无表情地掏出笔记本。

"别这么说嘛。不知怎么回事，我发现跟腐烂相关的虫子刚好和罪犯的类型一一对应啊。说回虫子。第三类是大型蜂和蚂蚁。这些家伙不仅吃尸体，也吃聚集在尸体附近的虫子，它们就像黑帮一样，是既凶狠、犯罪性质又恶劣的罪犯。第四类是蜘蛛。在现场布下蛛网，毫不费劲地就能捕获猎物。它们就像高智商罪犯。"

突然间，背后传来赤堀凉子的傻笑声，岩楯祐也回过头。

"哎呀，岩楯刑警，你太好笑了！刚才你说的那些，我下次上课一定要拿来用！甚至可以以'犯罪的凶恶性与昆虫生态系的酷似'为题写篇论文了。其他警察真应该跟岩楯刑警学学，不要整天那么死板，偶尔搞笑一下多好啊。"

身为警察没有必要搞笑，岩楯祐也也不觉得自己是在搞笑。

赤堀凉子一边用愉快的语调念着"诈骗犯""黑帮"，一边放下了大背包，拿着镊子进了仓库。她毫不犹豫地在遗体待过的地方趴下，即使身上沾到了腐液也毫不在意。她就这样匍匐着从一个角落移动到另一个角落，用放大镜检查地板上的缝隙。干瘪的蛆虫散落了一地，但她似乎看都不看一眼。

话说回来，这里还真是热。岩楯祐也从刚才开始就一直冒汗，还要不断忍受恶臭的侵扰。电车不时从上方经过，他甚至都有点耳鸣了。就在两名刑警渴求新鲜空气、快要喘不过气的时候，赤堀凉子说了句"行了"。

"发现了什么吗？"

"什么都没发现！"

"那你一副信心满满的样子。"

"什么都没找到，就意味着对虫子来说，这个仓库不再是个有吸引力的地方了。当然，对于我们来说也不是。"

赤堀凉子从一开始对仓库似乎就不是很执着。她出了仓库，两名刑警也紧随其后，将身体暴露在夏风的吹拂中。

赤堀凉子慢慢地绕着仓库周围走，不时停下脚步，仔细聆听昆虫振翅的声音，简直就像是在毫无目的地散步。就在两人以为她要继续走下去时，她却转了个方向，开始观察仓库的地板下面。她一脸发现了什么似的愉快表情，露出了一个大大的笑容，嘴角仿佛都要咧到耳根了。

　　岩楯祐也在赤堀凉子身边蹲下，看见地上的土壤坑坑洼洼。司空见惯的黑蚁背上背着白色的东西，不断地爬进巢穴。在仓库地板下方，蚂蚁排成一列，正在搬运蛆虫的尸体。

　　"不知为何，看着感觉好爽啊。"

　　"这是大黑蚁。"

　　"你昨天特别留意的，就是这群劳动中的蚂蚁吗？"

　　"它们可没在工作。正常情况下，蚂蚁都是天性懒惰的。"

　　赤堀凉子用镊子夹起蚂蚁，放进小玻璃瓶。

　　"都怪《伊索寓言》，导致在大家的印象里，好像蚂蚁都是勤劳的，其实它们白天完全是在游手好闲。"

　　"游手好闲？"月缟新在赤堀凉子身后重复道。

　　"蚂蚁们不喜欢在太阳底下暴晒，出行的时候都会选阴凉的地方走。它们原本的活动时间是清晨和傍晚。"

　　"真的假的啊？夏天明明到处都能看到蚂蚁啊。"

　　"你看到的那些是为数极少的好事的蚂蚁。1000只里大概也就……2只会这样。人总是会把亲眼所见之事当成事实呢。"

　　"嗯，那是当然啊。"

　　"像是武士蚁就非常讨厌劳动，有一天它们就想到了个好主意。'有了！把黑蚁当作奴隶来驱使不就行了吗？！'然后它们就去其他蚁巢里把卵偷出来自己孵化，量产出服从于自己的奴隶。"

　　赤堀凉子边说着边打开头顶的探照灯，用一把小铲子开始铲土。仓库地板到地面之间的间隔只有15厘米左右，十分狭窄，行动不便。赤堀挖着挖着就趴在了地上。最后她甚至强行挤进去，只留双脚在外面乱蹬。虽然两人早已习惯了赤堀凉子的怪异举止，但还是对她现在做的事感到不可思议。就在两人目瞪口呆的时候，赤堀凉子含混的声音从仓库地板下面传来。

"喂，你们两个！谁来拉一下我的脚！"

"到底在搞什么啊……"

岩楯祐也正准备拉她的脚，却突然间犹豫了，双手停在空中。这是大脑产生的某种过激反应……岩楯祐也觉得有些烦躁，朝月缟新抬了抬下巴，把重任交给了他。月缟新拉住赤堀凉子的双脚，在地上拖动着将她从缝隙中拉出来。她全身脏得像只被压扁的青蛙，但她不顾身上的泥土，兴奋地翻过身，高高举起镊子，镊子上夹着些什么东西。

"今天收获不错。事情朝有趣的方向发展啦。"

"那是？"

"针毛收获蚁的尸体。"

"我还以为是什么呢，怎么又是蚂蚁啊？"岩楯祐也大失所望，擦了擦脸，"那下面的蚂蚁要多少有多少吧。"

"说得没错，但这只不一样。这是体长5毫米的草食性的蚂蚁。它误入大黑蚁的地盘被抓到了。"

"能告诉我这到底有什么重要的吗？我完全不懂啊。"

两人一头雾水。赤堀凉子猛地站起来，一边向两人招手示意他们跟上，一边走向仓库后面的建材存放处。这里是完全没人打理的名副其实的空地。杂草长得乱蓬蓬的，高及腰部。空地四周被铁丝网围绕着，地上杂乱地堆放着施工用的三角锥和陶土管。

"对了，昨天你也看了这里好几眼吧。"

"没错。因为我看到了那个，脑子里才灵光一闪。"

赤堀凉子指向一株矮小的植物。植物的叶子呈圆形，生长在较低的位置，中心部分长出了好几根细长的茎。

"这是紫花地丁。因为花还没开，所以可能有点看不出来，不过这片空地长满了这种植物。紫花地丁被称为'蚂蚁传播植物'，通过蚂蚁传播种子来繁殖，是一种不用开花也可以产出种子的植物。在紫花地丁和猪牙花之类的植物自然生长的地方，就一定会有针毛收获蚁。它们是互利共生的关系。这些针毛收获蚁会孜孜不倦地把种子搬到它们的巢里。"

"等等。"岩楯祐也边整理赤堀凉子的话边抬起头，"你说种子，难道这跟尸体里发现的鹭兰种子有关系？"

"说不定有哟。"赤堀凉子脸上浮现出诡异的笑容。

"针毛收获蚁有寻找并搬运各类种子的习性。它之所以在仓库的下面被大黑蚁抓住，就表示它一路远征到了那边。虽然无法断定，但说不定针毛收获蚁在把鹭兰的种子从仓库搬到了巢穴里时，还搬了其他东西。"

"其他东西指什么？"月缟新一下子来了劲。

"这得看了它们的巢穴才清楚。这些蚂蚁看到东西就会去搬，纸屑、塑料、虫子的尸体，在它们的垃圾场里应该能找到很多这样的废品。"

"蚁巢里有个垃圾场？"月缟新记着笔记，抬起了头。

"没错。尸体上附着着鹭兰的种子。单凭这点，我们完全没办法理解这意味着什么，对吧？"

"确实如此。"

"所以，就当是死马当活马医，我们也希望能再挖出些相关的线索，对吧？"

"所以你才求助于蚂蚁了啊。没想到你这次这么被动啊。"岩楯祐也毫无顾虑地说出这话。

赤堀凉子听到后，鼓起脸颊怒气冲冲地回应道："被动？这我可不能当没听见啊。你说谁被动啊？"

"说你啊，赤堀老师。你从前都是居高临下地俯视着虫子，这次却像是在低声下气地跟它们求助一样。"

"我说啊，要是做事全凭感觉，那我不就成了个单纯的傻瓜吗？"

"这我明白。再怎么说您也是一位天资聪颖、学富五车的伟大老师呀。"

"哇，听着真让人火大。"赤堀凉子挡在岩楯祐也面前，"说白了，虽然侦查总部似乎对这件事完全失去了热情，但鹭兰种子这个证据可比你们警察想的要重要得多。种子不可能自己跑到尸体身上去，现在犯人的身边肯定也有鹭兰的种子。我估计那多半是野生鹭兰。就是为了搞清楚鹭兰种子是从哪儿来的，我才会借助昆虫的帮助。你告诉我，我哪里被动了？来啊，你倒是说啊，岩楯刑警。"

原来如此，她还是老样子。她并不是因为推断失误而走投无路。面对双手叉腰、咬牙切齿的赤堀凉子，岩楯祐也只能举双手投降。

这时月缟新突然插了话："我明白了。赤堀老师，请给指示。"

赤堀凉子狂野的拼搏精神似乎十分有效地消除了月缟新无谓的自尊心。她拍了拍月缟的手臂，朝着空地张开手掌。

"说得好，月缟刑警。武士一言，驷马难追！"

"我不是武士。"

"好吧，那你就当忍者吧。你的任务是和蚁巢战斗。"

"什么？"就在月缟新不明所以的时候，从远处传来了其他声音。

3

有人在喊赤堀凉子的名字。三人转过头朝马路上定睛一看，一个微胖的男人被穿制服的警察给拦住了，正朝着这里挥手。那是赤堀凉子的学弟辻冈大吉，他被警察抓着双手，嘴里喊着"救救我"。

"到底在搞什么啊。"

岩楯祐也跟侦查员说了几句，把脸色通红、满面怒容的大吉带到了空地。他似乎比去年更胖了一些。他身材发福，身高不到170厘米，五官深邃，完全不像日本人，在人群中一眼就能被认出来。

"我在葛西车站也被拦下来问话了！一到这里，他们看了我一眼又马上把我当成可疑人物了！还叫我把签证拿出来！今天我真的要说一句，现在日本警察到底是怎么回事啊？"

"这只能说明他们非常尽职。"岩楯祐也毫不犹豫地答道。

大吉连扫了岩楯祐也两眼，仿佛在问他这话是什么意思。大吉有着一对双眼皮明显的眼睛，一个又宽又大的鼻子，两片厚嘴唇下露出看上去十分结实的牙齿。更重要的是，他那一头像是戴了贝雷帽的蘑菇头。自己这个样子还来抱怨警察找碴，真让人无话可说。

大吉用毛巾擦了擦大汗淋漓的脸，转向赤堀凉子，说道："凉子前辈，还没结束吗？"

"现在蚁巢调查队刚要出动。"

"啊，太好了。足立区派出所的负责人根本沟通不了，怪人一个。明明只是跟他交代工作安排而已，结果花了这么长时间，真是糟透了。"

"你难道跟足立区派出所签了工作合同？虽然不太清楚，不过这不是挺大的一桩生意吗？"

岩楯祐也惊讶地眨了眨眼。

大吉见状挺胸大笑道："终于被我拿下了。为了让对方点头，我花了两年时间。工作内容是驱除绫濑川附近大量繁殖的摇蚊。因为我之前不是开发了大吉独创声音陷阱嘛。"

"出人头地了啊。"

年仅 30 岁的年轻老板高兴地挠着头。突然，他注意到了月缟新，两眼放光。

"难不成你也是刑警？岩楯刑警的搭档？真的假的？日本的警察也在不断进化啊。不，应该说日本男人的水准在不断提高啊。"

大吉一个劲地自说自话，从腰包里掏出名片递给月缟新。

"你好，我是大吉昆虫咨询所的辻冈。"

"昆虫咨询？"

"主要接的是驱除害虫的工作，不过各类跟昆虫有关的项目也都在做，把昆虫出借给农民之类的，在艺术方面也有一些业绩，如果有什么需要请务必联系本公司。"

把出租蟑螂给恐怖电影拍摄组说成是艺术，真是太会推销了。月缟新盯着收到的名片看了看，用一种比警察盘问更冷淡的语调问大吉："你的国籍是？"

"虽然父亲是日本人，母亲是乌兹别克斯坦人，但我毫无疑问是个日本人。我因为这副长相受到了很多误解……"

听大吉还打算继续说下去，赤堀凉子打断了他："大吉是泰国人也好，印度人也好，都无所谓啦。"

"等一下啊，谁说无所谓了啊？"

"反正都是人科的生物，都一样啦。好了，人到齐了，赶快开始找蚁巢吧。"

自己的话被赤堀凉子轻描淡写地带过，大吉像小孩子一样嘟起了嘴。

话说回来，她打算怎么从这块杂草丛生的空地上找出蚁巢呢？岩楯祐也双手叉腰，环视了一圈这片看上去超过 500 平方米的土地。"毫无办法啊……"他下意识地说出了泄气的话，然而赤堀凉子看上去没有丝毫担忧。

"多亏了昨天的暴雨，蚁巢一定变得更好找了。"

"怎么回事？"

"为了修复被大雨冲垮的巢穴，蚂蚁们应该会大量出动。"

岩楯祐也似有深意地点了点头，往前跨出一步，赤堀凉子却突然拉住了他。

"岩楯刑警，如果不想死的话就请留步。深呼吸，然后乖乖待在这里。在我说可以之前绝对不要过来，知道吗？听懂了吗？"

她简直就像是在对小孩说话，刚才的怒气早已烟消云散。

赤堀凉子迈着轻快的步伐，带着大吉进入草丛。她用脚践踏着杂草，开出一条道路。她时不时地停下脚步，东张西望，抓起某样东西将其扔远。在搞懂了赤堀凉子在干什么的瞬间，岩楯祐也脸上浮现出了会心的微笑。她是在帮他驱除草丛中的蜘蛛。她看似无心的一个个细微之举，在不知不觉间软化了岩楯的坚固内心。岩楯祐也一时间觉得赤堀凉子似乎散发出了母性的光辉，不禁感到有些难为情。

她蹲下身后，身影便完全消失在草丛中，只能看见杂草窸窸窣窣地摇晃着。岩楯祐也踮起脚尖往她消失的地方看，能隐约看见她趴在地上匍匐着前进。她做的事真不是正常人能做到的。岩楯祐也时常这么想。他想着寻找蚁巢肯定得花上不少时间，于是从口袋里拿出香烟，就在这时，赤堀凉子在草丛深处站起身，大声叫唤着朝两人挥手。

"真的假的，这么快就找到了？那个女人是外星人吧。"

"岩楯警部补，你这比喻太也过分了。"

岩楯祐也把香烟塞进口袋，朝月缟新使了个眼色后冲进了草丛。然而还没跑几米，他便感到剧烈的疼痛贯通手掌，不由得发出了一声大喊。剧痛直冲脑门，让人全身发麻。岩楯祐也痛苦地按着手，在他旁边的月缟新也一边挥手一边开始咒骂。

"你也中招了啊！这里到底是怎么搞的！可恶！这该不会是从赤堀眼皮底下逃掉的蜘蛛吧！"

"有什么东西在草丛里！我被咬到了！"

"你们在干吗呢？"

"我们被不知什么毒虫咬了！这草丛里到底有什么东西啊！该不会是潜藏在日本的毒蜘蛛吧！那种红背还是什么的蜘蛛！"

"红背蜘蛛目前还没在东京被发现呢，虽然我觉得那只是时间问题。对了，你们那边长着荨麻，要小心点啊。"

"荨麻？那是什么？"

"岩楯刑警站着的那边应该能看见些像紫苏一样的叶子吧？茎是正方形的，有六七十厘米长，上面长着白色的小花。"

岩楯祐也迅速地四下张望，发现完全吻合赤堀描述的植物就长在自己脚边。

"荨麻的茎和叶子上都长着像毛发一样的刺，含有乙酰胆碱和组胺的毒素。不要光着手去碰，否则会痛得让人想跳起来。这是常识好吗？"

"也只有你把这种事情当常识。"

　　岩楯祐也一边咒骂一边呲嘴，从口袋里拿出工作手套。大吉从离两人不远处的草丛里抬起头，边说"这边没有"边走向赤堀。平复了心情之后，两人走向赤堀所在的位置。

　　"被大肆修复过的巢穴只有这个啊。"

　　"对。大概原本针毛收获蚁的巢穴就只有这个。另外那边形成了另一个生态系统，这些家伙进不去。"

　　大吉喘着粗气，用粗棉布衬衫的袖子擦了擦额头的汗。赤堀将草丛拨开的地方，密密麻麻地爬满了无数的蚂蚁。数量多到光是看着就让人觉得浑身发痒。它们挖刨着土壤，正在大动干戈地修复蚁巢的入口。

　　"好了，接下来就只需要和巢穴平行往下挖就行了。岩楯刑警，能请您向这块地的拥有者申请一下获得许可吗？"

　　"对方已经知道这块地属于搜查范围了。"

　　"那我能稍微挖个两三米吗？"

　　"那可不行。"

　　对这个女人来说，两三米的洞她都觉得没什么大不了的，真是让人头疼。岩楯祐也立刻向土地所有人取得许可，然后把用于挖坑的工具拖了过来。

　　赤堀凉子先用铲子挖起一些土，慎重地确认了蚁巢的轨迹后继续往下挖。大吉把好几根长竹签一样的东西插进土里，确定深度。没一会儿，赤堀的半个身子就进了地下，她奋力地把泥土拨到周围的地面上。

　　"看样子这里没有大块岩石，巢穴应该是垂直向下的。"

　　"好的。那接下来挖坑的任务就换人啦。"

　　月缟新猛地一步向前，展现出了异样的干劲。接下来变成月缟新在挖坑，剩下的三人则专注于用塑料布把堆积在坑里的土壤舀出来。

　　四个人就这样静静地工作了一个多小时。个个都弄得全身是泥、大汗淋漓。虽然并不能保证这样的重体力劳动会有所回报，对调查有所帮助，但是赤堀凉子都说到这个份儿上了，岩楯祐也觉得陪她做下去一定会有价值。

岩楯祐也直起身，活动了全身的肌肉。赤堀凉子正在检查挖上来的泥土，岩楯向她搭了话："越来越觉得你的工作真是重度的体力活啊。你的那四个学生能受得了这种事情吗？"

"别看他们几个那样，其实是很坚强的。半年前，有一次在郊外做实验的时候，我们发现了一种叫秋家蝇的蝇科生物的幼虫。因为秋家蝇不是食腐肉的物种，大家都奇怪为什么它会在这种地方，当时还引起了不小的骚动呢。"

赤堀凉子用探照灯照了照月缟新所在的坑，观察巢穴的状态。

"总之，我们得出结论，这是周围的牧场飞过来的苍蝇误产下的卵。为了证明这一点，搞得我们得去研究大量的牛粪。"

"你的工作面还真是广啊。"

"算是吧。我们得从粪便里采集蛆虫。最麻烦的不是粪，不是蛆，也不是恶臭，而是牛。"赤堀看向远方，像是想起了什么似的苦笑了几声，"牛天生好奇心旺盛，看到没见过的东西就会想看得不得了。有一头牛在我们拼了命想从粪便里找出蛆的时候，偷偷地从背后接近了我们。它像是在问我们'在干吗呢'一样，用鼻子推了推我们的后背。然后，我们就一头扎到了面前那坨可怕的东西里。"

岩楯祐也放声大笑。赤堀凉子的工作真是超乎常人的想象。

"喂喂，你笑得太开心了吧。嗯，行行有本难念的经，警察的工作应该也不比我们轻松吧。"

她把探照灯对着坑里，朝身子完全消失在坑里的月缟新说道："月缟，现在大概挖了几米了？"

"最少也有 2.5 米了。"坑里立刻传来月缟新模糊的声音。

似乎差不多了。月缟新踩着绳梯爬出坑，虽然他全身是泥，惨不忍睹，却一脸的神清气爽。接着赤堀凉子进了坑，大吉在上面把用来装土的袋子扔给她。过了一会儿，那个袋子被拉了上来，里面装满了泥土。

"数量很可观啊。"大吉满意地用手擦了擦鼻子。

"那是？"

"草种。针毛收获蚁辛苦收集并埋起来的种子。"

"等等，这些全都是？"

岩楯祐也惊讶地提了提袋子，少说也有 5 千克。大吉检查了袋子里的内容物，抬起了五官深邃的脸。

"针毛收获蚁身上有一种独特的信息素，可以抑制种子发芽，所以种子才能这样长时间新鲜地被保存下来。因为蚂蚁会大量地搬运可以换钱的谷物，在中东和近东地区，甚至还有规定蚁巢中谷物所有权的法律呢。"

"原来如此。这下科研组可有的研究了，他们一定会很开心。这次的案件因为证物太少，他们都闲得慌。"

岩楯祐也一脸坏笑地看着洞里，只见赤堀凉子蹲在坑底。她头顶的探照灯照着脚边，身体在微微颤抖。

"喂，老师，你怎么了？身体不舒服吗？没事吧？"

"该不会是缺氧了吧。不，这么热的天气，说不定是中暑……"

就在大吉手忙脚乱的时候，底下传来了洪亮的笑声。诡异的笑声在四周回响，连电线杆上的乌鸦都被这声音吓跑了。

赤堀凉子带着前所未有的灿烂笑容，慢慢从坑里露出上半身。大吉吓得发出"噫"的一声，踉踉跄跄地往后退。

"表情太吓人了啦！我会做噩梦的！"

"是吗？那我今晚就去梦里找你吧。我翻了翻蚂蚁们的垃圾场，找到了超棒的东西。尽管里面成堆的都是虫子的尸体和枯掉的种子，但唯独这个东西，怎么想都不正常呢。"

赤堀凉子猛地从坑里爬出来。

"这是昆虫蜕下的壳，虽然头部已经掉了。"

放在玻璃瓶里的东西非常小。那是长约 1 厘米的褐色椭圆形物体，呈横条花纹状。仔细看，它上面还附着着关节一样的东西。

"虽然很小，但能看见翅芽。节肢动物门，昆虫纲。"

赤堀凉子从瓶中取出壳，用镊子轻轻夹住，举了起来。

"蜕皮的痕迹，倒垂型。"

"倒垂型？"

"你应该见过蛹从背后裂开，成虫用身子后弓的姿势破蛹而出的虫子吧？"

"嗯，比如蝴蝶跟蝉之类的。"

"没错，没错。这个壳上就有这种痕迹。另外，虽然有点被压到了，但依然可以观察到侧刺。中肢受损，没有头部。这可真是求之不得的宝物。"

赤堀凉子把视线转向岩楯祐也。

"差翅亚目，是蜻蜓的同类。"

"蜻蜓？那也就是说，那是水虿的壳？"

"没错。这附近没有水源，不是蜻蜓能够产卵的环境。也就是说，它被人带进了蚂蚁的地盘，然后被蚂蚁搬回了家。如果这是从仓库里被搬出来的话……"

"不过那蜻蜓还真是特别啊。是在垃圾场的哪个位置发现的？"

"接近入口处。被搬过来大概还不超过一周。"

大吉眉头紧锁，凝视着瓶子。

"喂，你们不觉得线索越来越明朗了吗？鹭兰和水蚤，这两者意味着什么，能猜到吧？"

"湿地。"岩楯祐也答道。但是，没有证据能证明水蚤的壳是从仓库里被搬出来的。

赤堀凉子迅速察觉到岩楯祐也的想法，拍了拍工作服上的泥土对他说道："这个壳给予我们的信息可不止那么一点。给我些时间调查。"

之后，几人把挖出来的土壤用塑料布包裹起来，保护了现场后准备撤离。岩楯祐也擦了擦布满灰尘的手表，只见时针马上就要指向6点。临近日落，灰蒙蒙的阴天渐渐变暗。强烈的疲劳感袭来，岩楯祐也越发想立刻抽上一根烟。岩楯祐也对自己的体力还是很有自信的。连他都这样了，难不成赤堀凉子真的是个感觉不到疲惫的女人？明明几个大男人的脸色都这么难看了，她的脚步还是一如既往地轻盈。她时不时嘀咕着什么，然后自己一个人笑得前仰后合。

通过仓库后面时，月缟新转过身，向岩楯祐也使了个眼色。"岩楯警部补，请过来一下。"岩楯拖着沉重的身体，慢悠悠地朝月缟走去，只见他伸手指着混凝土的高架支柱。

"请看这里，有水流的痕迹。"

这是什么意思？支柱上有水流过的痕迹。岩楯祐也思考着接下来的工作安排，看着月缟新脏兮兮的脸，催促他继续说下去。

"这水是电车通过时流下来的，是空调的排水之类的。"

"然后呢？"

"我在想，尸体身上之所以沾着水闪闪发光，是因为这些水滴在仓库的屋顶上，经过反弹从窗户飞进了仓库。"

月缟新挺起胸，看向仓库的外推式小窗。

"你现在跟我说这个，我也只能跟你说：'啊，是这样吗？'如果这个谜题一直没有解开，反而更有戏剧性呢。"

"警部补，请回想一下赤堀老师说过的话。她说，从尸体的腐烂情况来看，一只甲虫都没找到是非常奇怪的。"

"嗯，她确实说过那样的话啊。"

"老师说了，甲虫只吃干燥的组织。正是因为不断通过的电车的滴水，所以尸体才一直都无法干燥，不是吗？"

岩楯祐也注视着月缟新那在昏暗的光线中熠熠生辉的双眼。他从不放过细节，对所有问题都会进一步思考。

"在我看来，犯人并不是有意扰乱现场，而是这个地方独特的位置，导致尸体的腐烂受到了影响。"

"所以呢？"

"犯人应该不是了解并懂得如何通过昆虫发育来扰乱侦查的人。这样一来，赤堀老师的假说也就不成立了。犯人说不定并不是刻意开窗引苍蝇进来的。犯人开窗有另外的目的。而且正如你说的，在现在这个阶段就断定犯人是高智商的精神异常者，有些太过冒险了。看来总部的推测确实有误。"

现场之所以给人一种不协调的感觉，说不定就是这样单纯的原因。另外，岩楯祐也发觉自己似乎有些小看月缟新了。他冒失的言行是因为缺乏经验，但骨子里还是具备刑警该有的随机应变的能力。这下子，他们两人的思路终于一致了。

"我都听到了。"

赤堀凉子用让人发慌的眼神直勾勾地盯着月缟新，走到他前面。两人身高差了不止 30 厘米，简直就像大人和小孩在对视。不知为何，她握起了月缟新的手，用力地上下摇晃。

"真是完美的假说，月缟刑警。你的推理多半是对的，从现在开始，我支持你的说法。犯人一点也没把虫子的事放在心上。我向你保证,你今后一定前途无量。"

"啊,谢谢……"月缟新还是一脸平静地说道。

岩楯祐也注意到,跟几个小时前相比,月缟新的表情有了些细微的变化。

　　天空中的云朵看上去弹性十足、瞬息万变，一点点飘向山的另一边。薮木躺在套廊上发呆。他从刚才开始就觉得喉咙干渴，但又觉得起身拿水太麻烦。毫无干劲。工作的欲望更是一点也没有。

　　他伸手拿起素描本，翻到空白的一页。他保持着躺倒的姿势，用铅笔开始绘图。鸡蛋形的脸蛋，又长又直的黑发，眼角略微上挑的细长眼睛，仿佛在诉说着什么的薄嘴唇。沐浴在萤火和月光中的美丽的冰雪花。究竟要怎样才能再见到她？昨晚薮木又去了一趟那条小河，她却始终没有出现。

　　薮木把素描本扔到一边。他不否认自己是个逃避现实、游手好闲的人，但自从来了这里之后，他的胡思乱想日渐加剧。他突然想到诹访的话，"就知道油嘴滑舌，没半点真本事。"虽然听了让人生气，但说不定他说的并没错。他再次望向空中，这时从隔壁传来了沙哑的声音。

　　"俊介，在家吗？"

　　薮木坐起身。

　　"俺切了西瓜，快来吃。"

　　已经好几年没吃西瓜了。薮木踩上拖鞋，走到院子里伸了伸懒腰。他打开篱笆间的低矮木门，看见多惠穿着毫无装饰、十分朴素的土色毛衣，坐在主屋的套廊上。盘子里装着水灵灵的西瓜，居然还是黄色的西瓜。

"这是哪儿来的？黄色的西瓜我还是第一次亲眼看到。"

薮木在多惠旁边坐下。

"稀罕吗？有人送了俺瓜苗，俺就自己试着在地里种了。没想到这些西瓜比一般的小圆瓜长得还要多。"

冰镇的西瓜被切成了均等的三角形。一口咬下去，清甜的汁水在口中散开，口感像是比较硬的瓜类。

"真好吃。在东京，我一般都不买西瓜。"

"那可不是嘛。俺要是一个人吃，肯定也吃不完。"

昏暗的起居室的角落里挂着时钟，它发出庄重的响声。客厅的墙边摆着一个有些年头的书柜，上面满满当当地放着看上去很古老的、装帧过的书。

"说起来，婆婆，你的书可真多啊，这都能开书店了。"

"这些都是老头子的东西，俺从没打开看过。他总是研究些很难懂的东西。"

薮木往泥土墙上挂着三桵家列祖列宗遗像的地方看了看。最左边的，相框还很新的照片大概就是多惠的老伴吧。他颧骨突出，长着一张瓜子脸，戴着一副方框眼镜，双唇紧闭，看上去一本正经。

"这些旧书扔也不是，不扔也不是，不知道咋办才好。"

"某种意义上，这些也是爷爷的遗物啊。"

多惠回头看向家中，看着旧书架，一脸的怀念。

"婆婆，关于之前提到的冰雪花……"

薮木突然改变了话题。自从见到幽灵之后，他一有机会就会提出这个话题。他说着拿起另一片西瓜。

"那个被活埋的女人住过的马厩在哪里？"

"那个马厩很早之前就不在了。"

"那当时马厩被建在哪里？沿着后面那条小溪一直往下走吗？"

"嗯，没错。你知道增谷家的田地吧？那前面有一座驱虫地藏[1]。"

薮木看到过一座被系了几十条围嘴的老旧地藏，位置大约在跟邻村的交界处。

"上了驱虫地藏所在的小路后，会走到一个有一排石神[2]的地方。在那里拐弯，前面就是村长家的房子，马厩之前就建在那里。"

"这样啊。只要去了那里，说不定就能知道些什么……"薮木漫不经心地嘀咕道。

他话音刚落，多惠便大惊失色地站了起来。"你绝不能去那里！像你这样的，去了那里马上就会被捉走吃掉！"

"究竟会被什么吃掉啊？"

"反正被妖怪魅惑的人就会被吸走灵魂。像你这样的小娃，一下子就会没命的。"

"别说这种不吉利的话啊。"薮木笑着，把西瓜往嘴里送。

两人接着闲聊了一会儿，然后多惠"嘿哟"一声站起了身。

"俺得去河下游买点东西。"

"下游？是说那个小屋一样的商店吗？"

"对啊。明矾没了。俺本来想做腌茄子的，蒂都去好了。只要加点明矾，腌起来就会变成漂亮的紫色。颜色漂亮，看了有食欲。"

日复一日，薮木积累了越来越多老年人的生活智慧。虽然大部分平

---

1 驱虫地藏：地藏指的是日本人摆放在路边供奉着的小尊的地藏菩萨雕像。日本人会给地藏系上红色的围嘴和头巾，祈祷地藏保佑自己的孩子。日本民间相信婴幼儿腹胀、食欲不振、抽搐等异常行为是由疳虫引起的，而驱虫地藏则是保护幼儿不受疳虫危害的地藏。

2 石神：被当成神灵供奉的奇石。

时都用不到，但这却是薮木索然无味的生活中少有的一点乐趣。多惠把西瓜皮扔进用来储存肥料的桶。

"从这儿到那商店至少有 2 千米。你腿脚不便，走不了这么远吧。"

"俺以前还一个人提着灯笼走到了镇上呢，而且走的还是山上的土路，还不是像没事人一样。"

多惠戴上了带着白色丝带的草帽，正准备走，薮木挡在了她身前。

"我帮你买，婆婆，你待家里就好了。"

"俊介是宅男啊，去不了商店的。"

"只是买个东西而已，宅男也做得到。"薮木把刘海往后拨，笑着说道，"跟店里说要明矾就行了吧？"

"嗯。对不起啊，结果还是让你帮忙了。"

"没事啦。我反正闲得慌。"

多惠眯起眼睛，用一副难以言喻的表情看着薮木。这个老婆婆总是时不时地露出让薮木感到惊艳的表情。她现在看起来就像是剔除了一切情感的、真真正正的面无表情。她面无表情得如此柔和，薮木想着总有一天要让自己的人偶也露出这副表情。

"俊介，人啊，总有一天会发现，就算不拼了命地去追，想要的东西还是会自己找上门的。明明只要耐心等着就行了，为什么大家非要那么着急呢？"

这话不仅是对薮木说的，还是对自己走上了所谓精英之路的儿子说的。多惠明明整天都在给儿子写信、打电话，他却从来不回家见见自己的母亲。

"我就是一直在等着啊。"薮木这么说道，轻轻拍了拍多惠瘦小的肩膀。他打开木门，走向屋子后面的储物间。手刚放到车门上，薮木就突然改变了主意，走向院子。一阵莫名的伤感突然袭来，薮木觉得胸口闷闷的。这种时候，散步也许是不错的选择。

薮木拿下挂在生锈铁钉上的鸭舌帽，戴在头上，穿起运动鞋，走上了砂石路。太阳就快要下山，一望无际的田地被染成了暗红色。

"薮木！"

薮木听见声音回过头，看见一个发福的女人跳着向他挥手。是郁代。她好像租了那边的土地种菜。薮木也向她招手。郁代问薮木："去哪里？"

"去买东西！"薮木大声回答道。郁代挥了挥手，对他喊了声"再见"。真是个无忧无虑的女人啊。薮木向她点点头，继续上路。

薮木时而踩在被除过草的、狭窄而又弯曲的田间小路上；时而跃过小溪；时而走在墓地的石墙上。他就这样边走边玩地到达了那个商店。那是一间仿佛象征了农村贫穷的平房，屋檐低矮，门面窄小。店主在商品陈列柜的空隙间露出了脸。薮木从店主手上取走了需要的明矾。他挥动着袋子，正准备原路返回时，忽然停下了脚步。

夏天的路面上热气升腾。薮木看见，在道路平缓的拐弯处，有一团红色的东西。薮木眯起眼睛，盯着那勉强能看清的地藏的脑袋。青草繁盛的道路的尽头，是冰雪花居住过的地方。那是一位跟随身为祈雨人的父亲来到这块无缘之地，却不幸死于非命的少女。

薮木转过身，迈步走向驱虫地藏。像这样走在农村的小路上，过去的回忆总是一股脑儿地涌上心头。夕阳的余晖使得回忆的潮水更加一发不可收拾。薮木想起，小时候有一次出门玩耍后回家，途中自行车的链子掉了。他哭丧着脸，最后把自己搞得浑身是油才把车子修好了。那件事恰好就发生在像今天这样夕阳红得发紫的黄昏里。薮木满怀乡愁，默默地沿着路往下走，终于到达了目的地。

高约 50 厘米的地藏头上系着好几十条红色的围嘴，连脸都快看不见了。听说这是为小孩子赶走疳虫的地藏，村里每有一个婴儿出生，家人就会来这里系上一条围嘴。村里古老的风俗毫无障碍地保留到了今天。这风俗真是让人觉得无比地毛骨悚然。

薮木走上狭窄的小路，踢着青蛙跑上河堤。多惠提到的石神，大概就是凌乱地排列在路边的这些石头吧。那些都是用天然岩石凿成的小祠堂，形状和大小都各不相同。不知道这些东西又有什么来历？

就在薮木蹲下身观察石神的时候，背后传来了尖锐的引擎声。他回头一看，只见一辆后座上放着白色箱子的小型摩托车停在河堤下面。村里派出所的警察竹田孝司从摩托车上下来，从口袋里拿出毛巾擦了擦脸和脖子上的汗。

"你在这里干什么？那个……你是叫薮木吧？"

"对，你好。"

年近退休的警察摘下头盔，用手擦了擦头发稀少的脑袋。他身材矮小精壮，亲切感十足，眯着眼睛笑起来的样子像极了财神爷。

"今天也很热啊。一点雨都没下，看样子估计到晚上温度都降不下来。"

"傍晚会有阵雨，村里广播说了。"

"最近一段的天气预报根本没准过啊。天气这么热，地里的庄稼可要遭殃了。"

这时，竹田突然注意到薮木手上拿着的袋子。表情从温柔转向严肃，眼看着就变得警察范儿十足了起来。

"这可不是兴奋剂或者毒品什么的，虽然看起来可能很像。"

看见薮木故作滑稽地举起袋子，竹田豪爽地哈哈大笑起来。

"是明矾吧？看一眼就知道了。"

"是的。是住隔壁的婆婆托我买的。"

"哦，是三桵家的婆婆吧。她说薮木你来了之后帮了她大忙啊。"

"没有的事，倒不如说是婆婆一直在照顾我，经常给我做饭什么的。"

"只要身边有年轻人在，老人就会感到安心，还会更有活力。"

竹田把裤子往隆起的小腹上提了提。

"习惯这里的生活了吗？"

"嗯……慢慢习惯了。"

"你的艺术创作搞得怎样了？"

"毫无起色啊。"

薮木在河堤上方蹲下。在搬进多惠家副屋的时候，薮木向警察提交了身份调查表一类的东西。竹田是村里少数知道薮木是人偶师的人。

"毕竟在农村生活总是有很多烦心事啊。你是从城里搬来的，感受应该更深吧？"

"之所以无法集中精神工作，是因为我自己太懒散了。"

"不过，艺术家搬到枯杉村里来，一定能为今后村子的振兴做出贡献的。加油啊。"

"好的，我会的。"

警察带着笑容踏上摩托车的踏板，戴上头盔，踢起了脚撑。就在这时，一辆铃木轻型车朝着竹田迎面开来，轻轻按了两下喇叭。仔细一看，一个留着板寸头、皮肤晒得黝黑的年轻人单手握着方向盘向竹田挥手致意。白色轻型车在竹田边上停了下来。

"今天好像也不会下雨啊。"

"刚刚才聊到这个话题呢。嗐，村公所的天气预报就没怎么准过。"

"毕竟天气预报也不是村公所在做的啊。他们只是把气象局的信息播出来而已。"

方下巴的男人发出带着鼻音的笑声，并看向薮木。男人很没礼貌地盯着薮木，好像在叫他先自报家门一样。竹田见状，便一边擦汗一边担任起了介绍的工作。

"他叫薮木，是从东京过来的年轻的希望。"

"哦，那个空房政策的……"

"没错，没错。不如你下次邀他去参加村公所的集会怎么样？"

虽然心里觉得他真的是多管闲事，但薮木还是用暧昧的微笑把真心话掩盖了过去。

"这边这位是夏川，在村公所工作。他很擅长使用电脑，还自愿接下了村里数据库化的工作，是个非常优秀的人才。"

夏川不好意思地挠了挠脑袋，上下打量了薮木好几次。薮木的脑海中浮现出了扭曲的想法：他看似随和，但不知为何却给人一种谄媚的感觉。那双眼睛在自己身上看个不停，也让人觉得很生气。看来多惠口中"熟悉机器的夏川"指的就是他了。

"下次能不能来参加集会？我到时候会通知你的。会后大家还会约着去喝酒。虽然是一群醉鬼，但大家都是好人。"

"这样啊。"

"你可是村里宝贵的年轻人啊。另外，如果电脑出了什么问题，也尽管来找我。不是我自夸，全村的电脑基本都是我在修的。"

夏川说完，又跟竹田说了几句话，便开车走了。他在离开时还开玩笑似的按了两下喇叭。说真的，薮木对这样的社交感到无比疲惫。他叹了口气，擦了擦脸。这时，竹田启动了摩托车的引擎。

"对了，你跟其他东京来的人有交流吗？"

"嗯，受了大家很多的关照。"

"最近发生过什么怪事吗，在你们东京人之间？"

虽然听说这里外来人口很多，但为什么竹田光问东京人呢？听到薮木回答没有，竹田便仰起头开始盯着薮木看。是村里人会把外来者默认成坏人吗，还是说有些东京来的人有问题？

竹田看了薮木好一会儿，又换上了讨人喜欢的笑脸。

"要是有什么麻烦，尽管来找我。我全年无休，每天都待在派出所里。"

薮木点头向竹田致谢。竹田向薮木敬了个礼，发动了摩托车。目送竹田骑车缓缓爬上坡，薮木稍事休息后重新上路了。只要一出门，就一定会被人搭话。虽说不拘小节是农村人的特点，但这种无时无刻不被人看着的感觉，绝对说不上愉快。

薮木拐进祠堂边的小路。道路上整齐地铺着碎石，完全没有其他小路那种给人身处乡下的感觉。蜿蜒小道的尽头是一堵花纹复杂的镂空石墙。薮木一边踢着石头一边前进，从两边立着石柱的入口处往里看，一时无法相信眼前的光景。

里面是一栋跟这座废弃村庄格格不入的、非常现代的洋房。洋房有上下两层，尖屋顶上铺着墨色的瓦片，外观复杂得像是好几栋建筑物融合在一起似的。最特别的是后方那座六角形的塔楼，那种镶嵌着铜片的壁板，薮木只在照片上看过。从精妙的细节来看，应该是昭和时代前建造的房子。多惠说的村长家的房子就是这栋吧。

太壮观了。薮木呆呆地站在入口前。就在薮木被房子的气场压得喘不过气时，一个人影从屋里跑了出来，是个穿着T恤和短裤、剃着光头的小孩子。肤色黑得几乎能反光，一副典型的农村孩子样。男孩提着方形背包在空中挥舞。他忽然注意到薮木，放缓了脚步。

"大叔，你是谁啊？"

"大叔……"

薮木一时语塞。活了29年，他还是第一次听到这个词被用在自己身上。光头男孩站到薮木面前，双手背到身后，抬起了下巴。

"我还是第一次看到绑着头发的男人。你住哪里？"

"鲇泽。"

"鲇泽？你从鲇泽跑来这里干什么？"

"我在散步。你这样跟大人说话真的很没大没小啊。"

薮木语带威胁，居高临下地看着这个穿着跟自己相差无几的男孩。牛气冲天的男孩一点也不把薮木的威胁放在眼里，大笑了起来。薮木看见他刚掉了乳牙，新牙还没长出来。

"瑞希老师是大叔的这个吗？"

男孩竖起小拇指[1]，把手举高在薮木眼前晃来晃去。这种麻烦的小鬼还是不要搭理比较好。薮木转过身刚想走，男孩却绕到了薮木面前，堵住了他的去路。

"你该不会是跟踪瑞希老师的跟踪狂吧？"

"你说我是跟踪狂？"

"你刚才还偷偷从外面往人家房子里看，太可疑了。还像个女人一样绑着头发。"

"喂，臭小鬼，说话注意点，小心我敲你的光头。让开。"

薮木向双手叉腰挡住去路的男孩靠近一步，男孩便嗖的一下穿过薮木的腋下回到了墙里。

"瑞希老师！有变态跟踪你，快给派出所打电话！"

"喂！你等等！你乱说些什么！"薮木手忙脚乱地想追上男孩。

男孩一边笑着，一边提高音量叫喊着："不好啦！有变态想对瑞希老师下手！警察叔叔！"

就在薮木追着四处乱跑的机灵小鬼时，眼角余光瞥见了另一个身影。

"庄太，你在干什么呢？"

---

1 竖起小拇指：日本人用竖起小指的方式指代男人的女性伴侣。

脚上踩着拖鞋的女人用手扶着厚重感十足的柱子。在看见她的瞬间，薮木猛地停住了脚步。

"冰雪花……"薮木不由自主地呢喃道。

女人歪着头不解地说了声："哎？"这个女人面白如雪，黑发如瀑，薄唇似朱。她根本就不是想要心脏的死人，明明就还活着。薮木动弹不得，直勾勾地盯着女人。男孩与薮木擦身而过，跑到女人身边。

"瑞希老师，那个人是跟踪狂，他刚才在门外一直往里看。"

"居然说人家是跟踪狂……庄太，太没礼貌了。"

女人用手摸着庄太的头，咻咻地笑了起来。

"哎？老师认识那个大叔吗？"

"算认识吧。他是深夜的猎人，虽然猎的是萤火虫[1]。"

"什么意思啊？"

"对了，庄太，你不是得在6点之前回家吗？晚了会被骂的吧。"

庄太听闻后高举双手，夸张地睁大了双眼。

"对啦，我都给忘了。家里有门禁的。"

庄太胡闹地绕着她转了几圈后跑向墙外。在经过薮木身边时，再次竖起小拇指笑着对薮木说："果然是这个嘛。"

真是个一点都不可爱的小鬼。薮木转向女人，打算解释一下，却发现人已经不在了。

"请进。"声音从屋子里传来。薮木摘下帽子，犹豫了一会儿，打开了玄关大门。宽敞玄关的正前方是一座橡木楼梯，在空中描绘出平缓的曲线向上延伸。挑高的天花板上，椽子呈放射状排开，到处都是复杂的

---

1 猎萤火虫：在日语中，观赏萤火虫的字面意思也可以理解为狩猎萤火虫。

细节。真是难以言喻的震撼。薮木跨过高高的门槛，饶有兴趣地观察着房子。

"请进。能到隔壁的客厅来一下吗？"

还是只闻其声不见其人。薮木接受邀请，脱下运动鞋走进屋子。我到底在干什么？她就是自己日思夜想的冰雪花，却是个活人。活生生的女人明明是自己最不擅长应付的，也是最不感兴趣的东西。

薮木踩着吱吱作响的地板走向客厅。刚进去，墨汁的味道就扑鼻而来。女人叠起书法用纸，把砚台和毛笔等文具收进盒子。

"刚才那孩子叫庄太，在我这里学书法。直率又可爱，对吧？"

哪里可爱了……薮木差点就要这么说出口，不过还是努力克制住了。

"你是书法老师吗？"

"嗯，是啊，很奇怪吗？"

"不是，只是你看上去挺年轻的。"

"一点都不年轻，我都 24 岁了。"

她站起身，拿出一张坐垫放在地上，并用手示意薮木就座，接着走出了房间。薮木盘腿坐在蓝桔梗花纹的坐垫上，忐忑不安地环视着四周。桌上放着一个上过漆的盒子，里面装着一张书法作品，上面写着"活力"两个字，笔迹十分粗犷，署着庄太的名字。正如男孩的外表一样，他的笔风十分生龙活虎，颇具魄力。

"他写得很好吧？"

女人回到客厅，手上拿着托盘。她把倒满麦茶的杯子放在桌上，优雅地在薮木的对面坐下。

"洋溢着青春的气息，同时又带有一份适度的狂野，总之就是让人觉得充满了力量。"

"确实是充满了'活力'的一幅字。"

女人微微一笑，细长的眼睛和薮木四目相对。她的无心之举再次令薮木背脊发凉，她那超凡脱俗的美貌让薮木看得入神。女人身穿白色罩衫和黑色裙子，古色古香，更加凸显了她的古典魅力。薮木心想，要是狐狸化作人形，一定是这样的感觉吧。

"我叫日浦瑞希。你呢？"

"薮木俊介。"

"薮木啊。你是那个对吧，山村留学[1]的。"

"也不算吧，我托村里政策的福，在这里租了间屋子。"

瑞希拿起工艺雕刻的玻璃杯。"白得透明"这个说法根本就是为了形容她而存在的。她的皮肤透明到让人怀疑她的身体里根本没有血液在流动。

"你也不是村里的人吧？讲话的方式跟本地人完全不同。"

"枯杉是我父亲的老家。"

"这房子真壮观啊，应该被评选为什么遗址了吧？"

"国家有形文化遗产。建于明治三十年，中途经历了数次修缮，一直住到了现在，虽说住起来有很多不方便的地方。"

"你什么时候开始住这里的？"

"我三年前从东京搬过来了。事出有因。"

薮木只是点了点头。虽然瑞希装作一副平静的样子，但薮木可以感觉到内有隐情。那大概也是她移居到这里的理由。薮木决定还是不要轻易打探。此外，薮木还提醒自己，要时刻对她的美貌和奇妙的亲切感保持一份警惕。

1　山村留学：指城市家庭将孩子送到僻远的山村生活或学习一段时间。

屋檐下挂着的风铃发出清脆的响声。被夕阳染红的瑞希的表情，让薮木联想到了他们初次见面的那晚。那是一副既像是要哭，又像是在笑的表情。

"你父母的工作是？"耐不住沉默，薮木先开了口。

"父亲在镇上的图书馆当图书管理员。母亲很早就去世了。"

"你跟父亲两个人住吗？"

"嗯。挺自由，也挺悠闲的，简直像隐居一样。"瑞希呵呵地笑着，眼睛直勾勾地看着薮木，眼眸中散发光芒，"之前那晚，吓到你了吗？"

"我每晚都做噩梦梦见幽灵，害怕得睡觉都不敢关灯呢。"

"那看来我成功了。《神秘村之试胆游戏》《惊声尖叫之萤火虫》。"

"别起这种听起来像是游乐场设施的名字。我当时要是运气差点，说不定就直接昏死在那里了。"

"你觉得我下次带点武器怎么样，像是菜刀之类的，或者在头上点根蜡烛？"

"武器……你到底玩哪出啊？"薮木不禁失笑。

"农村真是难以置信地无聊啊。你不觉得吗？大家心里明明应该都想追求刺激才对。"

"我只知道大家所想的刺激肯定不是你认为的那种。"

"我无限接近于死者，所以我也算是冥界的亲善大使了。"

薮木本想吐槽她那奇怪的措辞，但看了她一眼后便噤了声。她垂眼望着落日，那真是一副撩人又复杂的表情。薮木突然意识到，她跟命丧雪山的那个女人很像，像的并不是容貌，而是那同时怀有希望和绝望的神情。从多惠那里听来的冰雪花的故事，也给人同样的感觉。这三个女人，都有着能拨动自己心弦的某种特质。

"那天晚上你也这么说了吧？说自己一半活着，一半死了。那是什么意思，能告诉我吗？"

"没有什么深意，只是当时凭着感觉说的话而已。"瑞希微笑着，变回了天真无邪的表情。

真是让人捉摸不透的女人，完全不懂她是用怎样的逻辑在思考。不过，她身上带着的那份饱含热情的虚无感，跟薮木创作出来的人偶们十分相似。

也许真的被我找到了——虽死犹生的人偶。

5

"事情就是这样。你先冷静下来。"电话另一头传来岩楯祐也低沉的嗓音。

赤堀凉子话到喉头，又咽回了肚子。电话里传来吐烟的声音。

"嗯，怎么说呢，要是太烦躁，就听不见'虫子的声音'了。"

"听得见也好，听不见也好，离尸体被发现已经一周了。第七天马上就要过去了。我能不烦躁吗？"

"不过是这么点时间损失，你应该可以轻松弥补回来的吧。再说，那群人也不是真心跟你过不去。毕竟中间隔着周末，这速度也勉强算在可以接受的范围里。哎，要我说，他们就是跟你闹着玩而已，你就别再生气了。"

"闹着玩？！"赤堀凉子朝岩楯祐也大喊道。然而岩楯祐也那边似乎有其他电话打进来，只听见他说了句"我会再打给你的"，然后就挂了电话。赤堀鼓起脸，放下手机，用力地靠在转椅上。

已经很久没有感到这么烦躁而无处排解了。究其原因，就是跟岩楯祐也一行人一起挖坑时找到的证据，一直没能从科研组那边拿回来。从上周开始，赤堀凉子就等得不耐烦了。直到刚才，东西才送了过来。这么一来，中间的四天时间就完全浪费了。即使她自己到现场去搜索昆虫，发现的一切微量物证也必须全部先交给科研组。没有上头的指示，她就完全没办法继续调查。赤堀凉子觉得现在的这种制度实在是非常麻烦又浪费时间。不过，岩楯祐也之前也说过，警察内部有着早就定好了的规矩。他指的大概就是这种事吧。

"科研组那边有很多看不惯老师的知识分子吧，觉得你侵犯了他们的专业领域。因为你的突然出现，他们的研究结果被全盘推翻，伤了他们自尊。"

太蠢了。赤堀凉子嗤之以鼻。警察组织里也有一堆看不惯自己的人。干脆让他们跟科研组一起去游行示威，要求上头把自己踢出调查算了。说到底，解决了无数难题的科研组，他们的自尊难道就这么脆弱吗？

赤堀凉子看向垃圾桶里的货物发货单。竟然故意推迟发货时间，想让我难办。用这样无聊的把戏欺负人，赤堀感到不可思议。她之前也受过这样的打压，看来被打压的日子还没到头。

真是的，干脆拜托大吉，给他们送个一万只苍蝇或者灶马虫算了。赤堀凉子一边咒骂着一边拉开桌子的抽屉，从中抽出学生给的头带。她用头带紧紧绑住额头后，好像变得有些干劲了。好了，忘掉那些令人心烦的事，开始集中精神了。赤堀凉子拉起袖子，把固定着放大镜的台子拉到身前。她把在针毛收获蚁的巢穴里找到的褐色的羽化壳放在铺着棉花的培养皿上。虽然头和脚有些不完整，但相对来说已经是状态不错的证物了。

赤堀凉子拿起游标卡尺，用量爪卡在躯干的上下两侧。屏幕上显示长度为 4.9 毫米，宽度则是 4.1 毫米。如果头还在的话，体长大概在 8 毫米吧。这个羽化壳跟其他水虿的壳比起来显得要小，单凭这点就可以确定它的种类。赤堀把水虿的尺寸记录在笔记上，接着写上"差翅亚目""蜻蜓科""八丁蜻蜓"，并在字的周围画了个圈。

八丁蜻蜓即便是成虫也不到 2 厘米，是日本境内最小的蜻蜓，在世界范围内也非常稀有，而且，它的栖息地必须是环境优良的湿地。

赤堀凉子忽然全身一颤，摩拳擦掌起来。这种生物的壳在葛西的空地被发现绝非偶然，自然界中没有生物会把这个壳搬到那里去。

"这可是至关重要的证物啊……"

赤堀凉子把脆弱的羽化壳慎重地用镊子夹起，转成腹部朝上的状态。她把脸贴在放大镜上仔细观察，但由于壳太小，还是看不清楚细节。她立刻起身，设置好了身后桌子上的电子显微镜，将其聚焦在八丁蜻蜓的羽化壳上。

因为蜻蜓是不完全变态的昆虫，所以从幼虫长到成虫的过程中会留下一些身体特征。先从这些特征入手调查吧。

"来吧，来吧，让我好好看看。"

赤堀凉子一边自言自语一边看向显微镜，用前端很细的镊子慎重地固定住羽化壳。羽化壳的腹部像蛇腹一样呈节状。赤堀把显微镜聚焦到第八节，用手边的按钮按下快门拍照。反复改变角度拍了几张之后，她把羽化壳固定成侧腹朝上的状态。接着，她开始仔细观察判断性别的部位，立刻就发现了奇怪的特征。这是什么？第三节的中间有一个突起，用放大镜看时还以为是破损导致的倒刺，看样子并非如此。

"也不像是被蚁巢压坏的啊。"

赤堀凉子慎重地用镊子翻转羽化壳，开始仔细观察侧刺和背刺。第八节的部分开了一个比针孔还小的洞，在那下方能观察到一处折断的刺状隆起。果然，这个羽化壳不一般。

赤堀凉子再次直起身，把横放在书架上的厚重文献搬了过来。她迅速翻开蜻蜓科的页面，一边用显微镜观察羽化壳，一边将其与书中的羽化壳图解进行对比。尽管赤堀花了大把时间仔细检查了所有细节，但不仅雄性个体应有的特征一个都找不到，反而还发现了很多不该有的东西。

这到底是怎么回事？赤堀凉子用力擦了擦眼睛，再次把手指放在水虿的身体部位图解上，一一进行确认。接着她把眼睛靠在显微镜上，注视着镜片下的羽化壳。这个动作至少重复了五次。确实没有看错。

"等等，等一下……"

赤堀凉子感到全身发热，脱掉了披在身上的衬衫。心脏跳动的声音剧烈得传达到了耳膜。这只八丁蜻蜓很异常。它很可能是想告诉自己一些无比重要的事情。

赤堀凉子推开转椅站起身，踢飞放在地上的纸箱，跑向书架。她气势汹汹地用手指掠过书本的书脊。这些平时基本用不到的文献重见天日的日子终于到了。堆积的灰尘让赤堀凉子咳个不停，但她终于找到了自己需要的那本被斜塞进书柜的书。就在她粗暴地把书从书架里抽出，咚的一声放在桌上时，笔记本电脑发出了丁零零的响声。她听见后，停下了手头的动作。她看了一眼手上的潜水手表，已经是晚上10点半了。有人给她打了个网络视频电话。

赤堀凉子从堆积如山的文件中找出带麦克风的耳机，慢吞吞地戴上，启动了摄像头。在她敲击键盘输入 ID 登录后，一张占满了整个屏幕的脸出现在她面前。

"小坂，好久不见。不好意思，这么晚了还麻烦你。"

赤堀凉子在椅子上坐下，朝画面挥了挥手。视频中的男人则是一脸诧异的样子。男人用中指推了推玳瑁花纹的眼镜，把脸贴近画面，鼻子几乎要贴到屏幕上了。

"虽然是挺晚的，但是没关系。凉子，你为什么上气不接下气的？"

"稍微运动了一下。"

"原来如此。怪不得头上绑着头带呢。原本以为你都是戴工地头盔的，这下是要再加一条头带吗？"

被他这么一说，赤堀凉子才想起来，她完全忘了头上的头带。她原本打算解开，但想了想还是算了，就这样吧。

"我想打起精神嘛。总之，你别在意了。"

"不，我十分在意啊……"

小坂再次推了推镜框，薄薄的嘴唇弯成了暧昧的弧度。

小坂长着一张瓜子脸，面部骨骼突出，看上去有些神经质，但圆圆的眼睛却像小牛的一样可爱。他最大的特征就是全身上下总是一身常青藤盟校风格的衣服。就算时代不断改变，他对自己的穿衣风格依然毫不动摇。这份执着在某种意义上非常适合他的工作。但是，尽管赤堀凉子和他同一个年级，他却总是对赤堀非常见外。换句话说，他的戒心很强。

"工作结束了？"

"嗯，我都已经到家了。所以，你想让我看的东西是什么？"

"我想拜托身为共同演化研究员兼蜻蜓专家的你一件事。东西我明天会给你送过去，今晚就请你先看一下照片吧。"

"难不成跟案件有关？"小坂的眼里流露出了好奇。

"没错。而且，我认为这个证物对案件非常重要。我现在就给你发邮件。"

赤堀凉子把发现蜻蜓羽化壳的经过大致告诉了小坂，并把显微镜下拍到的照片和基本信息通过邮件发给了他。

"不过话说回来，挖开针毛收获蚁的蚁巢，从里面找出水蚤的壳，这种绝技也只有凉子你做得到。你寻找证物的依据，与其说是假说，倒不如说是大胆的想象。换作是我，肯定会被常识束缚，没办法像你这样随机应变。"

"法医昆虫学就是这样啦。再说了，我还认识一位会认真看待我的想象、令人愉快的刑警。"

屏幕中的研究者在键盘上敲击着，似乎是在打开收到的图片。看起来像幻灯片一样的笨拙动作通过网络电缆传到了赤堀凉子眼前。小坂把脸靠近屏幕，眉头紧锁地注视着图片。他在思考的时候，有拉耳垂的习惯。他此刻就正把胳膊撑在桌子上，手指频繁地拉着耳垂。

"这是在东京的葛西发现的，还是在建材存放处的里面？"

"没错。我之后再次检查了针毛收获蚁蚁巢里的垃圾场，又发现了好几个散落在四处的同样的羽化壳碎片。尽管碎片都很小，但加起来大概有两只的量。"

"这太不可思议了。"

"我还调查了那附近。离现场 1 千米左右的地方有一座寺庙，里面有个比较大的水池。"

"人工的吗？"

"是。池子里养着巨大的锦鲤，种着莲花。整个庭园豪华璀璨得像是暴发户造的一样。蜻蜓在这种地方孵化的概率有多少？"

"零吧。"小坂立刻答道，"从大小、形状、特征看来，这是蜻蜓科的八丁蜻蜓。"

"果然如此啊。"

赤堀凉子在笔记的下面又画了条红线。

"在养着鲤鱼的混凝土池子里，这种蜻蜓是绝不可能孵化的。说到底，蜻蜓根本不会在那种地方产卵。"

"我也觉得。毕竟八丁蜻蜓不仅进了濒危物种红色名录，还是能当环境指标的昆虫，只能生存在自然条件优越的地方……顺便问一句，八丁蜻蜓能被养殖吗？"

小坂立刻摇了摇头："这种蜻蜓最常被发现的地方是休耕田，也就是水田。说白了，就是因为积水而导致其湿地化的地方。除了水田之外，还有采石场遗址，或者大坝附近。很多八丁蜻蜓都栖息在深山老林中被人开采后偶然湿地化的地方。"

"即便使用过滤装置，也无法养殖吗？"

"没错。就算把水过滤了，本质上还是和天然的地下水有差别。人类是无法人工创造出湿地环境的。试图创造群落生境[1]的人都失败了。食物方面也是。除了叶蝉科和蜉蝣目的昆虫之外都不吃。光凭这点，养殖就不现实啊……"

赤堀凉子靠在椅背上。

"栖息地呢？"

"虽说是稀有昆虫，但栖息地的分布还是很广的。从九州到青森，有200多处地方被确定为八丁蜻蜓的栖息地。"

"毕竟只要找到一只，就可以说是栖息地了啊。东京发现过吗？"

"八丁蜻蜓在东京范围内被认为已经灭绝。"

果然没这么容易啊。赤堀凉子骨碌碌地转动着椅子。

根据科研组的报告，针毛收获蚁的巢穴里发现的大量种子中混有鹭兰的种子，并且那些种子的基因排列跟从仓库里找到的鹭兰种子是一致的。这只能说明蚂蚁们就是从案发现场把那些种子搬出来的。此外，八丁蜻蜓和鹭兰的生长环境一致，可以推测它们也是从相同的地点被带来的。正如赤堀凉子推测，不论是鹭兰还是八丁蜻蜓，都是野生的。这将能大幅度推动调查进程。这两种证物毫无疑问是犯人带过来的。

赤堀凉子确信了自己的想法。她翻开笔记本，向小坂询问道："光看

1　群落生境：在一个生态系统里由非生物因素铸造的可划分的空间单位。在一个地方上出现的、适应其非生物环境的生物群落是划分群落生境的依据。

照片，你能判断出是雄性还是雌性吗？"

"嗯，请稍等一会儿。"

赤堀凉子心情激动地注视着小坂的举手投足。他说着要放大图片，移动了鼠标，接着又开始拉起耳垂。然而他很快就停下了动作，单薄的双唇微启。

"喂，喂……真的假的啊？"

小坂贴近画面，疑似是他在刮胡子时不小心划破的下巴处的伤口被放大在屏幕上。

"这个羽化壳胸部第三节的中央，有外生殖器隆起的痕迹。这是雄性才有的特征。然而在那上面第二节的部分却有着只有雌性才有的黑色斑点。"

"而且，第八节的部分还有疑似是产卵瓣的痕迹。是我看错了吗？"

"不，你没有看错。那确实是像产卵瓣一样的东西，不是伤痕。"

"也就是说，这个羽化壳同时具有雄性和雌性的特征。半雌半雄。"

"Gynandromorph……"

"没错，雌雄嵌体[1]。"

赤堀凉子打开刚才拿出的图鉴，放在了屏幕前。图鉴上记载着同时拥有雄性和雌性特征的八丁蜻蜓，雄性的五彩斑斓和雌性的朴实无华交错融合。若是看到这样不可思议的翅膀，有的人甚至会以为发现新物种了。换句话说，虽然这只八丁蜻蜓呈现出雌雄同体的怪异形态，但这种现象在昆虫界并不是什么稀奇事。

小坂时而靠在椅子上，时而仔细地端详照片，显得异常兴奋，冷静

1　雌雄嵌体：指生物个体同时呈现出雌性与雄性的身体特征。

不下来。

"顺便问一下，小坂，你见过八丁蜻蜓的嵌合体吗？"

"没有，没见过。晏蜓科的倒是见过不少，八丁蜻蜓我是第一次见。哎呀，真厉害啊。这样的东西居然被埋在蚁巢里，简直是奇迹。凉子，真有你的。"

"这可不是奇迹。这也不是我的功劳。我只是站在昆虫的角度上观察了昆虫的行动，那些虫子就告诉了我这些事情。你不觉得这很棒吗？"

赤堀凉子微微一笑，小坂见状也笑了起来。

"我想了解一下八丁蜻蜓嵌合体的案例，能马上找到吗？"

"这个，大概没办法立刻找出来。不过，这样的案例并不多。我记得有一个是在广岛发现的，还有一个是哪里来着……有两三个地方。总之，我尽量在明天中午之前发邮件告诉你。"

"谢谢，你可帮了大忙了。"

赤堀凉子稍微跟小坂寒暄几句后挂断了网络视频电话。接着她立刻拿出手机，拨出电话。她在研究室里来回踱步，岩楯祐也刚接起电话，她就飞快地说了起来。其间岩楯祐也好几次劝她"你冷静一点"，但赤堀凉子都充耳不闻，继续说着，将刚才了解到的所有信息一股脑儿地全部传达给了他。

昆虫们总算开始行动了。赤堀凉子难掩心中的喜悦，就这么对着电话哈哈大笑了好久。

Chapter 3

鬼火和指针式时钟

1

和昨天相比，东大岛站附近的高级公寓简直变了个样。公寓四周被施工用的白色防护网完全包围，穿着胶底布袜的高空建筑工人在脚手架上工作着。用来刨砖的工具敲打在墙上，震动一路传递到腹腔，岩楯祐也忍不住捂起耳朵，小跑着去了入口处。

看样子月缟新仍旧对岩楯祐也所指示的调查方向存疑。他最近一段时间经常绷着脸陷入沉思，时不时长吁短叹，向岩楯施加无声的指责。见解上有所分歧是理所当然的，关于这点岩楯祐也不打算指责他什么。但是，月缟新丝毫没有想着掩饰自己的反抗心理，从昨天开始就一直是这个状态。

月缟新走在过道上，故弄玄虚地干咳了一声。

"岩楯警部补，我有话想说。"

"什么话？"

"我们有必要每天来这里吗？今天已经是第三天了。获得线索的希望渺茫，我认为这么做只是在浪费时间。"

"你真这么认为吗？"

"是的。我觉得我们不应该再纠结于这种毫无意义的地方，更应该把目光投向其他地方。再说了，其他组已经来这个地方调查过好几次，结论是这个地方很大概率跟案件无关。总部也是这么认为的，您知道吧？"

"那些觉得这个地方一点问题都没有的人，我完全理解不了他们。"

"那只是您个人的见解。您完全是出于个人喜恶才来观察那个男人的，不是吗？恕我直言，我认为您的判断错得非常离谱。"

真敢说啊。岩楯祐也感觉自己的血压一下子升高了。警察世界遵循垂直领导的原则。毫不在乎上下关系的月缟新实在是太与众不同了。与其说是不在乎，不如说他好像是把阻止无能上司的错误指示当成自己的使命。真有自信啊……岩楯祐也感到十分扫兴。想到他一直保持这种态度，竟然走到了今天，岩楯祐也不禁感到惊讶。但月缟新也差不多要触及他忍耐的极限了。

"月缟。"岩楯祐也说着，看向心情不悦的搭档，"你先把自己那张臭脸给我收起来。整天跟一个不讨人喜欢的男人待在一起，谁会觉得开心啊？"

踏上布满灰尘的楼梯，岩楯祐也用盖过研磨机噪声的音量对月缟新说道："你也不是叛逆期的麻烦小鬼吧，别逮着个人就抬杠。"

"我自认为我的表现很正常啊。另外，这不是现在该关注的重点吧。"

"很可惜，你并不正常，你太有问题了。我从来没见过嚣张自大到你这种程度的臭小鬼。另外，你好像还觉得无精打采、面无表情是很酷的样子啊。"

"没有这回事。"

两人气喘吁吁地爬上 4 楼。

"不去管别人说什么，只是一味地贯彻自己的原则……打心底里这么想的人，是没办法在小笠原任职的。别以为去了离岛就可以不被别人打扰，沉浸在自己的孤独中。别再做这种愚蠢至极的白日梦了。"

"我自认为还没有蠢到那个地步。我只是觉得，从事这份工作并不需要讨人喜欢。"

"不是让你讨人喜欢，是要与人接触。在一个组织里，如果一个人毫无理由地放弃同他人协调、相处，不管这个人多优秀都没有用。不懂得尊敬别人的家伙也是一样。顺便说一句，我没有白痴到全凭个人喜好去判断一个人是好是坏。"岩楯祐也加重语气，铿锵有力地说道。月缟新一惊，闭上了嘴。

"听好了，我送给你一句非常适合你的话：注意你的语气。还有一句：只有真正的蠢货才不懂得妥协的重要性。你完全搞错反抗的对象和地点了。剩下的你自己去想吧。"

岩楯祐也一口气爬上 7 楼。为了平息怒火，他深吸了一口满是灰尘的空气。跟在后面的月缟新一声不吭，呆然伫立在嘈杂的施工声中。他瞥了一眼岩楯，然后低下了头。

"非常抱歉，我太不知分寸了。还有，多谢您的教导。"

岩楯祐也突然感到无比疲惫，他看向月缟新，却意外地发现他嘴角微微上扬，一脸痛快的表情。他该不会一直在等着一个能认真教训自己的人吧？不会吧，这也太怪异了……岩楯祐也浑身起了鸡皮疙瘩。虽然这小鬼幼稚麻烦到无以复加，但岩楯祐也也察觉到自己对他抱有好感。他冷漠的面具之下到底有着一张什么样的脸？月缟新有着一种让人不禁想要窥探其真面目的魅力。这么想着，岩楯祐也不知怎的也跟着笑了。

"好了，把情况复述一下。"

月缟新一如既往地绷着脸点点头，打开了记事本。

"仓库出租公司的员工登记在案的有三个人。三个人年龄都在三四十岁，住在东京。取证组的报告称他们和失踪的三个人没有联系。"

岩楯祐也被混浊的空气呛到，边咳嗽边点头。

"从调查记录来看，他们没有任何可疑之处。我亲眼见过他们，也同意这个观点。他们看起来都只是和善的平民。不知道您觉得他们哪里可疑，能告诉我吗？"

"硬要说的话，就是他们那处心积虑的笑容吧。"

他们看起来十分熟悉该如何应付警察，让人束手无策。换言之，他们虽然看起来一副顺从的样子，却不肯多说有用的话。

月缟新收起记事本，跟着岩楯祐也继续上楼。

"确实，能感觉到他们身上有种充满拜金主义气息的卑鄙感和轻浮感。不过除此之外，我就看不出什么了。"

"假如他们真是善良的平民，那今天也一定会对我们笑脸相迎的。"

8楼最里面的房间就是仓库出租公司的办公室。房间位于角落处，门上挂着一张写有公司名字的透明亚克力板。

岩楯祐也用手挡住猫眼，按下了门铃。房间里回响着门铃声。虽然能感觉到室内有人，但等了半天还是没人出来应门。岩楯祐也转动脖子，活动了一下关节，然后开始连按门铃，持续按了一分钟左右。就在月缟新不禁苦笑的时候，木头纹理的门微微打开了。

开门的男子一看见两名刑警，就小声嘀咕着"怎么又来了"，声音听上去很不耐烦。尽管如此，他还是立刻打开门，摆出一脸亲切的笑容。

"哎呀，原来是两位刑警啊。工作辛苦了。因为门铃对讲机没响，我吓了一跳呢。从猫眼看出去也是一片黑，什么都看不见。"

"一定是因为施工的粉尘太多，弄脏镜片了。"

男子虽然一脸狐疑，但还是对岩楯祐也的话表示了认同。

"连着几天过来打扰，十分抱歉。我还是有些问题想要问。"

"啊？能说的我已经都说了啊。从上周开始，其他刑警也来了好几次，我们也到警察署去录了口供，你们两位也连着来三天了。"

"我们警察也很拼啊。"岩楯祐也向前一步，"能让我们进去吗？外面太吵了，没办法好好说话。"

男子听闻，脸上表情略微一僵，两眼开始迅速地左右转动。这可以说是典型的"房间里有见不得人的东西"的反应了。岩楯祐也死死盯着男人不放。男子年纪在 35 岁左右，手上有明显的戴过手套的痕迹，晒黑的手腕和手背的颜色呈现鲜明的对比。他的穿着十分简单，但就连岩楯祐也也看得出来，他的衣服质地非常好。从第一次见面，岩楯祐也就觉得这个男人全身上下都被一层肉眼看不见的金钱包裹着，可以看出他的势力不小。

男子连连念叨着"怎么办，怎么办"，用手挠了挠烫成卷发的脑袋。

"今天真的很忙。实在不好意思，能不能麻烦你们改天再过来？"

"这些事非得今天问不可。不好意思，打扰了——"

岩楯祐也不顾对方的婉拒，强行进了门。男人看样子是觉得再拒绝下去也没用，于是也就没有阻拦岩楯。岩楯祐也脱掉鞋子，催促着放慢脚步、一脸焦虑的男人，通过了走廊。

格子门的另一边是一间 18 平方米左右的办公室。然而办公室的样子却和昨天不同，明晃晃的灯光亮得刺眼。一盏夹式灯被夹在窗帘挂杆上，门的正对面坐着一个和周遭环境格格不入的人。

柔软的鸡蛋色皮革沙发上，坐着一名娇小的少女。她穿着夏季的学生制服，又长又直的头发绑成两束。她被突如其来的访客吓了一跳，但立刻就收起下巴，盯着岩楯祐也。

岩楯祐也正要露出和善的微笑，身后突然传来了月缟新的叫喊声："喂！你这是在干什么？！她还是个孩子啊！"

岩楯祐也第一次听到他这么大的说话声，反射性地回了头。月缟新一副仿佛随时要把男人扑倒在地的样子，身子向前倾着。然而岩楯祐也举起手，制止了处于激动状态的月缟新。面前的这位少女，虽然仍带有一抹天真烂漫的可爱，但同时也散发着一股危险的气息。她这种洞悉世事的气场，不是一个普通的十五六岁的女孩能轻易驾驭的。恐怕她已经不是穿学生制服的年龄了。

男子慌慌张张地关掉了夹式灯。

"看样子是真的在忙啊。"

少女制服领口的胭脂色丝带看上去有些松，估计是刚才手忙脚乱地系上的。男人催促她赶紧到隔壁的房间去，但少女却仍是一副桀骜不驯的态度，完全不打算离开的样子。

"喂，这是谁啊？"

"叔叔我是警察，小妹妹，你是哪家的孩子呀？"

"你干吗让他们进来啊？你明明说了今天肯定不会来的啊。"

少女无视岩楯祐也，朝男人呸了下嘴。

"看样子打扰到你们了，不好意思啊。"

"真的够打扰的，糟透了，烦死了。"少女毫不留情地对岩楯祐也出言不逊。

男人见状慌忙插嘴："不好意思，她是熟人的孩子。他有点事，今天让我代为照顾。"

"原来是这样，真是抱歉。不过，你这是在跟熟人的孩子玩摄影吗？这拍照的角度还真是很不错啊。"

岩楯祐也看向玻璃桌上的单反数码相机。相机的液晶显示屏上，身穿制服的少女袒露着胸脯，脸上挂着青涩的微笑。男人飞快地拿起相机，摆出一脸暧昧的笑容关掉了电源。月缟新见状越发怒火中烧，满脸通红，仿佛在等待着岩楯下令，准备随时将男人制服。

"嗯，那个，能告诉我你的名字吗？"

"这是非强制性调查吗？"

"这么难的词你也懂啊。对啊，这当然不是强制的。"

"那我就不告诉你。"

男人挤眉弄眼地暗示少女配合，她却虎视眈眈地看着岩楯祐也，丝毫没有要合作的样子。

"叔叔这是作为警察在问你话，希望你能配合。因为如果你还是中学生的话，你男朋友这样子给你拍照，我们得逮捕他了。"

"你傻吗，说我是中学生，你要笑死我啊？"

"真是没办法啊。月缟，看来这个小姑娘是想跟我们去署里走一趟。"

"了解了。"

月缟新迅速上前，准备把她带走。她不服气地咬了咬涂着唇蜜闪闪发光的嘴唇，用力地坐倒在沙发上，不情不愿地开了口。

"松江美春。"

"年龄呢？"

美春面带愠色地从包里拿出驾照，放在桌上。她出生于 1988 年 6 月。虽然看上去只有 10 多岁，但今年已经 24 岁了。岩楯祐也目不转睛地盯着美春惹人怜爱的圆脸。原来如此，只要能隐藏掉其中的恶意，她看起来就完全是个无忧无虑的少女。话说回来，有些女人真的是越活越年轻啊。她们似乎真的相信不管年纪多大，只要表现出无知和稚嫩，就可以提升自身价值。虽然很多男人就好这一口，但岩楯祐也总觉得这并非长久之计。

月缟新接过驾照，确认了松江美春的年龄，惊得目瞪口呆。他的目光在证件照和本人之间来回游走，一脸难以置信地向岩楯祐也征求意见。他好像真以为美春就跟外表一样，只是个中学生。

"然后，你是，呃……新堂先生，对吧？合伙人中的一位。"

岩楯祐也坐在仍旧板着脸的美春对面。

"顺便问一句，两位是什么关系？"

"呃，那个，我们是熟人。"

新堂拿来一张折叠椅，面带羞愧地坐下。

"原来你刚才是在跟看上去根本没有 24 岁的女性朋友一起搞水手服角色扮演摄影啊。哎呀，看起来非常好玩的样子。"岩楯祐也的视线在两人之间游走，"嗯，这也不是违法行为，你们可以尽情地玩个开心，没有关系。之所以到这里来，是因为我们对案发的仓库再次进行了现场查证。重点主要是在租了一楼三间仓库的三个人身上。"

"这我清楚。毕竟这三天来，你们问的全是这些。不过，跟仓库有关的资料我都提交给警方了，已经没有什么能告诉你们的了。"

新堂疲惫地仰头看向天花板，挠了挠黝黑的脸。

"昨天我也说了，租了仓库的三个人现在仍行踪不明。你有什么头绪吗？"

"没有，我不清楚。我连见都没见过他们。"

"通过网络跟素未谋面的人签订了合同。对方把租借的押金转给你们后，合同便即刻生效。仓库的钥匙则是通过在交接的那天早上插在钥匙孔里的方式交给当事人的……是这样，对吧？"

"对。不管是哪里的租赁仓库都是这样的制度。"

"但是，不管是外表也好，身份也好，你们对于租户的真实信息却一点都不知道。这么一来，仓库就很有可能被用来实施犯罪。就像这次这样。"

新堂把刚点上火的香烟放在大理石的烟灰缸上，扣好了原本松开的衬衫的第二颗纽扣。

"虽然您说的也有道理，但世上一切事物不都能套用您这个逻辑吗？罪犯也会租房，也会工作吧。这样一来，不管是见过面也好，没见过面也好，都有可能被牵扯进犯罪啊。"

"你这么说也没错。不过，贵公司的仓库里不仅发现了奇怪的尸体，甚至连租了一楼的三个人都一起失踪了，这就让人不得不觉得奇怪了啊。"

"真的，请您饶了我吧。我们才是最大的受害者。那些仓库都已经租不出去了。二层的三位租户都已经说不打算续签了。就算要付违约金，他们也想尽快终止合同。"

"腐尸什么的，太恶心了。"

美春身体瑟瑟发抖，一脸严肃地摩擦着手掌。月缟新似乎对把新堂称为"和善的平民"一事感到后悔，一边记着笔记一边严肃地观察着他的一举一动。

"贵公司在东西线沿线五处地段都拥有仓库，对吧？一共有30个单间。"

"因为东西线高架桥下的地段比较便宜。"

"于是，你们三个朋友就合伙开办了仓库租赁的公司，对吧？"

岩楯祐也叼了根烟，点上火。

"但是不管怎么想，这点收入都不足以让你们三个人全都过上滋润的生活啊。"

新堂把还没抽几口的香烟摁灭，一脸讪笑地紧绷着身子。

"新堂先生，这是你的专职工作，对吧？其他两个人只是把这当成副业来做。"

"是这样没错。"

"我稍微调查了一下，仓库的入租率大约在七成。这样算来，月收入只有五六十万元。就算不是三个人均摊收入，你们的经营状况也够呛的吧？考虑到土地租金，收支完全就是赤字吧。"

岩楯祐也深吸了一口烟，仰头朝天花板把烟吐了出去。

"我们正在考虑增加仓库的数量，加入一些2平方米左右的小仓库，价格设置得低一些，租户应该也会增加。"

新堂从办公桌上拿起文件夹，打开了集装箱仓库的产品目录指给岩楯祐也看。

"嗯，嗯。如此说来，你们拥有足够的资金来加购仓库了？"

"慢着。刑警先生，从刚才开始，您到底想说些什么呀？这种事情跟案件完全没有关系吧！"

"腐烂的尸体在你们的仓库里被发现了，怎么能说跟你们没有关系呢？"

"就算是这样，我也已经把能说的都说了。如果还抓不到犯人，那就不能怪我们，而是警方的问题了。"

"新堂先生说的是，是我们做得不够好。"

新堂的眼睛骨碌碌地转个不停。

这个男人一定干着什么见不得人的勾当，这点是可以肯定的。在见到这个男人的瞬间，岩楯祐也内心的警钟就响个不停。然而，这究竟跟案件有没有关系，目前还无从得知。说不定真像月缟说的那样，连日以来在这里的调查都是徒劳无功的。

岩楯祐也把没抽完的烟在大理石的烟灰缸里用力摁灭。

"那我就有话直说了。这家公司，除了出租仓库之外，还有其他收入来源吗？"

"没有……不过就算我否认，您一定也会自行去调查清楚的吧。"

"毕竟这是我的工作。明天我还会再来叨扰，不过时间还没确定。"

"真是难以置信。"新堂嘀咕着。就在岩楯祐也向新堂投去微笑时，门铃声大作。

"啊，吓了我一跳。这声音真是对心脏不好啊。看样子是有客人来了。"

"只是推销员而已，不用在意。这是常有的事了。"

烦人的门铃声之后，响起的是粗暴的敲门声。

"还是去看看比较好吧？"

"不，无视就可以了。因为楼下的门开着，所以推销员都能畅通无阻地进来。下次得跟管理员好好说说才行。"

新堂一脸奉承地看向岩楯祐也，随即移开了视线。外头的人在快要把门敲破后终于发话了。

"美春！不在吗？我来拿手机了！"

"你看，果然是客人啊。"

岩楯祐也和善地笑了。新堂故作镇定地向美春抬了抬下巴。美春用夸张的动作站起身来，整了整水手服的下摆，把扎成两束的头发拨到脑后。他们两人之间似乎有着天衣无缝的默契。正当美春若无其事地准备去开门的时候，岩楯祐也抬手制止了她。

"月缟，你去看一下。"

"等等，你这是要干什么？他是来找我的。"

"我觉得那边那个小哥离玄关更近一点嘛。你坐着就好了。"

"多管闲事。"美春咬牙切齿地说道，一边咒骂着一边跟在月缟新身后。然而就在月缟打开玄关大门的瞬间，美春的尖叫声响彻了整个房间。

"B 计划！"

岩楯祐也也反射性地站起身，匆匆瞥见了门外的人影。来人脸色苍白，戴着一顶印着某种标志的鸭舌帽，帽檐压得非常低，是个目光锐利的年轻男人。

男人以微弱的优势抢先一步逃走，月缟新立刻追着男人跑出门外。岩楯祐也也跑向玄关。然而，美春却用她那娇小的身体挡住了他的去路。她喘着粗气，弯着腰，肩膀上下颤抖。

"B 计划，是要跟警察叔叔打架的暗号吗？"

"闭嘴！"

"好了，别挡路。再怎么说，跟个穿学生制服的女孩子扭打在一起，那场面可不好看。"

"讨厌死了，警察全都去死吧！"

"我说啊，你妈妈没教过你讲话要有礼貌吗？警察叔叔也是人，也会受伤啊。"

"谁管你啊！"

美春气势汹汹地朝岩楯祐也扑来，他借势抓住美春的领口，轻松地把她推到自己身后。岩楯祐也从栏杆上探出身子，看见身穿黑色 T 恤、头戴鸭舌帽的男人正在马路上奋力奔跑。月缟新则怒喊着在他身后几十米的地方紧追不舍。岩楯祐也拿出手机请求援助。10 分钟后，身穿制服的警察赶到，岩楯祐也把面色苍白的新堂和满口脏话的美春移交给了他们。

之后岩楯祐也立刻跑下楼梯，离开公寓，环视了一圈周围的马路。好几辆警车正在缓缓行进，搜索着逃跑的男人。就在岩楯祐也准备走向自己的车时，头顶传来有人叫唤的声音。

2

"你是警察吗？"

一名工人从大楼的最高层 12 层朝岩楯祐也挥手大喊。他戴着白色的头盔，毛巾挂在脖子上，看起来有些年纪了。

"刚才有两个年轻人风风火火地跑了出去，你是在追他们吗？"

"是啊！"岩楯祐也朝工人大喊。

"他们俩朝河边跑了！你知道龟户天神社吧？就在那后面！"

工人从屋顶往下看，手频频朝右边指了又指。岩楯祐也举起手向他表示谢意，穿过马路，打开力狮的车门，急忙翻开了地图。龟户天神社的后方是住宅区，公寓和居民楼密密麻麻地聚集在一起。岩楯祐也通过无线电向侦查员们说明了情况，一路上确认着路标，慎重地开往目的地。过了大概 15 分钟，他发现了倚靠在石墙上的月缟新。

"情况如何？"

月缟新满身大汗，松开了领带，解开了衬衫的第一颗纽扣。他指了指位于曲折道路尽头的、贴着白色瓷砖的公寓楼。

"没能及时联系您，非常抱歉。他刚朝那边逃去了。我瞥见他上了楼梯。"

岩楯祐也立刻掉头，绕到公寓后方建筑物密集的地方。他靠在煤气表上，眯起眼睛观察对面的公寓。装饰性的狭窄阳台排成一排，其中只有一间房间的窗帘在晃动。岩楯祐也从窗帘的缝隙中看见了英文字母"F"，跟男人戴的鸭舌帽上的标志一样。

好了，接下来只要堵住他逃跑的路就行了。正当岩楯祐也准备拿出手机的时候，他突然听见月缟新的怒喊，急忙赶到公寓正面。没想到月缟新竟然独自突击上了公寓二楼。他到底在干什么啊！岩楯祐也冲上狭窄的楼梯，只见在中间房间的门口处，两个男人扭打在一起。

"我是警察！老实一点！"

月缟新用沙哑的声音怒喊道，把脚伸到门里不让门关起来。看来他不是单纯地冲动行事，而是在男人意图逃走的时候拦住了他。

岩楯祐也走向扯着领口扭打在一起的两人，一鼓作气把大门完全打开。说时迟那时快，男人立刻跑回室内打开窗户，打算从阳台跳下去。月缟新气势凶猛地冲到屋里，抓住男人后背把他拉倒在地。

"妈的！放开我，浑蛋！"

男人粗暴地尝试抵抗，踢飞了身边的实木桌子。月缟新把男人的头摁在地上，手扭到背后。

"快放开我！该死的，我要杀了你！"

"谁会被你这种货色杀掉啊？"

岩楯祐也说着，把男人脸朝下按住，用膝盖抵住男人的背。他从背后抓住男人的手，在男人呜呜的挣扎声中铐上了手铐。

"很好。下午 1 点 48 分，我以妨害公务罪逮捕你。"

"开什么玩笑！妈的！我要杀了你！"

岩楯祐也给不停挣扎的男人同时铐上脚铐，把他推到窗边。就在这时，男人头上戴着的黑色鸭舌帽掉下来，露出他一头脱了色的金发。岩楯祐也和月缟新不禁互看了一眼。

"哎呀，哎呀，没想到居然在这里找到你了。我现在简直就像见到了白马王子的公主一样开心啊。"

"去你的！去死！马上给我去死！"

"不过呢，我是个心地善良的模范警察。我就大发慈悲，听听你的解
释吧。你为什么要逃跑？"

"我没有逃跑！是你们自己要过来追我的！"男人叫唤个不停。

岩楯祐也不怀好意地笑着，居高临下地看着他，并踩在男人的金发上。

"啊，痛，痛！把脚放开！浑蛋！"

"哎呀，真是抱歉。我还以为这是用来擦鞋的地毯呢。"

"这也能看错吗？蠢货！我绝对要你不得好死！"

"真是个不服输的家伙啊。"

房间是两室一厅，客厅大约有 15 平方米，木地板上铺着一块草莓
图案的毯子。只要观察实木家具和日用品，很容易就能看出这是个女人
的房间。然而，房间角落里放着的东西却将这粉色的甜蜜氛围一扫而空。
那里不仅摆着五台台式电脑、四台笔记本电脑、四台打印机，还有几台
看起来像录像机一样、不怎么常见的大型机器。

月缟新打开卧室门。这里也摆着电脑。好几部手机被塞在纸袋里，每
部都可以正常通话。月缟新一一检查了所有机器，表情严肃地看向岩楯。

"这些机器是用来刻录 DVD 的。我以前参与过违法 DVD 的查处行动，
当时犯人使用的机器和这里的完全一致。"

"原来如此。这里是犯罪团伙的窝点啊。而且，说不定还牵扯到了杀
人事件。"

虽然男人仍是一副天不怕地不怕的样子，但可以看出他开始面露怯
色。岩楯祐也用腋下夹住男人的头，强行用眼睛对上男人试图移开的目光。

"别以为可以装傻蒙混过关。不过，看你这么年轻，熬熬夜应该不在
话下吧。"

"啊？"

"接下来的几天，你别想睡了。不过，这都取决于你自己。在你把一切如实招来之前，我们是不会让你睡觉的。"

"你个浑蛋，把这种事情说得么光明正大！你这是侵害人权！"

"什么啊，你不知道吗？日本的犯罪分子是没有人权可言的。上个月刚出台了一部令人开心的修改法案啊。"

"骗鬼啊！"

就在岩楯祐也搜索着唾沫横飞的男人的口袋时，听见月缟新在身后喊了他一声，于是转过头。月缟新打开堆成一堆的纸箱的盖子，从里面取出了大量 DVD。这些 DVD 多半是非法刻录的，一眼看过去全是儿童色情片，包装上印着年纪尚小的少女和女童的裸体照片。此外还有大量的色情动画片。月缟新突然大步走上前来，猛地揪住男人的金发，把他的头抬了起来。

"竟然干出这种无耻的勾当……"月缟新咬牙切齿地低声说道，凶神恶煞地盯着男人。

被他的气势震慑住，男人话也说不出来，只是一味地摇着头。

"像你这样的人渣，我会亲手把你打入地狱。"

"放、放开我……"

月缟新丝毫没有要放手的意思。何止如此，他甚至把男人的头提得更高。就在他准备把男人的脸摔在地上的时候，岩楯祐也急忙抓住他的手制止了他。

"好了，够了。月缟，放开他。"

月缟新喘着粗气，把牙咬得咔咔作响。岩楯祐也抓着月缟新的手把他拉开。月缟新擦了擦汗，用沙哑的声音说了句"非常抱歉"。他刚才看见身穿制服的女人时，情绪也异常激动。难不成他对牵涉到未成年的犯罪有什么阴影？岩楯祐也观察了他好一会儿，才将目光转向已经完全老实下来的男人。

"主业是出租仓库，副业是贩卖传播淫秽物品。怪不得主业赚不到钱也无所谓。"

金发男人不甘心地瞪着岩楯祐也，而后一言不发地移开了视线。

在南葛西警署大小约 5 平方米的审讯室里，岩楯祐也倚靠在折叠椅上，迅速翻阅着上一个审讯官整理好的笔录。金发男人名叫松江浩树，20 岁。是个除了杀人之外什么犯罪都沾过的流氓，现正因吸食毒品处于保护观察期。穿制服的美春是浩树的亲姐姐。他们在不明善恶是非这点上如出一辙。两个人的尿液中都检测出了大麻成分。关于仓库弃尸一事，两人则完全否认。在被问到跟新堂的关系时，两人也都避重就轻，含糊其词。

岩楯啪地合上资料，看向吊儿郎当地坐在对面的年轻人。他一头金发剪成了莫西干头，但因为一直戴着帽子，导致头发都被压扁了。虽然看上去很凶，但他叛逆的举止中仍流露出一股青涩。

"好了，第一次审讯好像让你遇上了个温柔的警察。我可跟他不一样，你最好做好心理准备。"

"我不懂你在说什么。"

"你逃进的公寓是你姐以她的名义租的。放在那里的电脑和其他东西是从办公室搬过去的吗，为了躲过这阵风头？"

年轻人时不时摸着乱掉的莫西干头，似乎拼了命地在故作镇定。

"你刚才应该也听说了，你从今天开始正式获得了谋杀案嫌疑人的荣誉称号。恭喜你。"

"开什么玩笑，我怎么会杀人。"

"是这样吗？从你的前科看起来，你会涉足杀人也不奇怪啊。"

浩树斜着眼瞪着岩楯祐也，岩楯祐也则直接瞪了回去。

"你是什么时候加入这个团伙的？"

"不清楚。"

"参与以儿童色情片为主的 DVD 贩卖、偷拍。除此之外，你不仅吸食毒品，甚至还贩毒。我们从你的随身物品中找到了分装成小袋的大麻。"

"我不知道。"

"虽然你装作不知道的样子，但跑路的三个男人你也都认识吧？你甚至还去过他们的公寓，不是吗？在哪里来着？"

岩楯祐也朝在后面整理笔录的月缟新问道。月缟新立刻答道："江户川六丁目。"

"哦哦，对。六丁目的破烂公寓。你认识住在那边的胖子。好像还寄了些什么东西在他那边。"

浩树虽然眼睛看向一边，却露出一副想起了什么一样的表情。

"都怪你剪的这个发型，才会这么容易露出马脚，暴露身份。"

"你有证据证明那是我吗？现在染金发的人到处都是，你傻吗？"

岩楯祐也看着冷笑的浩树，叹了一口气，无奈地摇了摇头。

"没想到你这个小鬼，坏事做绝，却如此不谙世事。真是个无可救药的蠢货。"

"啊？"

"现在这个时代，谋杀罪光凭间接证据就能起诉了。不知道有多少人就是因为这样进看守所的。"

"那又怎么样？别摆架子，有话快说！"

"不怎么样。我只想告诉你，不管你怎么装疯卖傻，要把谋杀罪安在你头上再简单不过。你也好，你姐也好，希望你们别在这种毫无意义的事情上浪费力气。"

话虽如此，这个男人恐怕并没有参与实施杀人。虽然现在仍未掌握犯人的具体信息，但十分明确的是，犯人是个冷血无情的人。犯人明显不会是一个染着金发、吊儿郎当、虚张声势的家伙，也很难想象以新堂为首的犯罪团伙会去杀人。比起杀人犯，他们给人的感觉更像是一群无赖。

好了，用什么战术才能最快拿下这家伙？岩楯祐也观察着浩树的样子，陷入思考。在看着浩树装模作样地伸了个懒腰后，岩楯祐也决定使用对付"无知年轻犯人"的战术。

"好吧，我就当个好人给你一个忠告。在这种情况下，你越是反抗，局势对你越不利。现在不配合，之后你就算哭瞎眼睛也无济于事了。我建议你好好考虑一下。"

"考虑？考虑什么啊……"

"如果你把知道的事情都老实地说出来，我倒也不是不能往你的笔录里塞张小字条，让检察官对你温柔一点。"

"身为刑警却光明正大地跟嫌疑人谈条件，真是够肮脏的。"

"什么呀，你该不会以为警察都是善良又正直的家伙吧？真是个天真可爱的小孩子啊。"

岩楯祐也哈哈大笑起来。

"不过，你并没有选择权。你要是不接受，我就会用谋杀罪把你逼上绝路。你在两个月前已经成年[1]，差不多该学学怎么像个大人一样对事情负责了。跟少管所不一样，坐牢可不好玩哟。不过，凡事都要经历过才知道嘛。如果你这么想进去体验，我是不会拦你的。"

1　日本法律规定 20 岁以上为成年人。

岩楯祐也面带威胁，居高临下地看着浩树。浩树咬牙忍耐，努力不让岩楯祐也察觉到自己在颤抖。他眯起眼睛凝视着桌面，抖着腿，紧握着拳头。光是读一读笔录，就能明白被剥夺自由对这个男人来说比什么都可怕。在之前审讯时，他就没完没了地问了好几次关于拘留时间的问题。看着脑子飞速运转、思索着该如何辩解的浩树，岩楯祐也决定暂时不去打扰他。他想找出一套毫无破绽的说辞，但他既没有那个智慧，也没有那个时间。与此同时，他也没有大胆到敢彻底保持沉默。

岩楯祐也本以为还要僵持一段时间，但出乎意料的是，浩树很快就抬起了头。他像是下定了决心一样，咕噜一声咽下口水。

"你打算让我当犯人的替罪羊吗？"

"嗯，这要看情况。要是没有其他合适的人选，那就选你啦。"

"这是警察该说的话吗？！我绝对没有杀人，这点我发誓。说到底，我根本就不是新堂的人。我只是帮美春做事而已，跟他们那群人一点关系都没有。"

"你去过仓库吗？"

"去倒是去过。我姐交代我过去拿东西，DVD 光盘一类的东西，仅此而已。"

看来他没打算说谎。浩树似乎十分在意手指在键盘上飞速敲打的月缟新，时不时回头看他。

"新堂领导的犯罪团伙，主要贩卖的是些怎样的商品？"

"主要是面向萝莉控宅男的色情 DVD，还卖些偷拍的录像。美春经常会到游泳池的更衣室啊，温泉啊，小学运动会之类的地方，偷拍小孩子的照片和视频。毕竟这工作只有女的才干得了。"

每次月缟新发出咂舌的声音，浩树的肩膀就会不禁发抖，身体不安地动来动去。

"居然把你带进性犯罪的泥坑，你姐真是个无可救药的坏女人啊。你在这方面还没有前科，完全是个初犯。你是从什么时候开始干这种事的？"

"16岁。"

岩楯祐也感觉无话可说，用手揉了揉眼角。

"为什么你没有加入他们的团伙？"

听岩楯祐也这么一问，浩树闭上了嘴，像是闹别扭一样微微嘟起嘴唇。他的表情完全就是个天真无邪的小孩子，不禁激起了岩楯祐也的保护欲。

"那种团伙太麻烦了。我一个人比较轻松，而且……"浩树停了下来，重新把视线放在灰色的桌面上，"还有个烦人的大叔，不时地过来打探我有没有在认真工作。"

"大叔？你老大吗？"

"我才没有什么老大。我说的是那个跟保护观察官在一起的大叔。整天叫我改邪归正，重新做人，烦都烦死了，所以我才单独行动。"

"可你就是因为单独行动才落到这个下场的。"

"他们纠缠不休地烦了我好多次，叫我绝对不能加入犯罪组织。他们说做坏事的大人会利用小孩子，过河拆桥，用完就扔。不知不觉中我就会无路可退，人生也会被毁得一塌糊涂。"

看来浩树也有着自己的考虑。虽然平时自私自利，但对于什么事能做、什么事不能做，他还是有着自己的标准。他在提到保护观察官时虽然表现得很不耐烦，但还是能隐约感觉到他对他们的信任。这个男人还有改过自新的可能。岩楯祐也暗自想道。

"我说啊，就算你没加入新堂的团伙，但你不仅帮了他们忙，还沾了毒品，那不是跟加入他们一样吗？观察官知道了一定会很难过的。你是毒贩子，对吧？"

浩树动来动去，狂妄地点了点头。

"新堂也在贩毒吗？"

"他没有进货的渠道，所以没干这个。贩毒只是我自己在做的兼职，因为很轻松，钱又很好赚。"

"轻松，钱又好赚？开什么玩笑！给我适可而止！"

岩楯祐也心中堆积的愤怒瞬间爆发，把报告书重重地扣在桌上。浩树吓得几乎从椅子上跳了起来，差点没坐稳摔下椅子。

"在社会上四处传播危害的就是像你这样脑袋空空的臭小鬼。你一开始应该是免费把毒品送给小孩子吧。等他们上瘾了再让他们跟你买。而且，你甚至还用打折诱惑他们，让他们去帮你找新的客人。我说错了吗？"

"我不知道你在说什么……"

"你就为你干过的事好好赎罪吧。别以为这次还能看在你是小孩子的分儿上，给你酌情量刑。"岩楯祐也把脸贴近浩树，瞪着他说道，"好了，现在告诉我，东西线下面的五处仓库都用来干什么了？"

浩树一开始的气势已经所剩无几，看起来马上就要陷入恐慌了。除了眼前的得失，现在他已经无暇考虑其他事情。他用手指擦了擦额头上的汗水。

"到底是用来干什么的？赶快给我说。"

"仓、仓库应该只有二楼是真的用来出租的。一楼被用作商品的仓库，还有刻录 DVD 的工作间。"

"五处仓库都是这样吗？"

"没错。总之，那些东西真的卖得特别好。新堂一开始是租了别的地方来刻录光盘。但是因为警察不断搜捕，如果没个表面上的生意当幌子，很容易让人起疑。"

"原来如此。所以他们就想到了出租仓库这个点子。外表上看起来是在做着正经生意，实则是利用仓库来保存货物，是吗？"

"仓库都是用其他人的名义租下的，其中还夹杂着一些普通的租户。所以就算被发现了，警方也很难立马着手进行搜查。"

"真是个狡猾的家伙。"岩楯祐也说着拿起茶杯，喝了一口完全凉透的茶，"躲起来的三个人又是怎么牵扯进来的？"

"新堂借用他们的名义租仓库，仅此而已。他们都是我的常客。"浩树观察着岩楯祐也的脸色，眼睛眨个不停，"因为他们经常赊账欠钱，所以被强制要求成为租户了。那三个人甚至连自己的户籍都卖掉了。"

"真是一群无可救药的人。他们为什么逃跑？"

"那是因为……"浩树支支吾吾地说不出个所以然，不时擦着额头的汗。

"我不太清楚，但大概是察觉到情况不妙吧。"

"胡说八道。要是真的觉得情况不妙，他们肯定早在警察找上门之前就逃了。"

"这我就不知道了。"

"你怎么会不知道，难道不是新堂命令那三个人去配合警方调查的吗？"

浩树惊得浑身一震，闭口不言。

岩楯祐也则乘胜追击道："仓库里发现了尸体，第一反应应该是自己做的坏事要被人知道了。警察肯定会找租户取证，要是顺着名字没找到人，警察肯定不会善罢甘休。"

"就算你说的没错，我还是什么都不知道。我说的是真的。"

"别骗人了。他们完全是按新堂的指示来行动的。先配合取证，等调查结束再跑路。新堂担心如果放任这三个人不管，他们一不小心就会露出马脚，不是吗？"岩楯祐也直视着浩树的眼睛说道。

浩树的身子瑟瑟发抖。

"我再告诉你一件好事。从发现尸体的仓库里，找到了好几根金发。"

浩树听后倒吸了一口凉气，脸色开始发青。

"至于那是不是你的头发，几天后结果就会出来。就是所谓的 DNA 鉴定。你应该听过这个词吧？"

"开什么玩笑啊！跟我没关系！我怎么可能杀人啊！"

"那你为什么在现场，而且头发还粘在了尸体上？"

浩树汗流如瀑，颤抖的双手紧紧握在一起。

"你要不想配合，我也不会勉强你。反正只要把谋杀跟遗弃尸体的罪都让你一个人背就行了。我是完全无所谓的。"

浩树咬着牙，眯成了一条缝的眼睛里渗出了泪水。

"该死……所以我才说我不想干这种事，真是殃及池鱼。"浩树像是终于放弃了抵抗一样，用手擦了擦眼角说道，"我们真的不知道杀了那个女人的凶手是谁。那天晚上，美春回公寓的时候就像疯了一样。"

"日期是？"

"8 月 24 日，晚上 9 点过后。"

"你记得还真清楚啊。"

"只有那天的事我不会忘，想忘也忘不掉。美春吓得连话都说不清楚，一个劲地叫唤着，情况实在是糟透了。那段时间里我简直就像身处人间地狱一样。"

"发生什么事了？"

"我一边安抚她一边问她发生了什么，她告诉我仓库里有个死人……"浩树吞了好几次口水，"我姐去仓库取货的时候，注意到旁边仓库的锁坏了，就把门打开了。她仔细一看，看到一个裸女坐在仓库地上。她瞬间就觉得那肯定是具尸体，整个人都快疯了。"

"然后呢？"

"然后……我就给新堂打了个电话。"

"你傻吗？！为什么发现了尸体却给新堂打电话啊？！"

"因、因为，人说不定是他杀的啊。"

"这是什么歪理！"岩楯祐也怒喊道，拳头重重地砸在桌上。

浩树被吓得发出"噫"的一声，大颗的泪珠啪嗒啪嗒地落在桌上。

"那之后呢？"岩楯祐也不快地问道，一口气把茶喝光。

"那、那之后，新堂就马上赶了过来，我们三个人一起去了仓库。过去一看，那个女人果然已经死了。"

浩树清楚地记得，两天前的22日，仓库的门还是好好的。考虑到犯人不可能在大白天搬运尸体，那么弃尸的时间应该就是22日或23日晚上。

"我之后会再详细问问他们，不过在你看来，你觉得有没有可能是你姐或者新堂杀的人？"

"……我觉得不可能是他们。新堂跟大姐当时看起来都吓坏了，而且，他们虽然不是什么好人，但绝对不是会杀人的人。"

"好了，也就是说，你们三个人一起去查看了尸体，是吗？然后呢，之后你们做了什么？"

浩树突然变得沉默，迅速地抖着腿。为了避免他临时扯谎蒙混过关，岩楯祐也牢牢盯着他的眼睛不放。

"我、我就叫他们不要那么做了。那么做绝对会被警察发现。我根本就不想扯上这种事。他们把仓库里的所有东西都搬了出来，只留下尸体在里面。其他两个仓库也都被清空了，并放了些没用的废品进去。"

"原来如此。那书虫的仓库就是这么被创造出来的吧。"

"……没错。我们分头跑到好多家旧书店去买了书。之后新堂说，为了不留下蛛丝马迹，最好用吸尘器清理一遍。一开始他说要把尸体转移到别的地方去。但是这么做的话，说不定连谋杀的嫌疑都会落在我们头上。这样做不仅风险很大，还需要做精细的准备，而且到时候还没办法报案……"

"所以，你们就伪造了现场，并决定摆出一副不知情的样子。你们就那样把尸体在那里放置了一个星期以上，导致尸体腐烂得让人不忍心看第二眼。"岩楯祐也压低声音说道，"你们这群蠢货，笨到连哪个罪重、哪个罪轻都搞不清楚吗？竟然为了这种小事销毁了凶手杀人的证据。你之前见过死者吗？"

浩树探出身子，用力摇了摇头："我根本没敢正眼看尸体。尸体全身都是黑斑，死相太惨了。"

应该是尸斑吧。在他们三人发现尸体的时候，尸体还只是处于腐败的初期阶段。那个时候，应该还能分辨出死者的长相。岩楯祐也从文件里抽出尸体的照片，随手扔在桌上。尸体眼窝裂开，舌头上布满了蛆虫。浩树吓得发出尖叫，用手捂住了嘴，身下的椅子被弄得咯吱作响。

"你看清楚了，这就是在仓库里被发现的女人。"

"我不认识她！这，这也太惨了！她的脸……"

"事到如今你还能说些什么？尸体之所以变成这个样子，可都得怪在你们头上啊。她想必会对你们恨之入骨吧。"

"你，你饶了我吧！快把那东西拿走！"

"包括你在内，你们几个在跟人交易时，有没有惹过什么麻烦？也就是说，有没有做过什么会让别人记恨的事？"

"……呜，我没有头绪。"浩树汗流浃背，把头转向一边。

"你进入仓库的时候，窗户是开着的吗？"

"是关着的。新堂为了让尸体早点被人发现才打开的。"

岩楯祐也终于找到了一直以来的不和谐感的来源。因为两组犯人各自不同的企图交织在了一起，所以现场的情况才显得那么没有统一性。

不过，犯人的目的究竟是什么？岩楯祐也摸着没刮干净的胡子，陷入沉思。杀人犯很可能认识新堂，同时也知道那个仓库被用来进行犯罪活动，所以才有计划地把尸体遗弃在那里。

来好好探讨一下这方面的问题吧。杀人后最大的问题是什么？当然是处理尸体。如果自己是犯人，会出于什么目的才把尸体丢在仓库这样的地方呢？

岩楯祐也把思路进一步拓宽。他们在想些什么？是看透了新堂不敢报警，想让他帮忙收拾尸体？然而新堂却出乎他们的意料，没有处理尸体。何止是不处理，他甚至还故意伪造现场，让尸体更容易被人发现，把自己摆在受害者的位置……

岩楯祐也想到这里思路突然断了。他叹了口气，知道这个假说有漏洞。偷偷摸摸地在暗地里卖违法 DVD 的小混混，是不可能有那个能力去处理尸体的。犯人应该清楚这一点。虽然仍不知道调查会走向何方，但岩楯祐也感觉萦绕在心头的迷雾稍微散去了一些。犯人把新堂一行人当作用完就扔的棋子来利用，这点应该是可以确定的。犯人应该很了解他们，可能就是他们身边的人。

"顺便问一下，你最近去过湿地吗，像沼泽一类的地方？还有，你看过这种花吗？"

岩楯祐也从文件里抽出鹭兰的照片。浩树以为又是尸体的照片，吓得身子后仰。

"没见过，也没去过沼泽。"

"你的爱好该不会是捉蜻蜓吧，平时喜欢在池子边抓抓水虿什么的？"

"想想都知道不可能啊。"

如果新堂一行人和蜻蜓无关，那么种子和羽化壳就是犯人带来的东西了。赤堀凉子的判断没有错。

岩楯祐也让浩树在笔录上摁下指印，把他交给了负责的警官，带着月缟新离开了审讯室。刚出门，月缟新就在走廊上停下了脚步，叫住了岩楯祐也。他看上去一脸恭敬，深深地低下了头。

"刚才真的十分抱歉。"

"你这是怎么了？"

"您的预测完全正确。即使是其他侦查员已经放弃的可能性，您也依然用自己的眼睛去审视、怀疑。要是对新堂的取证只持续一天，那我们就不可能查明这些真相了。全凭个人喜恶去揣测他人本性的，不是您，而是我。实在非常抱歉。"

月缟新保持了好一会儿低头的姿势后才抬起头，露出一副略显严肃的表情。

"就连坦率承认错误的时候，你都是个让人猜不透的人啊。不过这样一来，干扰就被消除掉不少了。"

"是的。犯人身处鹭兰和突变蜻蜓所栖息的环境中。赤堀老师说的也都是对的。"

岩楯祐也走在走廊上，嘴角浮现出微笑。跟杀人犯有关的另一个关键线索是蜻蜓。但是现在新堂一行人浮出水面，关于蜻蜓的调查也许就会被暂时搁置。侦查总部眼下应该会着眼于对新堂进行调查。那么，自己就必须多加留意，不能让法医昆虫学这条线断了。

岩楯祐也望向窗外，被晚霞染红的天空中升起白得透明的月亮。厚重的云层不知何时已经消散，澄澈的天空无边无际，让人觉得像是夏天，又像是秋天。莫名的悲伤涌上心头。

"明天似乎是个好天气。"岩楯祐也朝窗外看了一会儿，喃喃自语道。

"来吧，是时候追查主谋了。"

两位刑警拖着被夕阳拉长的影子，快步向前走去。

3

　　赤堀凉子伫立在一栋毫不起眼的独栋房子前。她大约在 5 分钟前就按下了门铃，但直到现在都没有人来应门。她拿出手机拨号，放在耳边。这边也毫无反应，不管拨打多少次都没有人接。

　　赤堀凉子看了眼手表，刚过下午 4 点半。看来自己是被放鸽子了。赤堀凉子深吸了一口气。她知道对方原本就不想见自己，而且也不是个用正常手段可以搞定的人，但是连说话的机会都不给，那真是叫人束手无策了啊……

　　赤堀凉子望向坐在空停车场上的棕色独眼虎斑猫，决定等到 6 点。但是到了 6 点，屋主还是没有回来，家中的电灯也没有亮起。看来今天是见不到人了，只能放弃。好吧，改天再来。赤堀凉子跟毫不认生的虎斑猫四目相对，原路返回。

　　第二天是星期五。赤堀凉子带着大吉，走在川崎中央批发市场后方的居民区的路上。

　　尽管大吉非常正式地穿着深灰色西装，但看上去一点也没有上班族的感觉。国籍不明、年龄不详的他比平时散发出更加可疑的气息。

　　"突然叫我出来是为什么，还让我尽量穿得整齐一点？凉子前辈你还很少见地穿了裙子。"

　　"我是希望你当我的保镖。"

　　赤堀凉子甩了甩雪纺裙的裙摆。大吉不知为何一脸戒备地用手摸了摸鼻子。

　　"我昨天也到这里来了，但是让目标给跑了。我跟岩楯刑警说了，结果被他狠狠教训了一顿。他叫我今后绝对不要再独自进行调查，还让我在调查前先写好计划书交给他。简直就像是个不懂变通的公务员。"

　　"警察本来就是公务员啊。再说了，只要涉及案件，在哪里都有可能遇到危险。我觉得岩楯刑警所言极是。"

　　一时的疏忽就会导致事态变得无可挽回。赤堀凉子明明心里很清楚，但身体却总是不假思索地先动了起来。这大概是因为她对犯罪的理解还太过浅薄吧。是时候改改这鲁莽轻率的性格了。

　　"八丁蜻蜓的突变体，之前在兵库和广岛被发现过。而且雌雄嵌合的案例反复出现过多次。这些是小坂帮我查到的，我跟你说过吗？"

　　"嗯，说过。还说很久之前被刊登在了学术期刊上什么的。"

　　"那方面警察正在帮我们加紧调查。现在别说雌雄嵌合了，八丁蜻蜓在那些地区甚至都已经灭绝了。保护区也在10年前就取消了。"

　　"唉，这可真是让人失望啊。宝贵的线索就这么断了，实在可惜。"大吉一脸感慨地摇了摇头。

　　这么一来，异变蜻蜓的线索戛然而止。接下来只能把全国的所有栖息地挨个儿调查一遍了。赤堀凉子刚这么断言，侦查总部就直白地指出了问题所在——没有证据能证明蜻蜓的羽化壳是蚂蚁从仓库里搬运出来的。这点一被指出，赤堀也无言以对。此外，因为侦查有了重大突破，能分配给自己这边的人手也少了。唉，警察顶多也只能做到这个地步了。倒不如说这次警方的态度已经非常好。所以，接下来就要看她自己的了。就是在这种走投无路的时候，才是自己和虫子们展现本领的时刻。

　　大吉时不时地偷偷看向一个人自言自语的赤堀凉子。突然，赤堀凉子猛地转了个身，大吉一脚踩空，差点摔倒。

"前辈，你到底在干什么啊？一惊一乍的很吓人啊。"

"我现在干劲十足。"

"你不是一直都干劲十足吗？"

"岩楯刑警忙着追查犯罪团伙，今天没空来我这里。但是，他又不让我单独行动，所以我才拜托你过来。"

"你该不会是想做什么危险的事情吧？"

"当然不是啦。前天我在五反田的一家标本用具店里待了一整天，获取了很多有意思的信息。我很想见一个人一面。"

"标本用具店？为什么去那种地方收集信息啊。研究雌雄嵌体的学者到处都是，我觉得应该先从那边入手，不是吗？"

"你太天真啦。"赤堀凉子把食指放在大吉眼前左右摇了摇，"对我来说，研究者跟学者什么的早就没用了。"

"没用……"

赤堀凉子指了指道路前方。两个人在门口摆满花盆的平房前右拐。

"雌雄嵌体的八丁蜻蜓，全国只发现了两例。这是不争的事实，就算再怎么去咨询研究者也很难有所突破，不可能得到新的信息。"

"是啊，如果有新发现，早就登上学术期刊了，而且蜻蜓肯定也会被保护起来。"

"对吧？这种时候就该去找'昆虫收藏家'啦。"

赤堀凉子抬起下巴笑了起来。大吉的脸色则不是特别好看。

喜爱昆虫的人大致可以分为两类：一类是像赤堀凉子这样投身于某种研究的人，另一类则是所谓的"昆虫收藏家"。后者人数多到可以再具体分类，比如专门收集蝴蝶的就叫蝴蝶收藏家，收集天牛的就叫天牛收藏家。不管哪种收藏家，都喜欢收集珍稀品种，与人攀比，对捕虫的热情非常高。

从发现八丁蜻蜓是突变体的那一刻起，赤堀凉子就认为如果想要得到更多的信息，还得去找昆虫收藏家。他们肯定通过孜孜不倦的探索，发现了一些只有他们才知道的昆虫的栖息地。他们虽然不想将栖息地告知他人，但同时又无法抑制想要炫耀自己收藏的心情。因此，赤堀凉子很容易地就查到了昆虫收藏界名家的各种信息。

绕了好几个弯后，一栋房子映入两人眼帘。那是一栋混凝土墙体的灰色两层建筑，四周围绕着铝制的栅栏。用瓦楞铁板围起的狭窄停车场里，停着一辆崭新的面包车。看样子消息无误，今天房主确实在家。

"就是那栋房子。"赤堀凉子抬了抬下巴，继续往前走。就在这时，两人听见不远处传来了男性高亢的咒骂声。定睛一看，一个身材高挑的男人站在院子里，挥舞着竹扫帚。屋檐上站着两只弓起身子竖着毛的猫，向男人发出低吼示威。其中一只是赤堀凉子昨天见到的独眼猫。

"你这家伙！蠢猫！快走开！要我赶你多少次！肮脏的东西！去！去！"

男人高举扫帚反复敲打着屋檐。然而猫却不动如山，发出低沉嘶哑的难听叫声。

"那只独眼虎斑猫还真是不老实啊，在这种情况下还这么镇定自若，真是个奇怪的家伙。"

"不知道它是不是猫群的老大。"大吉一本正经地答道。

赤堀凉子走到门前，向里面的人打了声招呼。

男人踉踉跄跄地回过头，嘴里喘着粗气。红通通的脸上汗流不止，眼镜眼看着就要从鼻梁上滑落。尽管他的头已经秃得差不多了，但看上去只有 40 多岁。

"我是前天致电过的赤堀凉子。您是风间先生吧？"

"赤堀凉子？"男人深吸一口气让呼吸稳定下来，轻轻地咂舌道，"你就是那个什么学者啊，给我打了十几二十个奇怪的电话。"

"昨天我按约 4 点前来拜访，但您似乎外出了。于是我今天再次登门来找您了。因为周围的邻居告诉我，周五是您的休息日。"

风间四处张望，似乎想知道到底是谁把这事告诉赤堀的。他双唇紧闭，露骨地表现出了不悦。接着他好几次一边嘀咕着"要没时间了"，一边把手表高举到眼前。他的一举一动都像个机器人一样，给人一种神经质的感觉。

"我在电话里也说过了，我有很多事情想请教您。"

"不好意思，我今天有点忙。话说回来，你真的是学者吗？学者哪有你这么年轻的。你该不会是个间谍吧？"

"我可没您想象的那么年轻，而且我也不是什么昆虫间谍啦。"

"再说了，我可没听你说要带人来啊。这个阴阳怪气的老外是怎么回事？"

"我是来自乌兹别克斯坦的达基·斯刚，是一名昆虫生态学博士。"

大吉配合着赤堀凉子的俏皮话，抓住风间的手上下摇晃，嘴里说着"泥壕啊"。

"这到底是在搞什么鬼……"

风间用中指推了推眼镜。这时，玄关大门突然打开，屋里走出一位满头白发、身穿粉红色蓬松睡衣的老婆婆。

"哎呀，哎呀，家里来了这么多朋友啊。你们是来玩的吗？要玩什么啊？"

"妈！"风间突然大喊一声，跑回玄关，"回屋里去，快点！"

"为什么？你们是要在外面玩，对吧？要跟好朋友一起踢石子玩吗？"

"够了，别说了！来，快点进屋里去！鞋子也不穿，脏死了！真是的，先在玄关把脚擦干净再进屋啊！"

风间把似乎还有话想说的老婆婆推进屋子，转过身。他挺直了背，皱起眉头，可以感觉到他虽然认为母亲丢了自己的脸，但又不想让两人意识到这点。

"很抱歉，能不能请你们改天再来？如二位所见，家母那个样子，老年人日托中心今天又正好是休息日。家里这种状态实在很难让两位进门好好说话……"

就在这时，老婆婆又突然从门里探出了身子。

"清和在骗人！日托中心的人明明只是迟到了。刚才都打电话过来了。清和总是动不动就撒谎。数学考试也才得了 40 分。真是坏孩子，清和是个坏孩子。"

"妈！"

风间关上玄关大门。这次他抵在了门上，防止门再次被打开。

"总之，今天就先请回吧。说到底，我知道的事早就在电话里都说了，已经没有什么可以告诉你的了。再见。"

话音刚落，风间就躲进了家里，咔嚓一声锁上了门。戒备心强到这个份儿上，单是看着都觉得辛苦。赤堀和大吉呆呆地四目相望。

"那是怎么一回事？"

"那是蜻蜓收藏家风间。"

"不是，你这算什么回答啊？"

两人按原路返回，到达他们刚才第一次拐弯的地方。大吉正准备就这么走回车站，赤堀却拉住了他。

"我们在这里监视他。"

"啊？为什么要监视他？"

"当然是因为我今天就要从他嘴里问出个所以然来呀。这种时候就应该学习岩楯刑警纠缠不休的精神啦。"

"要说纠缠不休，我觉得岩楯刑警还比不过前辈你呢。不过那个人，一点想跟我们说话的意思都没有啊。"

"是啊。"

"不、不，等一下。凉子前辈前天打电话的时候，到底是怎么打的啊？我看风间一开始就很不高兴的样子，原因该不会是你打的那些电话吧？"

"因为他总是一下子就挂掉了，所以我就每隔5分钟打一次，连着打了2个小时。最后他上气不接下气地说了句'我明白了'，然后才告诉了我他的住址。"

"你这完全是在找人麻烦啊。不，根本是犯罪啊……"

大吉难以置信地重复了一遍。

"我在五反田打听到，他是日本首屈一指的蜻蜓收藏家。早在20年前就已经遥遥领先于其他蜻蜓收藏家，因此出名。正因如此，他才会对我们那么警戒，神经紧绷。全国上下不知道有多少人抱着探知蜻蜓栖息地的想法前来造访风间家。"

"这些人太不正常了。"

"哎呀，收藏家就是这样的啦。而且你看，一般的昆虫收藏家把目标猎物集齐以后，就会变身成别的收藏家，对吧？比如蝴蝶收藏家变身成蝉收藏家，再变成甲虫收藏家。但是他毫不动摇，一心专注于蜻蜓。日本范围内的蜻蜓早就收集完毕，听说现在只收集雌雄嵌体昆虫。真是只潜力股啊。"

大吉重重地用鼻子哼了一声。

"我原本就非常讨厌昆虫收藏家。一听说哪里有弯角大锹，就跟疯狂繁殖的虫子一样聚集到那里去，一只不剩全部抓光。你是没看过被那群人掠夺后的森林。树上到处垂着把香蕉塞进裤袜做成的陷阱，用来吸引趋光性昆虫的白色破布也是用完就扔在那里。"

情绪激动的辻冈大吉双手不由自主地动了起来，像个指挥家一样到处乱挥，嘴里说个不停。他并不是自然崇拜者。他虽然性格温和到不可能是自然崇拜者，但如果发现了肆意破坏自然生态的人，有时就会突然爆发出像是要找人打架一样的攻击性。换句话说，他可以被分类为行动难以预测的"危险的家伙"。

辻冈大吉像是连喘气都觉得浪费时间一样，噼里啪啦地继续说道："真希望你能看看那些弯角大锹。那些家伙连幼虫都不放过，导致弯角大锹在某种意义上可以说都接近灭绝了。毕竟日本现存的弯角大锹大部分都待在人类的房子里。在笼子里出生、长大、交配、产卵，然后在笼子里死去。一味地吃被给予的食物，活着只是为了长成 7 厘米以上的成虫。这样的虫生到底算什么？到最后还要被人杀掉变成标本。人类有什么资格这么做啊？我说的有错吗？"

辻冈大吉情到深处，眼眶都湿润了。赤堀凉子轻轻地拍了拍大吉的手臂。

"你说的一点也没错。不过，你的视野太狭窄了。动物们基本上是不会遂人类所愿的。这之后，弯角大锹会进行反击的。它们只需将体型进化得越来越小，就能从一长大就被杀死的循环中脱离出来。这么一来，人类就会对它们失去兴趣，把它们放归山林。等回到自然界后，它们就会重新改变基因排列，再次变大……像这样的未来预测，你觉得如何呢？"

"挺不错的。"辻冈大吉板着脸说道。

"还有，你看看那边，反击已经开始了。"

赤堀凉子指了指风间的房子。先前跟房主激战了一番的独眼虎斑猫，现在跳到了节能车闪闪发光的引擎盖上，伸了个大大的懒腰。接着它伸出了爪子，英姿飒爽地来回在车体上划过一道道印记。

"哎呀，干得好！"辻冈大吉笑着拍起了手，"不过，我们在这里监视有什么用啊？正如蜻蜓收藏家说的，只要他母亲还在家，我们就没办法好好说话啊。"

"啊，那不是问题。日间托老的员工很快就会过来接她了。"

"可是，风间不是说今天日间托老是休息日吗？"

"那只是赶我们走的借口。那个好玩的老婆婆讲的是实话。她早就想玩想得心里发痒了，所以不可能会搞错日间托老的休息日。"

那之后过了不到 15 分钟，福利机构的小型面包车就开了过来。满头白发的老婆婆开心得活蹦乱跳的，印着花朵图案的连衣裙在风中飘扬。"真的来了……"辻冈大吉瞪大了眼睛，对赤堀凉子佩服得五体投地。

好了，接下来才是重点。赤堀凉子朝辻冈大吉使了个眼色，两人朝风间的房子走去。就在风间刚送走母亲准备关上院门时，赤堀凉子一鼓作气地冲进了院子。

"啊，太好了。因为刚才有些话忘了说，所以我又折回来了。日间托老的人果然来了。看样子我挺会挑时间的啊。"

"等一下，你们两个到底是怎么回事啊？"

"有些话想问您。"

"不行，不行，今天我有事。"

男人正想关门，赤堀凉子毫不犹豫地向前走了一步。

"那明天如何呢？"

"有工作。"

"等您工作结束再谈我也不介意。"

"我介意。好了，请让开。你要是再这样纠缠不休我要叫警察了。"

看样子对方非常不想和自己说话。赤堀凉子就这样保持着满脸笑容把手伸进外套口袋，取出了卡包。

"我是一名法医昆虫学者，现被任命为特派侦查员，兼任警察的工作。所以，就算您喊警察过来，我也只会和他们唠唠家常，然后让他们打哪儿来回哪儿去。如果您不介意的话，就请报警吧。"

"你是警察？"

风间的动作一下子僵住了，盯着附带有效期限的身份证明看了好久，目光在赤堀和卡包之间反复游移。虽然风间拼了命地故作镇定，但一听到赤堀是警察，他就表现出了非比寻常的焦虑和胆怯。这足以证明他做过什么亏心事。

"就是这样。所以麻烦您配合。"

"到底找我有什么事？不，你这是在调查什么？"

"详情我们进屋里说吧。"

风间目光游离了一会儿，突然又变回了天不怕地不怕的态度。他不时偷偷地观察两人，打开门招呼他们进门。刚一进门，就能闻到樟脑丸的味道和老人特有的气味。玄关和走廊都干净得过了头，一丝灰尘都看不到。

赤堀和大吉跟着脸色紧张的风间，脱下鞋子进了屋。

风间打开客厅门，叹了一口气后转过身，说道："我正在制作标本，可以让我继续做完吗？我不想把它晾在那里太久。昆虫的状态会变差的。"

赤堀凉子伸手示意他自便。风间打开斜对面的房门。那是一间铺着榻榻米的 11 平方米左右的房间，高耸在墙边的书柜使得房间略显昏暗。尽管用支柱撑着，但还是让人不禁担心书柜会不会倒下来。房间中央摆着一张矮桌，桌上摆着昆虫针和展翅板等标本制作工具。

两人把身体挤进矮桌和书柜的缝隙。赤堀凉子至今为止遇见的昆虫收藏家中，没有一个人是把标本装饰在房间里的。大家都像风间一样，把标本收在书柜里。这似乎是这一行的常识。标本盒的侧面整齐地排成一条直线，看起来十分舒服。这大概跟花好几亿买下画作，然后把画作收在金库里是一样的心理吧。

166

赤堀凉子正这么想着时，风间发出了沙哑的声音："我平时不怎么让人进这里的。"他在对面咚的一下盘腿坐下。被掀起的纱布下，躺着一只有着钻蓝色美丽复眼的乌基晏蜓。风间用剪刀把狗尾巴草剪成和蜻蜓体长相当的长度。

"哇，居然抓到了雄性的乌基晏蜓，真厉害啊。它们只在日出前或日落后的短暂时间里外出活动，而且飞行的地方都是捕虫网够不着的高处。"

风间干燥的双唇间发出笑声："虽说光是雄性乌基晏蜓就十分有价值了，但这只可并非仅此而已。不知道有多少人砸下重金想将它据为己有呢。"

他夹起乌基晏蜓翻了个身，蜻蜓复眼和身体都变成了黄色。它的背部以中央为界限分成左右两边，一边拥有雌性的特征，一边拥有雄性的特征。这样的东西赤堀凉子还是头一次见。她难以置信地眨了眨眼睛。辻冈大吉则惊讶地大叫一声，整个人把身子探了出去。

"乌基晏蜓的雌雄嵌体！而且雌雄两部分还完美地从中间一分为二，实在太奇妙了！"

"同时拥有钻蓝色和金色复眼的乌基晏蜓。能抓到这种上等货的人，寻遍日本大概也找不到第二个。话说，原来你懂日语啊？"

风间抿着嘴笑了笑，把狗尾巴草细长的茎从蜻蜓的头部一路插到尾部，贯穿整个身体。这么做就能让蜻蜓的尾巴伸得笔直，保持其优美的形状。

这个男人到底没办法抑制住炫耀猎物的心情。不论他再怎么有戒心，作为昆虫收藏家的本性还是显露无遗。风间虽然一脸得意扬扬的样子，但其实内心已经非常努力地在克制自己了。

"我听说风间先生作为蜻蜓收藏家，专注于收藏雌雄嵌体的蜻蜓。"

"可以这么说吧。因为日本所有的蜻蜓我都收集全了，接下来我的目标就是收集所有蜻蜓的雌雄嵌体了。"

"要全部集齐可不简单吧。"

"反正我有的是时间。我母亲，如你们所见，是老年痴呆。而我至今单身，无妻无子。不在没用的事情上浪费体力和金钱是我的人生信条。就连现在这样跟你们聊天，我都嫌浪费时间。"

风间说话时嘴唇基本不动。他一边说着，一边把昆虫针刺进了乌基晏蜓的胸腔，接着把针扎在展翅板上，将蜻蜓的四扇翅膀左右打开。他一边用胶带固定，一边用大头针将蜻蜓调整成对称的造型。风间不愧是蜻蜓收藏家，制作标本的手法异常娴熟，不像外行的做标本时总是过度依赖于大头针。接着他用镊子把蜻蜓的六只足摆成漂亮的形状，同时把头部也调整成笔直向前的状态。

"我之前在电话里说过了，我们正在调查八丁蜻蜓，而且是雌雄嵌体的八丁蜻蜓。"

"仅此而已吗？"

"仅此而已。"

蜻蜓收藏家似乎相信赤堀凉子没有说谎，松了一口气。"在兵库和广岛有。"他没有停下手里的活，立刻回答道。

"那两个地方别说雌雄嵌体了，连普通八丁蜻蜓都已经灭绝了。不过这点事，您应该早就知道了吧。"

"我是第一次听说。真是可惜。"

从他沉着冷静的态度显然可以看出他已经去过这两个地方了。

"风间先生，您为了寻找蜻蜓的雌雄嵌体走遍了全国。虽然不知道您是否找到了八丁蜻蜓的雌雄嵌体，但您至少应该对八丁蜻蜓的事略有耳闻吧。"

"这倒是。本来光是找到八丁蜻蜓的栖息地就得下好一番功夫，更别提突变体了。那可不是四处随便乱走就能遇上的东西。"

"那您见过其他蜻蜓收藏家捉到的标本吗？"

赤堀凉子尝试着挑战了一下他作为蜻蜓收藏家的自尊心。风间乖乖咬钩，扬起了那张毫无特征的扁平脸颊笑了起来。

"连我都找不到，其他人怎么可能找得到？！你这人说话真是有趣啊。哎呀，真是有趣！"

蜻蜓收藏家上气不接下气地发出难听的笑声。他站起身来，从书柜里抽出了好几个标本盒。他将标本全部摆在地上，每一个都是蜻蜓雌雄嵌体的标本。猩红蜻蜓呈现红白两色相间的方格花纹，黑丽翅蜻的翅膀则是黑蓝两色交错。这些蜻蜓仿佛是玩具模型一样超现实的造型，让人难以相信自然界中竟然真的存在这样的生物。

不过，也真亏他能一心一意地收集突变种啊。赤堀凉子深感震撼，满怀钦佩地看着标本看得入神。

风间挺起胸膛，双手叉腰，抬起松弛的双下巴。"这些就是我拥有的全部雌雄嵌体的猎物了。怎么样，精彩吧？去年甚至有个家伙潜进我家，想偷这些东西呢。真是个无可救药的蠢货啊。"

"看过这些，也不难理解犯人为什么会头脑发热、变成蠢货了。这些东西不应该收在这里。我觉得你应该把它们出借给合适的研究机构，还应该公布它们的捕获地点，甚至可以写篇论文。"

"愚蠢至极。"风间用强硬的语气回复道，盘腿坐回平时坐的位置，"昆虫就是抓来玩的。这也是为什么地球会存在几千万种昆虫。你们这些昆虫学者，到底是为了什么而做研究的？根本就是一群吃白饭的嘛。特别是什么生物分类学者，更是不像话。你也一样，赤堀老师。你说你是法医昆虫学者？那简直就是一无所长的怪胎的代名词。你脑子里到底装着什么，才会想把一辈子奉献给肮脏的蛆虫啊？"

辻冈大吉板着脸，猛地站起了身。赤堀凉子制止了他，微微一笑。

"没错，法医昆虫学者就是废物，真是让人伤脑筋呢。不仅大家对蛆虫的印象不好，就连经典台词也都差得没谱。'你这该死的蛆虫！你连蛆虫都不如！'"

"你这两句话是对我说的吗？"

"呀，您听上去是这种感觉吗？不过，研究人员也都很努力呢。"

"我送你们四个字吧——浪费时间。"

蜻蜓收藏家露出得意扬扬的笑脸，继续制作标本。从打电话时风间惊慌失措的反应来看，他应该知道哪里能找到八丁蜻蜓的突变种。之所以故意不说，多半是因为他想满足自己的表现欲。

好了，差不多是时候了。正当赤堀凉子干劲十足地打算做出反击时，窸窸窣窣的，像是昆虫在移动一样的声音传进她的耳朵。这是什么声音？赤堀凉子停下动作，竖起耳朵试图捕捉昆虫的低语。她还时不时能听见昆虫的振翅声。看样子声音是从风间身边的点心盒里传出来的。

"那个盒子里装的是什么？"

赤堀凉子指了指盒子。风间随手把盒子拿到桌上，打开了盖子。里面放着大量被折成三角形的薄纸，就像是药店用来装药的袋子一样。每个袋子里都包着一只蜻蜓，而且都是活的……

"喂！抓这么多蜻蜓，你这是干的什么好事啊！"辻冈大吉瞠目结舌，双手撑在矮桌上，"你如果想做标本，就给它们一个痛快啊！用毒瓶或者是乙酸乙酯明明一下子就能杀掉的！"

"你真是一点都不理解我们这一行啊，门外汉一个。还是说，在乌兹别克斯坦，你们的做法跟我们不同？蜻蜓容易腐烂，做标本前得让它们身体里的东西全部排出来。所以才必须将它们饿死。这是常识啊。"

"太残忍了！而且这里头有这么多只，不可能全部是用来做标本吧！"

"备用的啊，备用的。制作标本时常会失败，为了修复破损处，总是需要从其他蜻蜓身上拿点什么。哎，不过我真是佩服蜻蜓的生命力啊。有只蜻蜓我放了三周，脚都还能动。后来实在没办法，我就直接把它做成活标本了。"

"你这个人……"

辻冈大吉的脸通红异常，全身微微颤抖。但赤堀凉子制止了随时就要爆发的学弟，突然抓住蜻蜓收藏家的领口把他提了起来。

"你这是在挑衅我吗？"

"等、等等。你干什么啊？放开我，太没礼貌了！"

风间抓住赤堀的手试图将她拉开，但赤堀反而抓得更紧，把风间拉到眼前，直直地瞪着他。两人间的距离近到都快碰到鼻子了。

"你的做法让人恶心。你大量捕捉、屠杀昆虫，然后把它们的身体拆得四分五裂拿出去卖，对吧？"

辻冈大吉在一旁看着怒目圆睁的赤堀凉子不知所措，刚才的怒气早已不知去了哪里。他冷汗直流地说："前辈，冷静点。"

"你彻底把我给惹毛了。要不，你今天就退出昆虫收藏界吧？"

"你、你说什么呢？！"

"我是说，我要把你这里的标本全部没收，让你的生意做不下去。"

"你的脑子太不正常了。这个女人疯了！"

风间像是身上沾到了什么脏东西一样，全身颤抖地挣脱了赤堀。

"光是这里的标本，其中就有好几种是保护动物。你涉嫌违法了。我可以把它们全部送检。"

"你连我在哪里抓到它们的都不知道，凭什么说我违法？！你差不多够了！给我滚！实在是无礼至极！快给我出去！"

"你还不懂吗？"

赤堀凉子微微一笑，靠近风间。风间下意识地退了几步。

"为了调查你是从哪里抓到它们的，警察就会来搜你的房子。你作为昆虫收藏家，对捕捉地点不可能毫不知情。为了不让其他收藏家找到，你还不辞辛苦地散播了谣言。你不用否认，关于这点我们也已经取证过了。"

"开、开什么玩笑！这根本就是黑帮的做法！你们这种做法是不会被允许的！"

"你的做法才是不被允许的。好了，怎么办？是要让你看得比生命还重的标本被送检，还是跟我做个交易？"

"交易？你什么意思？"

"第一个条件，放走多余不需要的蜻蜓；第二个条件，告诉我雌雄嵌体八丁蜻蜓的栖息地在哪儿。"

风间浑身一震，目光开始游离。赤堀凉子的双眼牢牢地盯着他，一刻也不离开。他绝对知道些什么，而且是至关重要的信息。辻冈大吉一改先前惊慌失措的神色，像是做好了心理准备一样，端正地坐着。

蜻蜓收藏家并没有花太久时间就做出了决定。这也是理所当然的。为了隐藏那点信息，要让自己花了好几十年收藏的传家宝被警方没收，怎么想都不合算。风间愤怒地颤抖着，站起身翻查书柜，抽出封面已经泛黄的笔记本的其中一本。

"……这些信息要是让昆虫收藏界知道了，就一切都完了。栖息地会被搞得一塌糊涂，那里的八丁蜻蜓也会灭绝。"

"赌上我身为学者的性命，我绝不会让那种事情发生。"

赤堀凉子无所畏惧地笑了。蜻蜓收藏家悔恨地咂了咂舌。

"那是六年前的事。有一次我去猪苗代捉蜻蜓，掉到沼泽里弄得全身是泥。因为附近有一所高中，所以我就请他们让我在校园一角的饮水池附近清洗衣服和鞋子。那后面就是实验室。当时是夏天，实验室的窗户敞开着。"

风间反复调整着坐姿，深呼吸试图冷静下来。"实验室的墙上，贴着好几张约 B3 纸大小的红色蜻蜓的照片。每张照片上面都是八丁蜻蜓，而且每只都明显呈现出雌雄嵌体的特征。"

"福岛县啊……"赤堀双手抱胸。

"那就是我开始收集雌雄嵌体突变种的契机。我向学校里的人问那些照片是在哪里拍到的。他们说是已经退休的生物老师拍的，我就马上找到了那个老师。他似乎是在独自研究当地特有的动植物时，偶然发现了那些蜻蜓。他还告诉我，那些蜻蜓接连四代都是雌雄嵌体。"

"突变固定化了啊。"

"没错。从某种意义上来说，算是新物种了。每年，在某个特定地点，都会有雌雄嵌体的八丁蜻蜓出没。那样的景色我只在梦里见过，见了不知多少次了。我拜托生物老师告诉我那个地点在哪儿。我去拜访了他好几次，打了好几次电话，甚至还写了信。然而，那个男人却无论如何都不肯告诉我。他想一个人独占那个地方。"

风间好像光是回想起这件事都觉得难以忍受。他不顾眼前的两人，自顾自地生起了气。

"只要那个地方没有被破坏，大概直到今日，八丁蜻蜓的突变种也仍在那里出没吧。因为它们的飞行能力较弱，没办法移动到其他地方，所以栖息范围极为有限。我原本还想继续坚持找下去的，结果遇上了你们，真是无妄之灾啊。"

"那个地方在猪苗代的哪里？"

"不清楚啊。只有他本人才知道。哎，不过，不管是你们去找他，还是警察去找他，那个老头多半也是不会说的。他就是那样一个固执又难对付的家伙。"

风间咬牙切齿地说着，把褪色泛黄的笔记本打开，移到赤堀凉子面前。那上面写着生物老师的住址。生物老师名字叫三桝忠雄，家住福岛县青波郡枯杉村，鲇泽沼上水野。赤堀凉子快速地记下信息，迅速切换回满脸微笑向风间敬了个礼。

"风间先生，感谢您的配合。刚才我们都有些情绪激动了，就让我们一笔勾销，重归于好吧。今后也请您多协助我和警方的工作。"

"别再来找我了。"

蜻蜓收藏家歪着嘴，把装着活蜻蜓的盒子塞给辻冈大吉。接着他敞开大门，仿佛在催促着两人赶快出去。

4

仓库出租公司的恶行被曝光后，大家都认为案件的真相马上就会水落石出。整个侦查总部一时间干劲十足。但在那之后，侦查却突然间陷入僵局，毫无进展，一周时间就这么过去了。此时距案发已经过了18天。

月缟新握着方向盘，开着力狮经过立交桥，上了乡间小路，田园风光一览无遗。一望无垠的金色稻穗在风中摇曳的姿态，不知怎的让人产生一丝怀旧的情绪。被指派暗中前往调查蜻蜓栖息地的岩楯祐也，感慨颇深地望着稻穗海洋。

说到底，赤堀凉子查出的与昆虫有关的情报，根本无法确定是否和犯人的所在地有关。侦查总部一如既往地对此持消极态度，准备放弃，但岩楯祐也则强硬地反复主张有必要对此进行查证。赤堀凉子如此笃信的证据，无论如何都不能从调查对象中排除。此外，侦查员之间也慢慢地形成了一种对赤堀凉子抱以敬佩之情的氛围。曾经无人知晓的法医昆虫学，正缓慢而切实地在排外的警察组织中生根发芽。

话说回来，赤堀凉子的着眼点和常人实在是不一样。岩楯祐也对她的机智甘拜下风。她洞察了鹭兰种子和蚂蚁巢穴间的联系，又进一步以蚁巢中发现的羽化壳为线索，循线追查出这个地方，着实令人惊讶。从辻冈大吉支支吾吾的说辞中，他不难猜测出她是怎么查到这个地方的。不过这点小事，他就不追究了。岩楯祐也瞥了一眼在车后座熟睡着的赤堀凉子。

时间是下午 3 时 50 分。路上遇上车祸堵车，多花了挺长的时间。

"导航不能用了，显示不出道路。"安静许久的月缟新缓慢地转动着方向盘说道。

虽然他最近还是一如既往地冷漠，但之前过度尖锐的部分已经圆滑了许多。

"这样的深山老林，感觉路上会有不少障碍。不过，真的有杀人团伙藏在这样一个全村几乎都是亲戚的小村子里吗？"

"谁知道呢。毕竟声称这个村子里有线索的，也只有昆虫博士一个人而已。"

"我倒觉得这事没有想象的那么荒唐无稽。虽然科研组在分析物证方面是一流的，但他们没办法像这样用独特的视角来观察问题，探索各种可能性。"

"科研组并不打算插手我们的工作，也很清楚地明白自己和我们的界限在哪里。不像这里这位老师，不管是谁的地盘，她都能毫不客气地踏进去。"

"她不这么做的话，法医昆虫学根本走不到今天这步。您自然也是这么认为的吧。"

每次赤堀凉子发表什么新的见解时，月缟新都显得非常兴奋。大概他之前从没遇见过这样的女人吧。任谁遇上了新鲜事物都会这样。面对赤堀凉子，人们通常会有两种反应：一种人会做出像月缟新一样的反应；另一种人则认为她说的都是一派胡言，完全不把她当回事。之前的侦查会议上也是这样，两种人大约各占一半。

"就当赤堀老师的预测是正确的吧。假设如她所说，凶手是在荒郊野外这样理想的杀人地点处理的尸体，那又为什么要把尸体搬运到葛西去呢？"

"我认为这是凶手对新堂怀有敌意的表现。他们打心底里无法原谅新堂。"

"无法原谅他什么？"

月缟新直直地看着空无一车的县道。

"凶手的孩子或是熟人受新堂牵扯涉足犯罪活动，又或是成了他犯罪的受害者。大概是这样吧。"

"原来如此。你好像非常痛恨跟小孩子有关的犯罪啊。"

岩楯祐也拿出万宝路，敲打着烟盒抽出一根烟。他用燃油快要耗尽的打火机点上烟，吸了一口，将窗户打开一条缝，把烟吐了出去。岩楯祐也一针见血的话语戳中了月缟新的内心。他摆出了最擅长的冷漠表情，思索着该不该从自己的世界里走出来。在教人如何教育部下的书里，作者总会描写出各种胸怀宽广，让难以取悦的部下也敞开心扉的上司形象。不过书里的形象没有一点跟岩楯祐也相符，他也不打算成为那样的上司。

岩楯祐也决定暂时不理月缟新，专注抽烟。过了一会儿，月缟新像下定了决心一样，小声地开了口。

"我成为警察后接的第一个任务，是在闹市区教育未成年人。那个女孩还不到 14 岁，却涉足卖淫，尽管你觉得她堕落得无药可救，但她内心却仍然只是个孩子。那是理所当然的。她只是个初中生，对这个社会还一无所知。就算把嫖娼的男人捉拿归案，同样的人还是会连接不断地涌现出来。女孩的家庭环境也有问题，不管我再怎么教导，她也不愿意改变那种自取灭亡的生活方式。"

月缟新咽了咽口水。

"在我对她辅导、说教了好几次之后，慢慢地，那个女孩会定期到我工作的派出所来找我了，虽然是带着半开玩笑的心态来的。"

"遇上你这种帅气的警察，她会跟你亲近也是理所当然的。"

"这个我倒是不清楚。她后来每天都来派出所，我就天天和她聊天。终于有一天，她重新开始去学校上学了。每天都好好穿着制服，在放学回家的路上顺道来见我。我当时还觉得，要让小孩子改过自新原来是这么简单的事情。明明只要稍微跟他们说说话，就能有这么大的改变，不知道大人们到底觉得这有什么难的？但是，我错了。她不仅没有停止卖淫，还沾上了毒品，甚至可以说比原来更糟了。然而，她在我面前却一点也不是那个样子。在我看来，她只是个天真无邪、无忧无虑的普通的小女孩。可是在她的脑海里，却把现实和幻想分得一清二楚。跟我聊天这件事，对她来说是现实中绝不可能发生的虚构情节。这种感觉大概跟看漫画差不多吧。我只是她在现实中的短暂喘息。虽然很开心，还有点小感动，但说到底我不过是存在于她的幻想中而已。最后，她被送进了初级少管所。"

"你们俩之后就没有再联系了吗？"岩楯问道，嘴里叼着的香烟上下抖动。

月缟新沉默了一会儿，回答了一声"是"。

"我自认为是被她背叛了，同时也意识到自己只看见了事情的表象，没有看到本质。当然，我曾感觉到她可能需要我的帮助。所以我咨询了当时的上司，问我能不能去探望她。但他只回了我一句'不要跟她扯上关系'。"

"嗯，换作是我，我也会这么说。交往太深对你们俩都没好处。"

"嗯，这我明白。但是，这之后发生的事才是最糟的。'迷上小警察的吸毒妹会不会金盆洗手不再卖淫''小警察会不会有朝一日被她勾引变成她的客人'。我之后才知道，原来当时的上司跟同事一直拿这种事情当笑料和谈资。"

岩楯祐也竖耳倾听，摁灭了香烟。

"我那时就觉得，警察因为看惯了凄惨的犯罪，正常的感官已经被麻痹了。事实证明，我的身边也确实都是这样的人。看着被害人的遗体，拿死者的身材开玩笑；把犯罪受害者当成麻烦又纠缠不休的烫手山芋。警察根本就是被赋予了蔑视他人特权的最糟糕的组织。"

"既然如此，你赶快把工作辞了不就好了。辞职以后去开个青春电话咨询中心什么的。为什么非要继续跟肮脏的警察同流合污呢？"

"因为我不服气。"

岩楯祐也听闻笑了起来。月缟新也被笑声感染，跟着笑了。

"不管哪一行都有人渣。警察也不例外。你不谙世事到连这种事都不明白吗？"

"我资历尚浅。"

"那就一步一步慢慢积累经验。还有，不要被过去束缚。我就说这些。"

月缟新坦率地点了点头。"我这是怎么了？怎么跟您聊起这些了。"月缟新脸上露出难为情的笑容。他似乎终于放下了心头的一大重担，先前一直堵在胸中的某些东西也慢慢开始消失了。

沿着视野开阔的道路开了一会儿，车子终于接近了亮着红灯的派出所。那是一栋古朴的木造房子，看上去很适合冬天在里面用暖炉取暖。两人在引擎油的刺鼻气味中下了车。

他们走向入口处。刚走到一半，门就像欢迎他们似的开了。门里走出来一名年长的警察，身材矮小精壮，看起来十分和蔼可亲。岩楯祐也看了一眼别在他左胸的胸章，确定了他是一名巡查部长。

"东京的车牌在这附近可不多见。两位是迷路了吗？"

"不，我们是……"

身穿制服的警察看了眼岩楯祐也手里的警官证，瞪大了眼睛。

"哎呀，这可真是辛苦两位了。"

巡查部长向两人敬了一礼，手忙脚乱地递过名片。

"敝姓竹田。我并没有收到两位要来的通知啊。"

在巡查部长的催促下，两人进了派出所，在用塑料胶带修补过的折叠椅上坐下。

"我们被指派来暗中调查一个案件。有些事我们想向您了解一下。"

"哎呀，原来是这样。既然是暗中调查，那就是说，你们也没去青波警察署，是吗？"

"对，因为还没到需要委托他们协助的时候。"

"我明白了。"竹田面带紧张，用力地点了点头。

"说回正题，我们已经调查过这一带可疑人物和前科犯的名单了，想问问最近这里有没有发生什么奇怪的事情。"

"奇怪的事情？嗯……"竹田用手撑着下巴，皱紧眉头，"毕竟我们这里是乡下，平时村里也不怎么会发生奇怪的事情。顶多就是谁喝醉酒跟邻居吵架了这样的小事。不过，每年一到最近这段时间，地里的作物就会频繁遭窃。还有就是有人非法捕捉香鱼、擅自进山砍树之类的事。"

"这种事大多是外来者干的吧？"

"没错。不过，我们总是抓不到他们，所以还在河边装了监视摄像头。"

竹田困扰地摇了摇头，坐立不安地扭动着身子。

"最近有什么人搬进来了吗？"

"哦，那就多了。"

"很多吗？"

"是啊。作为振兴枯杉村的一环，政府这几年在低价出租附带农田的住宅。国家发布了一个叫'促进定居空房活用'的政策。租户还可以拿到补助金来修缮房子或者干些什么其他事情。这个村里全是老人，所以很多人家的副屋都空着没人住。嗯，目前大概有52户这样的人家吧。"

岩楯祐也在确定月缟新记录完毕之后，朝竹田说道："那挺多的啊。"

"正是因为这样，人口流动量非常大。毕竟这里是农村，对城里人来说，跟街坊邻居打交道会很费劲吧。迁入人口大部分都是辞掉工作不想当上班族的人，或者是退休的夫妻。其实原本更希望年轻人过来的，但总是事与愿违。"

"身份调查呢？"

"这一块市政府很认真地在审核，外来者中并没有什么可疑人物。当然也没有前科犯。"

犯人要是逃到这么一个小村子里来只会更显眼。不过，还是有必要看一下过去一段时间里的迁入人口名单。这些外来者说不定跟新堂有着某种联系。

就在这时，一辆白色的轻型车停在了派出所外面，车上走下来一个高大粗犷的年轻人。他留着板寸头，皮肤晒得黝黑。男人推开派出所的玻璃门，门发出咔嗒咔嗒的响声。

"竹田叔，我来修您的电脑了……"男子刚一发话，岩楯祐也和月缟新便迅速地打量了他一番，"现在不方便吗？"

"啊，是夏川啊。让你特地过来一趟，真是不好意思。我现在有点忙，能麻烦你改天再来吗？"

"我倒是没关系，但是电脑没问题吗？还有打印机也死机了，不是吗？"

"嗯，不过着急也没办法啊。"

"那请您之后再给我打电话。"名叫夏川的男人带着俏皮的笑容这么说道，离开了派出所。

岩楯祐也再次说回正题："大致的情况我了解了。其实，我们有一个想去的地方，可是看了地图也不知道在哪里。"

岩楯祐也给月缟使了个眼色，月缟取出了写着住址的笔记本。

"这个叫'沼上'的地方在哪里？"

竹田戴上老花镜仔细看了看笔记本。

"啊，是三桦家啊。那一带是沼泽，'沼上'二字是从沼泽的岔路拐进去的意思。"

"水野这个地名也没有记载在地图上啊。"

"货运公司的员工每次送货过来的时候都很辛苦呢。经常找不着地方。"

竹田停顿了一下，目光又移回笔记本上。

"不过，这上面写的三桦忠雄已经去世了。"

"嗯，这点我们已经查到了。"

"这样啊。现在那里只住着一位已经年过八旬，但是精神头很好的老太太。"

"是忠雄先生的配偶，对吧？顺便问一句，他的家庭成员还有哪些？"

"我记得他有一个儿子，现在好像是住在国外来着。"

"我明白了。"岩楯祐也这么说着，示意月缟新差不多可以离开了。就在这时，又传来了门被打开的声音。

"警察先生，我来取自行车了。"

两人回头，看见一个头戴宽檐帽的女人站在门口。她身上穿着暗色的连衣裙，皮肤白得透明。但她最大的特点还是那令人移不开眼的美貌。

"啊，是瑞希啊。车停在里面啦。"

"不好意思，一直以来都麻烦您了。"

"没事。"竹田露出满面笑容。

至于月缟新，甚至无力保持自己的扑克脸，惊讶地张着嘴盯着女人。对女人要求颇高的月缟新，看样子对这种仙女系的女人没有一点抵抗力。岩楯祐也一脸坏笑地用手肘撞了撞月缟新，他干咳了一声把身子转正。接着，一辆肮脏的轻型卡车停在派出所前，车斗里刚割下来的青草堆得跟座小山一样，一个身穿工作服的矮小老人从驾驶座下了车。

"竹田啊，又被偷了。"

老人用手帕擦着被晒得黑里泛红的脸颊，抖了抖黑色长靴上沾着的泥土。

"这不是吉村家的大爷嘛，出什么事了吗？"

"出大事了啊。笹里那边的地藏全都被人偷走了，就刚才的事。"

"又被偷了？！"

"我刚才在路边割草的时候都还在的。也就是说，是在这不到一个小时的时间里被偷的。犯人怕是还在附近游荡，寻找着目标呢。"

"我明白了。大爷，您能先到地藏那附近去吗？我一会儿就过去。"

老人抬手向竹田示意后，开着冒着黑烟、状态不佳的卡车离开了。岩楯祐也和月缟新走到门外。过了一会儿，竹田摘下帽子，挠着脑袋走了出来。

"地藏被偷了吗？"

"是啊。听说是因为大城市里的古董店在高价收购地藏，打算转卖给国外的有钱人。真是的，这种遭天杀的事也做得出来。"

这个村子也是每天都在发生着各种问题啊。而与大城市不同的是，乡下的人际关系复杂得像是盘根错节的树根一样。岩楯心想，在这种封闭的环境下策划犯罪，真的可行吗？

"竹田巡查部长，能不能请您指点一下到三桝家的路？就不劳烦您带路了，我们会自己想办法过去的。"

"哎呀，真是十分抱歉。原本应该由我带两位过去才对。先沿着这条国道继续往下走，然后在该拐弯的地方，好像有个路标来着……"

就在竹田打算回屋拿地图时，有人突然叫住了他。是刚才那个女人，她推着红色的自行车停下了脚步。

"我来带路吧？鲇泽那边，就算看着地图也不知道该在哪里拐弯啊。"瑞希笑盈盈地说道。

岩楯祐也听闻，也露出了微笑："那我们就不客气地麻烦你了，可以吗？"

"当然了。请跟我走。"话音刚落，她就跨上了自行车。

岩楯祐也见状慌忙制止了她："等一下。再怎么说，我们也不方便跟着自行车走啊。"

"我骑车很快的。"

"不，不是这个原因。是礼貌问题。"

瑞希一脸不解地看着岩楯祐也。这时，竹田笑着说道："自行车让你父亲过来推走不就行了吗？就先放在这里吧。"

"啊，这样啊。那就在这里再放一会儿吧。"

"等这边的事情处理完了，我也会到三桝家去的。"竹田向两人敬了一礼。

岩楯祐也向竹田道谢后，便打开了副驾驶座的车门，请瑞希上车。他觉得月缟从刚才开始就情绪高涨，这想必不是自己的错觉。岩楯打开后车门正准备上车时，汗流浃背、睡相邋遢的赤堀凉子映入眼帘。她的T恤外翻，洁白的腹部露在外面。

"糟了，完全把她给忘了。该不会热死在里面了吧。喂，赤堀，你还活着吗？"岩楯祐也抓住赤堀凉子的肩膀晃了晃。

赤堀凉子猛地坐起身来："住、住宅搜查！"

"你都做的什么梦啊？你家里是有什么见不得人的东西吗？"

"是违反了《华盛顿公约》的走私动物吗？"月缟新小声插话道。

"啊啊，吓死我了。什么呀，已经到了吗？"

"马上就到了。她会给我们带路。"

岩楯祐也刚坐上车，月缟新就踩了油门。赤堀凉子注意到瑞希，从后座探出身子。

"你是？"

"我叫日浦瑞希。"

"你住在枯杉村吗？"

"对。"她如此答道，并摘下了帽子。她可以说是岩楯祐也遇到过的数一数二端庄的女人了。月缟新虽然故作冷漠，但仍时不时地往边上偷看。岩楯祐也先前差点都要以为他是同性恋了，看来并非如此。

"你白得像刚羽化的蝉一样啊，真漂亮。"

"谢谢您。"

"你是土生土长的本地人吗？"

瑞希讲话既没有东北口音，也没有特别的腔调。

"这里是父亲的老家，我是搬过来的。"

"果然是这样。怪不得觉得你不像乡下人。"

"那个，你们是刑警吧？"瑞希两眼放光，一脸好奇。

"嗯，是这样没错。不过希望你不要告诉其他人。情况挺复杂的。"

"哦，这大概是我第一次跟刑警说上话。警灯原来放在这么下面啊。还有无线电。这边这个是导航仪吗？"

瑞希四处张望，表情丰富得像个小孩子。尽管她好像并没有在隐瞒什么，但能感觉到她有一丝紧张。

"感觉好酷啊。"

"不好意思啊，我们平时做的事大多数一点都不酷。"

"没错，没错。刑警真是不酷到极点了。一会儿害怕、一会儿哭、一会儿吵闹、一会儿吐……"

月缟新通过后视镜瞪了一眼似乎还想继续说下去的赤堀凉子。

"请在前面的公交站台指示牌那里右拐。"

月缟新把力狮开过生锈弯曲的指示牌，流畅地拐了个弯。这时，瑞希有些忧心忡忡地回过头看着岩楯祐也。

"那个，我冒昧问一句，你们难不成是在找薮木吗？"

"薮木？没有啊，我们没在找他。他是谁？"

"啊，不是。不是他就好。他是我的一个熟人。"

不知为何，她好像松了一口气。岩楯祐也姑且把薮木这个名字记在了脑海里。

之后，月缟新根据瑞希的指示，开着车在蜿蜒的小道上行进，然后上了一条土路。道路两旁的农田一望无垠，稻草板上放满了圆滚滚的成熟的西瓜和南瓜。

"那栋有竹篱笆的房子就是了，靠近我们这边的那栋是主屋。"

"多谢，真是帮大忙了。这要是没人带路根本找不着啊。"

"没事，反正我很闲。"瑞希脸上浮现出爽朗的笑容。

饱经风霜的石柱上嵌着花岗岩门牌，上面写着"三桝"二字。月缟把车子开到玄关前，几个人下车开始四处观察。套廊敞开着，可以看见日式客厅靠里的位置有一台带着钟摆的挂钟。

"那我先告辞了。"

"我送你。"月缟新抑制着喜悦之情，若无其事地说道。

然而她却戴上帽子摇了摇头："我家就在附近，没关系。"

"你家是在派出所那边吧？还挺远的啊。"

"我想顺便散个步。告辞了。"

结果瑞希还是再三婉拒月缟，独自离开了。她的举止始终都是那么从容不迫。

"月缟刑警还是不够强硬呀。干吗这么轻易就放弃了？"赤堀凉子毫无顾忌地明言道。

月缟新一时支吾了起来："您在说什么呀？"

"你这么轻易就放弃可是追不到美女的。你就看着吧。马上就会有厚颜无耻的蠢男人出现，把她抢走的。"

"说得没错。而且什么男人不好，偏偏总是那种像小混混一样的家伙。"岩楯祐也附和道。

月缟新仰头望天，叹了口气："两位的思维太跳跃了。该工作了。"

像是要打断月缟新一本正经的发言似的，作坊里传出了细微的说话声。

"请问是哪位啊？"

　　那是一位打扮朴素的老婆婆。她身上围着一件带花朵图案的围裙，梳理着自己的白发走了出来。她弓着腰，看起来比赤堀凉子还要矮两个头。

　　"擅自闯进来，十分抱歉。请问这里是三桝家的房子吗？"

　　"是，没错。"老婆婆敲着自己的腰，蹒跚地朝三人走来。

　　岩楯祐也取出名片，递给了她。"我们是警察。有些事想请教您，请问您现在方便吗？"

　　"俺时间多的是。你们是镇上的警察吗？"

　　"不，我们是从东京来的。"

　　"东京？"老婆婆看着名片瞪大了眼睛，"那可真是辛苦三位了。年纪大了，这种芝麻大小的字都看不清了。好了，先别说了，快请进来坐吧。如果是开车来的，那现在一定累坏了吧。"

　　三人跟着亲切的老婆婆走进了年代久远的古宅。似乎是刚换过榻榻米，屋子里弥漫着一股灯芯草的香气。老婆婆抱着坐垫，颤颤巍巍地走进客厅。

　　"啊，不用这么麻烦的。三桝婆婆也请坐。"

　　"你们等等，俺去拿茶过来。"

　　"我来帮忙吧。"赤堀凉子忽地站起身，跟在老婆婆后。几分钟后，客厅的桌上便整齐地摆上了装满麦茶的玻璃杯和盛着腌菜的小钵。岩楯点点头向老婆婆致谢，用冰凉的麦茶润了润喉咙。

"那么，我就开门见山地问了。能请教一下您的名字吗？"

"俺名叫三桝多惠。"

"不好意思，请问您今年贵庚？"

"好像 86 了吧。总是记不太清啊。"

"这房子这么大，而且还有副屋，平日打理起来很辛苦吧。"

"是啊。不过，俺平时也只打扫力所能及的地方，经常一个不注意家里就变成了垃圾场啊。"

多惠难为情地摆了摆手，然而事实却并非如她说的那样。屋子里东西虽多，但一件件都整理得井井有条。房间小而整洁，是个令人感到舒服的空间。

"其实我们是有事想请教您的丈夫，所以才从东京过来的。"

"那你们来迟了一步啊。他已经归西了。"

"嗯，我们也听说他已经过世了。我们还听说，他生前是一名生物教师，是吗？"

"是啊。到临终前他都还在搞那些高深的研究。他生前可是个怪人啊。"

"顺便问一下，三桝婆婆，您知道八丁蜻蜓这种昆虫吗？您丈夫生前似乎在调查这种昆虫。"

"八丁蜻蜓？"多惠用手撑着下巴，重复着这四个字，歪了歪脑袋。

赤堀凉子见状，从文件夹中取出了图鉴的复印件。"就是这种蜻蜓。体型很小，还不到 2 厘米长，雄性就像红蜻蜓一样全身通红。您在爷爷拍的照片里见过吗？"

多惠久久凝视着赤堀凉子举起的复印件，然后像是突然想起了什么一样，露出一脸惊讶的表情。

"对了，对了。老头子确实拍过跟这很像的照片。有段时间他每天都到山里去，围着虫子转。哎呀，真是怀念啊。"

"那种小蜻蜓是不是有着这样奇怪的纹路呢？"

赤堀凉子知道这次事关雌雄嵌体，事先准备了好几张素描。多惠睁大了泛白的眼睛，拿起其中的一张素描。她的指尖微微颤抖，露出一副好似在追忆往日时光的复杂表情。

"好久没看到了……嗯，嗯，没错。那些蜻蜓就跟这幅画上画的一样，长着奇怪的纹路。老头子找到这种蜻蜓的时候，高兴得跟个小孩子一样呢。后来他每年都会去拍它们。"

"婆婆，请问照片还留着吗？"

"嗯，还留着。老头子说这是老天爷一时兴起创造出来的东西，把那些照片井井有条地整理进相册了。有一张照片还在俺这里呢，被俺忘得一干二净了。"

这么说着，多惠打开身边放着的小储物盒。她把其中零零碎碎的杂物全部拿出来，取出了盒子底部一张用纸包着的照片。照片上是一只只尾部的前端呈现出条纹状的雌雄嵌体蜻蜓。蜻蜓的眼睛分别是红色和茶色，四扇翅膀交错呈现出不同的颜色。赤堀凉子倒吸一口凉气，向岩楯祐也和月缟新点了点头。多惠怀念地看着稍微有些褪色的照片，用围裙下摆擦了擦眼角。

"你们从东京远道而来，一定是发生了不得了的大事件吧。"

"对。犯人极为凶残，并且和这种蜻蜓有所关联，还知道它们的栖息地在哪里。三桝婆婆知道那是在哪里吗？"

"这可真是吓人啊。老头子要是听到了，在九泉之下也会大吃一惊吧。"

多惠小心翼翼地把照片收进储物盒。她没有过问案件经过，把瘦骨嶙峋的双手放在了桌面上。

"这种奇怪的蜻蜓栖息的地方，是在奥御子。"

"那是在猪苗代那里吗？"

"不是，不是。就在这个村子的深山里。俺跟老头子一起去过好多次了，不会记错的。"

很好，离真相更进一步了。

"我们打算现在就去那里，可能要麻烦您带路。"

"这个时间去不了。太阳都要下山了，奥御子晚上有河童出没，去了可就没命了。"

"河童……"

岩楯祐也低头看了眼手表，已经过了5点半。屋子里光线昏暗，所以没有注意到，但外面的天空中，夜晚的帷幕马上就要落下。

"明天再去比较好。而且，你们这副打扮是去不了奥御子的。"

多惠把目光投向打着领带的两人，"嘿呦"一声站起身，消失在走廊深处。但没过一会儿，她就带着一个蔓草花纹的包裹回来了。她解开包裹，把叠好的衣服展开。

"这是老头子生前穿的衣服，明天穿这个去比较好。可别糟蹋了你们一身好衣服。"

"没有啦，这不是什么好衣服，而且我们也带工作服过来了。"

"没关系，不用客气。随便选一件穿吧。"

桌上的工作服堆成一座小山，但不管哪件似乎都不合两人的尺寸。

"婆婆，这两个人身材太壮，穿不了爷爷的衣服啦。"赤堀凉子嘴角上扬朝多惠说道。

"哦，对啊，对啊。"多惠说着拍了下手，再次站起身来。她一副精神十足的样子，看来是很高兴有了可以照顾的对象。这次她马上就回来了，把叠得十分整齐的衣服交给岩楯祐也。

"这些应该就能穿了吧。这是俺给老头子买的，但是因为尺寸太大，他穿不了。这里正好有两件。"

那是两件老年人爱穿的开襟贴身针织衬衣。看着她那么高兴的样子，岩楯祐也一时也不忍心婉拒。就在他不知所措、只得一个劲微笑时，赤堀凉子站起身来，意味深长地朝他眨了眨眼。

"婆婆，先不说他们俩了，有没有适合我穿的衣服呀？"

多惠笑了起来。"我也有正好适合你穿的，快跟我过来。"她一边说着，一边带着赤堀凉子进了隔壁的房间。

"赤堀老师真是帮大忙了。我差点真的打算穿上了。"

月缟新出乎意料地跟岩楯祐也是一样的想法，摸着胸口松了一口气。过了一会儿，赤堀凉子穿着一条一看就是多惠平时穿的劳动用絣织山袴[1]回到客厅，一脸疑惑地看着两人。

"嗯？你们两个怎么还没换上衣服呢？"

"什么？你刚才那么做不是为了给我们解围吗？"

"你在说什么呢？我还想着这是我们一起体验乡下生活的大好机会呢。真是迟钝啊。行了，赶紧换上吧。"

赤堀凉子似乎只换了下装。她一脸兴奋地想把老人的贴身衬衣塞给岩楯祐也。但他没理会她，转向多惠坐正。

"三桝婆婆，还请您先别告诉其他人我们今天来过这里。"

"没问题。俺啥也不会说的，你们不用担心。"

岩楯祐也向多惠敬了一礼，用手指着停在院子里的力狮。

"对了，奥御子那个地方，可以开那辆车过去吗？"

"可能有点难啊。老头子第一次去也是开的那种车，结果轮胎陷到了

---

1 絣织山袴：絣织是一种染织结合的织物，山袴是一种收脚宽松长裙裤。

泥里。那之后就都开卡车去了。那辆卡车现在也停在储物间里。"

一行人走到院子里，打开储物间厚重的木门后，一眼便能看见一辆积满灰尘的轻型卡车跟农具放在一起。显然，自从丈夫死后，多惠就没开过这辆车，轮胎里的空气早已全部跑光。蓄电池也已经无法使用，而且车检的有效期早就过了。

看来只能让竹田去准备车辆了……就在岩楯这么想的时候，多惠拉了他的手腕。

"隔壁住着个小娃，借他的车来开吧。"

"小娃？"

"是啊，有个小娃就住隔壁。"

岩楯祐也以为小娃指的是婴儿，但对本地人来说，似乎并不是这个意思。多惠脚步蹒跚地走向篱笆，朝另一边喊道："俊介，在家吗？"

过了一会儿，对面传来男人的声音："怎么啦？"

"俺想找你帮个忙。"

不一会儿，一个叼着冰棍的男人就冷不防地冒了出来。这哪里是小娃啊？男人五官沉稳端正，却不知怎的散发出一股危险的气息。"超然物外"这个词简直就是为他量身打造的。岩楯祐也一下子就察觉到这个男人跟瑞希一样，不是本地人。他身上一点都没有乡下人的感觉。

"婆婆，他们是谁啊？"

"他们是从东京来的，是警察。现在正在调查非常危险的案件呢。"

岩楯祐也瞬间感到四肢无力。刚刚明明才千叮咛万嘱咐地让她别告诉其他人的。男人毫不客气地上下打量着岩楯祐也，略带挑衅地抬起下巴。

"你又是谁？"

岩楯祐也的问话声被男人"扑哧"的笑声给盖了过去。男人先是憋着笑，接着声音越来越大，到最后终于按捺不住，哈哈大笑起来。

"你说他们是警察，后面那女的也是吗？那是什么打扮啊！居然穿着山袴，那东西现在连老人都不穿了吧！"

"情况很复杂。"月缟新咬牙切齿地说着，走上前一步。但赤堀凉子却一脸毫不在乎的样子，在套廊上坐下。

"俊介，你笑得太过头了。这有什么可笑的呀？"

"没有，这太好笑了啊！不、不行了，喘不过气了。"

男人抱着肚子笑得半死，打开篱笆门走了过来。他留着长发，在背后绑成一束，虽然看似粗野，却不乏沉着冷静。岩楯祐也心想，这个男人还真是让人摸不清、看不透。

"你的名字是？"

男人忍着笑回答道："薮木俊介。"

岩楯祐也恍然大悟。瑞希惦记着的熟人，就是这个男人吧。确实，警察见了他都会忍不住想上前盘问一番吧。

"你不像是村里的人啊。难不成你是租住在这边副屋里的，通过那个促进空房什么的政策？"

"是啊。"

"出生地呢？"

"东京。"

"什么时候搬过来的？"

"半年前。"男人啃着冰棒，冷漠地回答着。他并不像很多年轻人那样，一听到"警察"二字就虚张声势地试图反抗。看样子他真的是对人爱搭不理的性格。月缟也好，薮木也好，岩楯这次似乎跟这类男人特别有缘。

"所以，婆婆，有什么事吗？"

194

“有啊。他们想借你那辆大车进山。明天去。”

“车？”薮木反问一句，看了眼坐在套廊上，双脚前后摆动的赤堀凉子，“是可以啦，但是这到底是群什么人啊？”

“就是如你所见的这么一群人。你的车是四轮驱动的吗？”

“是啊。”

“那不好意思，就麻烦你借我们一用了。”

薮木把吃完的冰棍扔进焚化炉，直勾勾地看着岩楯。

“如果你们答应带婆婆一起去的话，我就借。”

“不行。”岩楯祐也立刻答道。真是猜不透这个男人啊。不过，即使他现在一副精神恍惚的样子，也能感觉到他时刻在敏锐地注意着周遭的情况。换句话说，他这个人毫无破绽，无懈可击。

“我们这可不是去玩的。抱歉，我们不能带无关人员过去。”

“是嘛。那我不借了。”薮木毫不犹豫地说道，脸上浮现出得意扬扬的笑容。

这个浑蛋。就在这时，身材娇小的多惠走到大眼瞪小眼的两个男人之间，仰视着薮木。

“俊介，别做这种坏心眼的事，要乖乖听警察叔叔的话。”

“为什么啊？谁规定的？”

“那肯定是日本以前了不起的古人规定的啊。”

薮木的脸上突然绽开笑容。他转身回到副屋，过了没一会儿，岩楯祐也就听见了引擎声，一辆黑色的车停靠在了主屋前的私家道路上。那是一辆牧马人。尽管车体布满尘土，但看上去马力十足。薮木从驾驶座上下来，手掌朝向车的方向做个“请”的手势，然后就转头打算走回副屋。

“等一下。你这辆车挺不错的啊。在这种乡下，你是靠什么吃饭的？”

"自主创业。"

"什么业？"

"制造东西然后卖掉。"

"你为什么要到这个村子里来？"

"我想来。"

"驾照。"岩楯祐也看着含糊其词的薮木，强硬地说道。

薮木叹了口气，不耐烦地从仪表盘里取出驾照递给岩楯。月缟新记录下了上面的登记编号和住址。

他是良民。再怎么把驾照信息跟本人进行对比，也找不出任何可疑之处。然而岩楯仍然对这个男人放不下心，暗自把薮木的信息烙印在了脑海里。

就这么一来二去，不知不觉间太阳已经下山，晚霞被夜晚的黑暗取代。他们突然间有种被山峦从四面八方包围住的压迫感。这是在东京无法体会到的沉甸甸的黑暗。

就在岩楯祐也向总部报告工作情况时，薮木突然提高嗓门说道："糟糕……今天也出现了啊。"

另一边，多惠也突然念起了"南无阿弥陀佛"。到底出了什么事？两人手牵着手，倒退着准备走回家中。就在这时，岩楯祐也身后传来月缟新紧张的声音："岩楯警部补！快看那个！"

岩楯祐也看向月缟新手指的方向。篱笆的另一边，副屋的后方隐约闪着蓝光。发光的物体在黑暗中上下摇曳。那到底是什么？就在岩楯祐也上前一步，想看个清楚时，薮木突然抓住了他的手腕。

"不行，别过去。你会死的。"

"啊？你在说什么啊？"

"警察先生，俊介说得没错。别过去。也别盯着它看，眼睛会瞎的。要装作没看见。"多惠无比严肃地说道。

"沼泽里有鬼火。靠得太近，魂魄就会被吸走。"

鬼火……岩楯祐也定睛凝视着副屋的后面。光源大约有三个，每个都变换着形状，飘浮在空中，让人毛骨悚然。真的假的？难道自己当真遇到了这种灵异现象？不，这一定是乡下的昏暗夜晚孕育出的，某种集团性幻觉之类的东西。月缟新吓得连连倒退，多惠念经的声音融进了夜色。

刚才还在身边的赤堀凉子不知何时走到力狮边上，打开后备箱，从中取出捕虫网。接着，她毫无预兆地突然朝鬼火冲了过去。她穿着山袴，跳过了低矮的方格篱笆。三个男人惊得一时间话都说不出来。

"喂！都说了不能去了！快回来！魂魄会被吸走的！"

多惠双手合十，专心致志地念着经。赤堀凉子朝着鬼火突进，伴随着"哈！"的一声，挥下了捕虫网。

"好了！鬼火抓到了！"赤堀凉子哈哈大笑，高高举起发光的捕虫网。

"那个女人到底是怎么回事啊？居然用捕虫网捉鬼火……脑子有问题吧。"

赤堀凉子挥舞着装有鬼火的捕虫网。

薮木胆怯地对她大喊道："你别过来啊！"

"这东西就算看了眼睛也不会瞎，更不会被吸走魂魄。你们自己看看啊，喏。"

赤堀凉子突然把捕虫网伸向月缟新，平时波澜不惊的他踉踉跄跄地退了好几步。然而捕虫网中装着的不是鬼火，而是无数的小东西，看起来像是某种小型飞虫。

"这些是摇蚊，是在沼泽出没的蚊群。可怜的小家伙们，被具有发光性的细菌寄生，得了会发光的病。即便如此，它们还是努力地想繁衍后代。"

"喂，喂，真的假的啊？这岂不是全世界的鬼火学说都要被颠覆了？我记得有科学研究说鬼火是地里的磷燃烧产生的，还有人说是等离子什么的。"

赤堀凉子摆摆手，快活地笑了起来。

"真是的，科学家说话也真够随便的。考虑到磷自燃和等离子自然产生的概率，想想就知道不可能啊。从古至今人们看到的鬼火的真面目，其中九成都是被寄生的摇蚊。夏天傍晚经常在水边或者潮湿的墓地被看到。光看这些条件，就能知道是虫子干的好事了吧？"

"不，就是因为不知道，以前的人们才会那么害怕啊。"

"九成是虫子，那还有一成是什么？"月缟新一本正经地问道。

"是真的鬼火呀。"

赤堀凉子两臂向前伸直，手掌朝下，模仿幽灵的样子。薮木一脸难以置信地盯着网里的摇蚊。

"来吧，不可一世却又胆小如鼠的薮木青年，还有什么其他灵异现象想趁现在问清楚吗？错过这个机会，你可就要一辈子活在恐惧里了。"

薮木看着双手叉腰的赤堀凉子，魂不附体地开始提问。光看他的外表和年龄，完全想象不到他其实是个生性胆小的人。

"每天晚上，我都会听见时钟的声音。声音好像来自墙壁里面，有时候会有多处声音同时响起。那应该不是我的幻听。每晚都是这样，让人瘆得慌。"

"原来如此，你生活在每晚都能听见时钟声的恐惧中呀。"

赤堀凉子走向主屋，把耳朵靠在木造的外墙上。她边听边用手敲打墙壁，就这样换了几个地方，不一会儿就走了回来。

"我来为你解答吧。这是临死钟声。"

198

"……那是什么东西？"

"在 16 世纪，英国各地发生了人们半夜听见时钟声响的奇怪现象。那就是所谓的临死钟声。换句话说，就是死前的倒计时。所有听见这种声音的人，若是有一天听不见了，就会马上死去。"

即使周围一片昏暗，也不难看出薮木的脸色苍白如纸。

"不过，这其实是啮虫搞的鬼。夏天是啮虫繁殖的高峰期。人们听到的钟声，其实是雄性啮虫用下巴敲打木头来呼唤异性的信号。这种声音会持续一整晚。这种昆虫只栖息在古老的木造房屋中，所以现代的房子里基本没有。而且，这种声音只有在没有杂音的安静场所才能听见。在如今这个时代还能体验到临死钟声，你还真是幸运啊，薮木青年。"赤堀说着，还拍了拍精神恍惚的薮木的手臂。

这个女人不管在什么环境下，大概都能从容地活下去吧。岩楯祐也再次认识到了她的厉害。赤堀凉子会得到昆虫们的全面支援。岩楯祐也突然觉得有些好笑。他叼着烟，强忍着没有发出笑声。

Chapter 4

缠在 "R" 上的蛇

1

在青波町的商务酒店住了一晚的三个人，在日出时分开始行动。赤堀凉子似乎格外喜欢多惠的山袴，还跟她借了一双胶底布袜，见人就夸这袜子穿着舒服，连走神的酒店前台也没能幸免。工地头盔在某种意义上已经成了她的招牌，在此基础上增加山袴和布袜也只是时间问题吧。尽管心里有不少意见，岩楯祐也和月缟新还是一言不发地穿上了署里提供的工作服，把全套工具搬上越野车。据多惠说，要是没人叫醒的话，薮木会睡到中午之后。

"那个薮木俊介，到底是个怎样的男人？"岩楯祐也向端坐在副驾驶座的多惠问道。

"是个非常善良的孩子啊。因为是个宅男，所以不擅长跟人说话。很可爱，对吧？"

一点都不可爱。不过，不言自明的是，薮木和多惠两人间的确流淌着一种近乎亲情的感情。他虽然对人态度很差，却不像是个坏人，不知怎的让岩楯祐也十分感兴趣。

车从甲迦街道上的岔路开进奥御子。那里正好位于青波町和南会津町的边界上。在郁郁葱葱的青山包围下，车驶入了导航上都没有标注的小路，让人不禁感到一丝不安。路上自然也没有路灯，到了晚上大概会昏暗得连路都分不清。

就这样持续开了 20 分钟左右，暗无天日的林间突然出现了一片宽阔的林地。似乎到目的地了。这里的氛围甚至比昏暗的山路还要压抑。究其原因，大概是放眼望去，这里到处都是枯死的芦苇和芒草，简直就像是森林里只有这块区域被野火烧过。环绕着湿地矗立着的漆黑石山也让人觉得十分不快。

岩楯祐也缓缓环视四周，试图寻找出埋藏在此地的线索。他稍加想象，脑海中立刻浮现出受害者被犯人绑架后带到此地的情景。日近黄昏，毒辣的夕阳将万物染成了红色。微胖的中年妇女从车上被拉下来，一睁开双眼就看到了让人绝望得说不出话的景象。当她站在这片土地上时，心底的最后一丝希望也破灭殆尽。再怎么不愿意承认，她也清楚地知道这里将会是自己的葬身之地。通向这里的道路像迷宫一样复杂，如果不知道确切路线，是不可能阴错阳差地走到这里来的。

"说是湿地，我还以为是让人神清气爽一点的地方，像尾濑那样的。"岩楯祐也叼着香烟，阐述着自己的感想。

"所谓湿地，在夏季就是这样枯草遍地，毕竟没有能遮挡太阳的东西。要参观的话，最好是在春季或者初夏。"

赤堀凉子手持捕虫网，把采集昆虫的工具斜拎在肩上。她把从多惠那里借来的手帕像古时候的小偷那样绑在头上，脖子上缠着印有农业协会标志的毛巾。那副样子像极了经验丰富的专业变态。一旦涉及工作，这个女人就会丢掉一切羞耻心，并露骨地表现出异于常人的斗志。

"三桷婆婆，村子里的人都知道这个地方吗？"岩楯祐也朝开始采摘野菜的多惠问道。

"不，大概没人知道。虽然有的人会上山采野菜和蘑菇，但应该不会到这样的深山里来。"

"蜻蜓的事情，忠雄先生告诉过别人吗？"

"他谁也没告诉。有个捕虫的人从东京过来了好多次，但每次都是一来就被赶走了，俺都觉得他有点可怜了。只要告诉了一个人，消息就会马上传开。老头子最担心的就是这样。他说如果真想保护它们，最好的办法还是闭嘴。"

"爷爷真是好样的。"赤堀凉子竖起了大拇指。

确实是深思熟虑。有种说法是，一旦某种动物被立法保护，它离灭绝就不远了。这也许真的是对的。不过话说回来，如果这里真是犯罪现场，那犯人到底是怎么知道这个地方的呢？就在岩楯祐也打算一一推敲所有可能性的时候，周围却发生了让他无法继续的事。昆虫振翅的嗡嗡声震动着鼓膜，越来越响。身边的月缟新正在用手拍打脖子。

"可恶，好像是被蜜蜂还是什么虫子给蜇到了。数量还挺庞大的，这到底是什么虫子？"

这时只见赤堀凉子华丽地挥动捕虫网，一下把昆虫网住，取了出来。那是一只体长约3厘米的大型飞虫，深绿色的复眼覆盖整个脸部。

"这是一只雌性牛虻，属双翅目。你看，它绿色的眼睛是不是很像宝石？"

赤堀凉子突然把牛虻拿到岩楯祐也眼前，他条件反射地身子往后仰。

"它们到底是从哪里跑出来的？周围飞来飞去的这一大群全都是吗？"

"大部分都是。这些虫子都很饿呢。我们是它们久违的猎物，它们看起来很开心的样子。可别被咬了。弱肉强食是自然界的法则。"赤堀凉子刻意用严肃的语气这么说道，笑着把刚抓到的牛虻给放了。

不管再怎么驱赶，这些"吸血虫"还是纠缠不休，一不留神，它们尖锐的刺针就会扎进皮肤，痛感不比前几天被荨麻刺到的时候弱。岩楯祐也疼痛难耐，把挂在脖子上的毛巾缠成一圈。

"再怎么赶都赶不完，这样下去没办法工作了。"

"赤堀老师，到底要怎么办啊？！我说，为什么您能那么淡定啊？！"月缟新喊道。

"所以我早让你们包上头巾呀。你们两个就是爱耍帅，所以才会吃苦头。牛虻只会叮裸露的肌肤。"

"你倒是早说啊。"

岩楯祐也向全副武装的多惠借了一条手帕，盖住了头和脖子。在两人骂骂咧咧地绑着手帕时，一旁的赤堀凉子则用眼睛捕捉着四处乱飞的牛虻。她一会儿像是在嗅着潮湿的空气一样轻轻翕动着鼻子，一会儿又开始捕捉牛虻，放进小瓶。她低声嘀咕了些什么，然后一本正经地转过头看向两位刑警。

"尸体身上有被虫子咬过的痕迹。你们也看到这些牛虻了，如果案发现场是这片湿地，受害者肯定会马上被叮得浑身是包。"

岩楯祐也想象了一下那番情景，心底不禁涌上一股让人头晕眼花的恐惧。牛虻像龙卷风一样地聚集在裸女的身边，一点空隙也不放过……那光景让人连想都不愿意去想。

"当务之急是要确定那种蜻蜓在不在这里。"

"没错。要找的基本就是白天太阳照不到的地方。最好检查检查岩石下面和芦苇中间。另外，这种蜻蜓只在低处飞行，要多注意脚边。"

"这片湿地只有这一个入口吧，周围都被岩层包围了？"月缟新指了指湿地深处。

多惠一脸认同地点了点头："这片沼泽的深处以前是采石场。不过，那时候这里可没有这么多水。"

"那座采石场现在已经荒废了吗？"

"是啊。那都是俺嫁人时候的事了。"

这么说来，犯人说不定是从人迹罕至的采石场遗址找到这里来的。

总而言之，还是要先找蜻蜓，否则调查就进行不下去。

"好了，我们要进湿地啦。一定要沿着芦苇丛生的地方走哟。湿地的表面一般都又滑又软，而且这里还是采石场的水涌出来形成的半人造湿地，想必是非常深的，说不定深得超乎我们的想象。"赤堀凉子一脸严肃地叮嘱两人。

多惠用沙哑的声音接话道："枯杉也到处是沼泽。跟这里一样，沼泽上都是草，经常一不小心就会踩进去。好多人就是因为这样陷进沼泽而丧命的。之前的村长大爷对沼泽的事情知道得一清二楚，最后却也是这么死的。因为沼泽里住着河童啊。"

如果我们死在了这里，估计得过上好久才会被人发现。真是不吉利。岩楯祐也把烟头放进便携式烟灰缸，振作精神准备工作。

"长着芦苇的地方就是可以踩的地方。就算脚陷进了泥里，也可以抓着芦苇自己爬上来。以防万一，我会带一根绳子进去，不过还是尽量不要依赖别人的帮助。明白了吗？"

"好，明白了。出发吧。"

"你们要小心呀。"

岩楯祐也朝一脸担心的多惠点了点头，踏着长靴踩进泥里。泥土发出"扑哧扑哧"的声音，岩楯祐也眼见着脚陷进泥里，直到水没过长靴顶部的时候，他才终于感觉脚踩到了底。芦苇生根处的岩石似乎挺牢靠的。在两名刑警慎重地前进时，赤堀凉子则拉起了绳子，一眨眼工夫就走到了沼泽深处。

"老师，你别一个人跑到我们看不见的地方！"

"我没问题，你们两个调查一下中间的地方！照顾好自己就行了！"赤堀凉子马上喊着回了话。

岩楯祐也一边提心吊胆地确认着落脚点，一边把目光投向岩荫和植被。突然，他注意到有苍蝇大小的虫子在他脚边干枯的芦苇丛中移动。时不时掠过水面来回飞行的昆虫，是一只全身通红的蜻蜓。那虫子虽然体长还不到 2 厘米，却确实有着蜻蜓的形状。岩楯祐也仔细看了看周围，钴蓝色的豆娘、花纹复杂的蝴蝶等平时见不到的生物正悄然生息在这片土地上。

岩楯祐也似乎能理解生物老师守口如瓶，想要保护这个地方的心情了。这片脆弱的"桃花源"，一旦被人类的双手玷污，就离毁灭不远了。

就在这时，他听到身边传来一声"警部补"，于是抬起头。

"这块石头的阴影下长着很多鹭兰，似乎还结着种子。看来从仓库里发现的所有物证，都可以在这里找到一个合理的解释。"

确实，这里满足了所有的条件。岩楯祐也抓着芦苇仔细观察，连芦苇间的缝隙也不放过。他看见前方聚集了一群蜻蜓，便弯下腰看了看，然而每只蜻蜓的花纹都是正常的。原以为蜻蜓行动迅捷，用肉眼难以捕捉，但其实习惯之后还是很容易看清的。

岩楯祐也顺着芦苇继续移动，看向黑色岩石的下方。这里也长着鹭兰和外形酷似百合的橙色花朵。然而，还是找不到想找的东西。汗水打湿了他的脸和背，长靴里积满了泥水。虽然每走一步都会发出让人不愉快的水声，但这跟萦绕在面部周围的飞虫比起来不算什么。每当牛虻停在脸上，岩楯祐也都会不禁咋舌，用手将其赶跑。

岩楯祐也仰头看向石山的边缘。那石山像是被利刃从中间切开了似的，"V"字形的裂口里积着水，鹭兰的白色花朵摇曳在风中。那缝隙十分狭窄，过不了人。岩楯祐也勉强把身子挤进去，凝视着停靠在芦苇上休息的八丁蜻蜓。他突然一惊，把身体又往里挤了挤。等一下。这跟在多惠家看见的照片很像啊。蜻蜓突然掠过水面，飞到空中。只见那体型极小的蜻蜓，四片翅膀分别呈现出了不同的颜色。他大喊道："找到了！

在这边！"

"真的？厉害呀，岩楯刑警太棒了！"赤堀凉子高亢的声音回响在四周。

岩楯祐也又仔细地找了找四周，但并没有发现其他雌雄嵌体的八丁蜻蜓。布满青苔的石缝似乎是连接在一起的一整块巨大岩层，水顺着开裂的缝隙涓涓流淌。细流似乎延绵不绝地一直流到了深处。

"警部补，找到了吗？"

月缟新喘着粗气赶了过来。他似乎摔了一跤，腰部附近沾满了淤泥，样子惨不忍睹。不过他兴奋得面红耳赤，茶色的双眼充满着力量。接着，几乎毫发无损的赤堀凉子也和两人会合了。

"我在东边没找到。你是在哪里找到的？"

"这块岩石的缝隙里。我也只找到了一只。"

赤堀凉子把瘦小的身子挤进石缝，用不自然的姿势抓住了深处的芦苇。

"岩楯刑警，请求你的支援。"

她看着岩楯这么说道，用浑身的劲拔起了芦苇。就在她因为反作用力差点屁股朝地摔倒时，岩楯祐也迅速地撑住了她的身子。她从斜挎包中取出放大镜，对准粘在芦苇上的羽化壳，仔细检查了好一会儿。

"不会错的。这个羽化壳和在蚁巢中找到的羽化壳在同样的位置上呈现出了雌雄嵌体的特征。但是，犯人为什么非要进入这种沼泽……这种羽化壳只有在湿地里才能找到。"

确实，想不通犯人为何要进入危险的沼泽。岩楯祐也也眯起眼睛看向岩石狭窄的龟裂处，但阳光太过强烈，让人实在看不清阴影里有什么。

"最好绕到这块岩石的后面去看看。我想了解一下大致的地形。"

三个人沿原路返回，途中好几次险些失足，最后终于走上草地。地面不会下沉这种原本理所应当的事，从未像现在这样让人觉得弥足珍贵。

多惠手提塑料袋，蹒跚地朝三人走来。

"咦？婆婆，那是木通吗？"

放下随身物品的赤堀凉子把脸靠近多惠手中提着的塑料袋。

"今年果子熟得早。往年一般都得等到 9 月末。"

"我也很喜欢木通，不过最近感觉很少看到了。"

"现在还有点青，得再放一段时间才好。不过，大部分的木通都被熊吃了。"

"是这样呢。这附近的熊都很大，在树上做的标记位置也很高。"

赤堀凉子一边把长靴里的泥水倒掉，一边若无其事地和多惠聊着天。这时，岩楯祐也走来插了话。

"等一下。这里该不会是熊的地盘吧？"

"进了山里，大部分地方都是动物的地盘啊。"

"路上的警示标志画的都是猴子。我觉得改画成熊比较好。"

月缟新一本正经地提出了个无关紧要的建议。

"还有啊，婆婆。今年冬天会下大雪，最好从现在开始慢慢做准备了。"

"你怎么知道的啊？"岩楯祐也问道。

赤堀凉子手指向生长在车旁的芒草："螳螂的卵都产在了很高的位置，对吧？螳螂幼虫要在卵囊中过冬，但它们又很怕水。螳螂可以预知当年的降雪量，把卵产在不会被积雪盖住的位置。"

"真厉害啊。"

"昆虫有专门用来感知湿度的器官，还可以测量气压。我觉得准确度应该比最新的气象预报都要高。"

"这样啊，俺都不知道。熊也是因为知道要下大雪，所以才会把还没成熟的木通吃了吗？真是了不起啊。"

"不，三树婆婆，重点不在这里吧。要是一不小心撞见熊可就不好了，您还是进车里去吧。最好不要四处走动。"

"确实，遇上熊就糟了啊。"多惠的语气轻巧得像是在唠家常一样。

"非常抱歉，能请您再等一会儿吗？我们还得绕到石山后面去调查一下。"

"不用担心俺，你们慢慢看吧。"

岩楯祐也把多惠抱上底盘很高的越野车，带上手电筒，走上了山路。今天是阴天，上了高原后气温便急剧下降，先前恼人的牛虻也一下子不见了踪影。三人沿着高耸的岩层迂回前进，走了10分钟左右，视野突然开阔了起来。

那是一处悬崖，四处布满红色的蓟花和芒草。看着眼前柔和美丽的风景，三人都被惊得说不出话。一时间周围只听见夏生青草沙沙作响和涓涓细流淌过的声音。赤堀在岩楯身边长长地吐了一口气，呢喃道："真美啊……"

她眯起眼睛，直直地凝视着远方。

"看着这种风景，我就不禁想问自己，现在到底在做些什么？"

"做着只有老师才能做的工作。仅此而已。"

"是这么说没错。但不管人也好，动物也好，每天都有太多的生命悄然逝去。事到如今我才想，我这样每天待在研究室里究竟有什么意义呢？"

那一瞬间，赤堀的笑容好像蒙上了一层阴影，但马上又恢复了原本开朗的感觉。她总是毫无预兆地摆出这种表情，拨动岩楯的心弦。为人豪爽，但同时也不刻意掩饰自己脆弱的一面，越发让人猜不透她心里到底隐藏着些什么。另外，就连看着赤堀时，岩楯甚至都搞不清楚心头涌上的感情究竟是友情、爱情，又或者是敬意。但至少事到如今，他终于察觉到，自己是被赤堀所散发出的存在感深深吸引了。

岩楯祐也微微一笑，将脑袋切换回工作状态。

"这里就是三桝婆婆说的采石场了吧。"

月缟新双唇紧闭，点了点头。岩石被切割到一半，呈现出不规则的阶梯状几何纹样。右手边的大概就是刚才湿地的那块岩石吧。虽然从这边看不到"V"字形的裂口，但水似乎流过来了，能听到水流涓涓流淌的声音。岩楢祐也凝视着丛生蓟花的后方。刹那间，他用余光瞥到了某种红色的东西。他的心脏剧烈地震动了一下。刚才那是什么？岩楢踮起脚，试图搜索异样的物体，但被随风飘扬的植被挡住了视线。

岩楢祐也踩了踩脚下的土地，确定不是泥沼后，便拨开蓟花和芒草进入了采石场。里面繁茂丛生的植物甚至比岩楢祐也还高，让他完全看不见前方。他追寻着水流声不断修正前进的方向，终于来到刚才瞥到的红褐色物体前。

那是一座用生锈的铁皮和废材搭建起来的小屋。向外延伸的屋顶破旧不堪，一副随时会脱落的样子。这是用来收纳挖掘工具的小屋吗？岩楢绕到屋后，地上有一个巨大的水坑。似乎是湿地的水通过裂缝流到这里形成的。除此之外，还能看见纯白的鹭兰环绕着小屋，肆意地绽放着。

"难道这里就是……"追上前来的赤堀凉子一时语塞。

岩楢祐也急忙绕回小屋正前方。他取下脖子上缠绕着的毛巾包裹住门把手，一下就把只用铁丝固定住的门打开了。小屋只有约7平方米大小，墙上布满了金属被腐蚀后留下的洞。阳光透过小洞穿进黑暗的房间，仿佛箭矢一般射在地上。岩楢祐也打开手电筒，照亮了屋内。湿地的水流进了小屋，房间一半的地面已经被杂草占领了。屋里没有铺地板，黑色的土壤裸露在外，是个阴郁潮湿、让人不舒服的空间。

岩楢祐也将手电筒的光打到墙上，墙上浮现出模糊的紫黑色痕迹。像是被泼洒了油漆一样，痕迹星星点点地朝斜上方分布。那是凶手挥下凶器时造成的血液溅射痕。光是看着，杀人时的场景就跃然眼前，仿佛身临其境一般。凶手让手脚被绑的受害人跪坐在地上，挥下凶器击打了她的后脑勺。而且，还是三个人，一个接着一个……

"那边有蛆的尸体。"

在岩楯祐也凝视着血迹时，身后传来了紧张的声音。赤堀凉子用力地抬了抬下巴，示意岩楯祐也看地面。想必那里曾经是一片血海吧。

"蛆应该是在遗体上产卵了。另外，水虿的羽化壳很可能顺着水流到了这里。"

"嗯，这里就是杀人现场了。不知道受害者在这人迹罕至的深山里到底被囚禁了多久？这真不是人干的事。"

尸体的胃里空无一物。虽然不知道被害人究竟在这里度过了多少个日日夜夜，但一定体会到了超乎想象的恐惧。岩楯祐也清晰地回想起了尸检时看到的皮肤被挠破的痕迹。受害人被蚊虫叮咬却无法抵抗，只能在疼痛和瘙痒中满地打滚的情景跃然眼前。在黑暗中喊破喉咙也没有人能听见她的声音，实在是太凄惨了。

岩楯祐也关掉手电筒走出小屋。三人一言不发地快步离开，但赤堀凉子却在悬崖边上停下了脚步。在岩楯祐也好奇她为什么一直看着脚边时，她原地蹲下打开头顶的探照灯，照亮了地面。

"看这里。"

两位刑警看向地面。地上凌乱地散落着大量褐色的蛆壳。赤堀凉子保持单膝触地的姿势观察着四周，当她看到某个地方时，不由自主地肩膀一震。

赤堀凉子拨开芒草，看见芒草根部有个闪光的东西。那是一枚银色的戒指，挂在蓟花的茎上。有个东西落在戒指的旁边，上面爬满了红褐色的虫子。赤堀取出镊子，小心翼翼地夹起那个像小树枝一样的东西。

"……这是受害者的手指骨。"

月缟新用力地咽了咽口水。

"凶手把手指切断后埋在了这里，但没想到随着蓟花的生长，手指被一起带上了地表。接着，手指经过了蛆虫的啃食，现在只剩下皮蠹在吃上面的剩余组织了。从昆虫界的生态循环来看，手指被切割的时间应该是在一个多月前。我之前通过仓库中发现的蛆壳，推断出死亡日期是在 8 月 18 日之前。两者相吻合。"

月缟新脸色严峻地伫立着。岩楯祐也和他互看了一眼。

"我下山联系总部。有必要彻底搜查通往采石场的山路。现场的保护就交给你了。"

"了解。"

"老师跟我一起来。"

岩楯祐也能感受到被留下的月缟新的昂扬斗志。他把一大口冰冷的空气深深地吸到肺里。

2

远处传来警车的警笛声，而且还不止一两辆。听声音是大量的警车蜂拥而至。薮木踩着凉鞋走进院子，却被夜幕遮挡视线，看不清道路的情况。多惠也从主屋走到院子里，手背在身后，凝望着眼前的山峦。

"婆婆。"

薮木向她搭话，多惠却像没听见似的。薮木打开木门，弯下腰靠近一动不动的多惠。

"婆婆，到底发生什么事了？"

多惠全身神经紧绷，甚至连空气里都弥漫着紧张的氛围。她转过头，脸上少了平日里的那份波澜不惊。

"可怕的事情发生了。村子里的气氛变了。"

"跟东京来的刑警有关吗？"

"嗯，肯定在东京也发生了可怕的事。他们一路追查，最后才找到俺们这个小村子里来。"

"到底发生了什么？为什么刑警会来找婆婆？"

"不清楚。好像跟老头子调查的虫子有关系。"

真是让人一头雾水。

"不过，俺早就知道的。俺一直觉得不对劲。从插秧前那段时间开始，俺就一直觉得心神不宁。"多惠眉头深锁，"跟村长大爷掉进沼泽死掉的时候一样。那时候，村子里也是这样的气氛。山上吹下来的风非常湿重，风里还带着像是野兽腐烂的味道。"

薮木吸了一口潮湿的空气。但是不出所料，空气里只有青草和土壤的味道，并没有什么奇怪的感觉。

"那个村长，是日浦家的对吧？"

薮木随口一问，多惠却睁大了眼睛看向薮木。

"你是怎么知道的？"

"啊，我偶然间认识了那家的姑娘……"薮木吞吞吐吐地说着，却被多惠打断。

"你到那间屋子里去了吗？"

"啊，嗯。我偶然走到那里。"

"不准再去了。也不准再见那个姑娘。"

薮木惊讶地看着语气强硬的多惠。她双唇颤抖，银色的瞳孔散发出异样的光芒。薮木是第一次看见多惠这样严峻的表情。

"等一下，婆婆，到底是怎么回事？"

"村长被诅咒了。不能跟他们扯上关系。"

"诅咒？你在说什么啊？"

"日浦一族的灾祸将会代代流传。他们是没办法从诅咒中逃脱的，绝对没办法。"

多惠的语气十分认真，薮木连话都插不上。

"不能再过去那边了，知道了吗？"

"不，我不懂啊。"

多惠激动得咳个不停。薮木扶着她，一起坐在套廊上。

"婆婆，告诉我到底是怎么回事。日浦家到底发生过什么？"

多惠走回客厅，客厅天花板上悬着一个小灯泡。她注视着老伴的照片，随后转身回到黑夜之中，似乎在害怕着些什么。

"俺之前不是跟你说过冰雪花的故事吗？"

"嗯。"

"在村里建祠堂的时候，把马厩借给祈雨人住的就是日浦家。从很久以前开始，日浦家就给江湖艺人、隧道挖掘工这类人免费提供住处和饭食。"

"日浦家可真是大方啊。隧道挖掘工一住就得好几年吧？"

"那是村长的职责。一切都是为了村子好。就是因为村长会讨上头喜欢，这个村子才得到了这么多好处。村里人大多是农民，势单力薄。所以，大家都非常敬重村长，最后村长甚至变得像神明一样受到大家的崇拜。"

多惠缓缓站起身，不一会儿便拿着个托盘回来。她把装满了焙茶的茶碗放在身边。

"俺不是告诉过你，有段时间村里连日大旱，民不聊生吗？"

"因为饥荒死了很多人，对吧？"

"没错。村民闹着，一会儿说是诅咒，一会儿说是天谴。当时从北边的村子里把祈雨人请来的就是日浦家。因为不这么做，村民就不肯消停。但是村长一开始心里就有自己的打算。"

多惠拿起茶碗，在手中转了转，视线看向一边说道："说仪式需要活祭的就是日浦。"

"什么？"

"总之，他当时必须做点什么。比起对付干旱，他觉得要先安抚村民。食物越来越少，就会导致骚乱。村民一旦开始抢夺短缺的粮食，就可能会殃及村长家。从前在建祠堂时，经常会在地基里埋一匹马。因为马是强壮的象征，所以大家就说有一匹马在地里，祠堂就不会倒，还可以当接送雨神的使者。祈雨人说，没办法在祠堂底下塞一匹马进去。村长就说，那可不行。"

"是因为要是用普通的做法建祠堂，结果还是没下雨，村民就会暴动，是吗？"

"也许他是这么想的吧。但是村子这么小，再怎么努力也不可能找到合适的人来当活祭。于是那时他就有了个主意，让第一个路过松树的人成为活祭。"

多惠混浊的双眼中流露出胆怯和厌恶。

"听说村长立刻传话告诉村民，让大家暂时不要通过狢桥。因为只要不通过狢桥，就到不了大松树那里。"

"这是怎么回事？"

"村长一早就定好了活埋的人选。"

薮木有种不好的预感。

"日浦在祈雨人全都离开了之后，就叫来了首领的女儿，让她把一份豪华的午餐送去交给她爸爸。"

日浦残忍的做法让薮木无言以对，难受得像是心脏被什么东西揪住了一样。他的眼前浮现出少女独自走过空无一人的大桥的情景。冰雪花是什么时候意识到自己被陷害了？她的父亲又是怀着怎样的心情把亲生女儿给活埋了？

"要是没人死的话，村民们冷静不下来，那就干脆让外来者去死吧。日浦那时似乎是这么说的。结果，一切如他所愿。首领的女儿被活埋，天也下雨了。"

"所以才说日浦家被诅咒了啊。这确实太过分了。"

"日浦家的女人一个接一个地死去。嫁过来的女人也不例外，出生的女孩也活不长。不是生病，就是遇上事故，到今天为止已经发生过不知多少次了。一定是被活埋的那个女孩在作怪。在日浦家断子绝孙之前，她是不会停手的。"

"但是瑞希还活着啊。"

多惠听了，悲伤地摇了摇头："俺听说那个姑娘得了重病。她已经活不久了。"

"骗人的吧？"

"不，多半是真的。她妈妈在生下她后就立刻去世了。她爸爸虽然抛下村子去了东京，但还是逃不过诅咒。村长大爷突然去世，他迫不得已回到村里。是冰雪花叫他回来的。日浦家现在只剩下那两个人了。血脉就此断绝，日浦家已经完了。"

这段不祥的历史解释了为何瑞希总是散发出一种红颜薄命的气质。薮木觉得自己终于懂了她所说的"一半活着，一半死了"的意思。他已经清楚地知道了她的过去。

薮木返回副屋，躲进人偶们居住的储物间。外头的警笛声逐渐逼近，又逐渐远去，一刻不停歇。薮木躺在木板上，朝屋里"喂"了一声。然而，月光下的女人们屏住气息，一语不发。她们似乎也察觉到了屋内紧张的气氛。

薮木翻了个身站起来。他的内心无比动摇。他穿上运动鞋，走出了屋子。外面警笛轰鸣。风一如既往地湿重，夜色却比平时来得更为浓密。薮木跑上河堤，跳过水渠。夜空中繁星闪耀，但薮木根本无心欣赏。他无法抑制心中的焦躁，拼尽全力地奔跑在乡间小路上。

薮木的双脚击打着地面，借势跳过小溪和像小山一样的堆肥。必须加快脚步。虽然不知道究竟在着急些什么，但他总觉得快没有时间了。薮木已经好久没像这样奋力奔跑了，他能感觉到自己的肺部在哀号。然而，和身体感到的痛苦相反，薮木的脸上洋溢着笑容。他发出抽搐般的声音，抓着芦苇爬上了河堤。

薮木俯下身，试图平复剧烈的呼吸。但他马上就开始咳个不停，朝草丛里吐了一口带着血腥味的口水。

"你在干什么？"

耳边传来清澈的声音，薮木抬起头。他定睛看向藏在长长的刘海后的那张脸，是穿着寿衣的冰雪花。带着对日浦家的莫大怨恨死去的少女，正借由身穿浴衣的瑞希的身体和薮木搭话。

"单、单人奥运会。"薮木呼吸急促地回答道。

小溪对面的女人绽开了红唇："那你破纪录了吗？"

"赛季最佳。"

薮木借着助跑的劲跳过闪烁着萤光的溪流，倒在瑞希身边。先前四处飞舞的萤火虫，现在已经少到能数出来有多少只了。薮木躺在青草上，直勾勾地盯着俯身看向自己的瑞希。她雪白的身子在黑夜里发光，黑色的圆眼睛像水银一般暗淡。

"你在这里干什么？"薮木调整好呼吸，朝瑞希问道。

"外面很吵，所以我想出来稍微欣赏一下萤火虫。"

"稍微欣赏一下？从你家到这里有一段距离吧？"

"萤火虫们一定活不过今晚吧。它们只能在这个地方活不多不少 20 天，今天是最后一天。"

瑞希的目光追着发出微弱光芒的萤火虫。

"好像发生了什么不得了的事件，有刑警从东京过来了。"

"嗯，我知道。"

"谁告诉你的？"

"刑警本人。就是我把他们从派出所带到三桝家的。"

她把手放在薮木的脸上，纤细的手腕仿佛是一条活生生的白蛇。

"薮木，你为什么到这里来，还搞什么单人奥运会？"

"我想挑战一下'神秘村之试胆游戏'。"

"原来如此。那我可得把气氛弄得更恐怖点才行。"

薮木笑着坐起来："我觉得要振兴村子，不如把村子塑造成幽灵或妖怪之乡吧。这么排外的村子还想让人从大城市搬过来，太不现实了。"

瑞希抓起一把草，抛在风中。喧闹的警笛声越发微弱。

"从明天起，枯杉就会变成日本第一名村了。肯定有什么重大事件会登上报纸头条，不知道记者会不会蜂拥而至啊？"

"瑞希……"薮木话说到一半，突然意识到自己还没跟瑞希熟悉到能直呼其名。他重新改口说道："日浦……"而瑞希却笑着说道："叫我瑞希就可以了。"瑞希那云淡风轻的表情让薮木心中燃起一股情欲。

"瑞希，你住在这个村子里开心吗？"

"你这问题是什么意思？"

"字面意思。"

在短暂的沉默后，瑞希瞥了薮木一眼。

"住哪里不都一样吗？既会发生难受、悲伤的事，也会发生快乐、高兴的事。即使环境变了，人做的事也一点都不会变。你不也是这样吗？"

"这我虽然懂，但人不都是会追求理想的吗？"

"那前提也得是心里有梦想和希望啊。得是个正常人才行。"

"那，瑞希，你不是正常人吗？"

这个问题让瑞希思考了许久。她眺望着飞舞在黑暗中的萤火虫，用视线捕捉着它们游离不定的飞行轨迹。

"……什么样的人才叫正常呢？"

她再次抓起一把草，把它们抛到夜色中。

瑞希自然知道冰雪花的事。村民们表面上敬重他们是村长一家，背地里却觉得他们死不足惜。不管平日里大家对瑞希态度如何，她都只能接受这个事实。薮木注视着瑞希的侧脸。

"瑞希，你身体不太好吗？"

瑞希"哎"了一声，转头看向薮木。

"我在想你是不是搬到这个村子里来静养的。"

"难道说，三桦婆婆把诅咒的事告诉你了？"

要说谎轻而易举，但薮木总觉得不能那么做。瑞希试探地看着薮木，表情忽地缓和了起来。

"你觉得诅咒是真的吗？"

"说实话，我不知道。"

"诅咒是真的，确实存在。"

"为什么这么说？"

"历史就是证明。"

"瑞希，你得了重病吗？"薮木一脸认真地问道。

这回瑞希不合时宜地大笑了起来。

"要是一个女人连活不活得过明天都不知道，那她还会大半夜的骑自行车到处乱晃吗？"她这么说着，指了指停在对岸河堤下的自行车。

"我觉得诅咒是真的。但是，诅咒并不是死因，那些死亡存在着某种必然性。"

"怎样的必然性？"

"谁知道呢？"

薮木被瑞希笑容背后无边无际的空虚深深吸引住了。他抓住瑞希的手把她拉向自己，就这样抱住了她。萤火虫像是消亡殆尽般停止了闪烁，笼罩着夜空的云朵遮蔽了满天的繁星，一颗也没放过。薮木觉得这是冰雪花在捣鬼，将浪漫的气氛一扫而空。他在心里暗自咒骂，不禁笑出了声。

"我总觉得，我跟瑞希你认识了不止一两天。"

"但对我来说，薮木，你就只是个刚认识一两天的人。"瑞希任由薮木抱着，漫不经心地说出了伤人的话语，"不过，你倒像是个会让我今后的生活变得开心起来的人呢。"

"这我可说不准。"

薮木吻住抬起头来的瑞希。

对男性来说，男女关系只有最开始的一瞬间让人脸红心跳，接着就会突然觉得了无生趣。然而，这法则在她的身上并不适用。她的思想、她的肌肤、她腹腔深处五脏六腑的质感，薮木全都想了解个一清二楚，想知道得不得了。

就在一只青蛙一跃而起时，一道耀眼的光芒突然照遍了薮木全身。

"瑞希，你在这里干什么？"

低沉的嗓音吓得薮木差点跳起来。

"啊啊，吓死我了。爸爸，你别吓人啊。"

薮木听见了"爸爸"这个词，立刻从她身边弹开。糟了。在这种情况下，她的父亲可以在他的"最不想见到的人排行榜"里名列前茅了。拿着手电筒的男人立刻把光照向两人。光源后面的人影只看得出大致的轮廓。

"爸爸，太亮了。别照了。"瑞希平静地说道。

男人喘着粗气，移开了手电筒。光亮在眼里留下了残影，薮木不停眨眼直到残影消失，然后看向用手电筒照着脚底的男人。之前听说他是图书管理员，还以为是个戴着眼镜的文弱男人，但事实却完全相反。瑞希的父亲看上去有一副强健的体魄，胳膊上的肌肉健硕无比，怎么看都像是个耕地的农夫。他五官深邃，皮肤黝黑得融于夜色，只有双眼发出异样的光芒。

"你是谁？"毫无起伏的声音让薮木备感紧张。

"啊，我叫薮木，晚上好。"

晚上好个头啊。情人幽会被家长撞见，天底下没有比这更蠢的事了。父亲毫不客气地打量着薮木，用男中音问道："你是哪里人？"

"我借住在三桷婆婆家的副屋里。"

"三桷家？是鲇泽的本家吗？"

"是的。"

父亲再次用目光扫遍薮木全身，冷漠地对瑞希说道："回家了。"

"你先回去。我过一会儿就走。"

"不行。村里发生了大事，你还大半夜的出来散步，像什么话。"

"大事？"

"我不太清楚，好像是杀人事件。"

"杀人？"薮木不由自主地反问道。

瑞希的父亲快速瞥了薮木一眼："你也赶快回去。单看警车的数量，也能知道这不是什么小事。别在这种地方闲逛。"

他的口气与其说是父亲在对哄骗了自己女儿的男人发火，倒不如说是老师在教训学生。真难为情。薮木站起身，瑞希也边发着牢骚边直起腰。"再见。"她挥了挥浴衣的袖子，小跑着下了河堤。日浦一族的最后两个人，在黑夜中一言不发。

手表指向晚上11点。和瑞希分开之后，薮木就再没听见警笛声。黑暗和寂静很搭。这样的夜晚，她们会变得很健谈。

薮木把越野车开到院子里，打开电灯照亮作坊。他在水泥地上铺上一层塑料薄膜，把卷起的大张绘图纸平铺在地上。图上画着一个等身大的女人，女人的正面和侧面被精密地描绘了出来，是赤身裸体的瑞希。躯干纤细，四肢修长，乳房微隆，腹部凹陷。不管什么人，薮木只要看上一眼，就能清楚掌握他的骨骼肌肉分布以及头身比。这在某种意义上可以说是他的才能。

"总算要开始了？"

低语声回响在脑海中。短发少女从隔壁的储物间向薮木搭话。

"你花了挺长的准备时间呢。"

"我向来如此。准备时间很长。"

"她叫什么名字？"女童口齿不清地高声问道。

"冰雪花。"

"名字真怪。不过你还给人家起名叫小家鼠呢。她的至少比我的好点。"

薮木脸上浮现出笑容，用剪刀沿着线开始裁剪图纸。接着他制作了肢体和头部的纸样，确定了关节的位置。然后他将纸样转印到泡沫塑料上，将泡沫塑料锯成块状。这些是人偶的内芯，需要一点点慢慢刨出大致形状。

白炽灯光带着热量，照得薮木脖子发烫。白色的大飞蛾聚在灯边，在地上留下了舞动的投影。

薮木拿起惯用的粗齿锉刀，小心翼翼地刨出人偶的身体线条。泡沫塑料的碎屑像细雪一般四处飞舞，借由静电吸附在了薮木的身上，着实麻烦。但这是无论如何也无法避免的。薮木时不时地吐出不慎吸入口中的塑料泡沫。

"你觉得她会说话吗？"

这是身披牡丹花纹和服的娼妓的声音。

"肯定会啊。毕竟他根本不打算把她卖掉。"

这次发话的是丰腴的中年女人。

"你们几个最开始也只是商品啊。"

"人家是因为不想去别人家，所以才说话了。因为如果去了，肯定会被人关在玻璃箱里的。那样就不能出去玩了。"小家鼠说道。

"都是因为你们太吵了，我才决定不卖你们的。卖了会影响到我的评价。"

"净会说谎。你明明一点也不在乎别人的评价。"

"没关系啦，反正从结果上来说，我们被留在这儿了。在俊介的身边很自由呢。"

"冰雪花肯定很怕寂寞，还是个爱哭鬼。人家会负责安慰她的。"

薮木倾听着人偶的谈话，站起身。他扫扫沾在身上的白色颗粒，拿了两个桶过来。里面装的是天然木质黏土粉和石粉黏土粉。这两样是制作人偶时必不可少的东西。重量又轻，耐久性又好。薮木用目测的方式将两种粉末混合，少量多次地往里加水。接着他把整只小臂伸进桶里一个劲地搅拌，直到肌肉记忆告诉自己黏土硬度合适了才停下。灯光照得薮木脸上发热，脖子和背上大汗淋漓。

他接着把黏土搅成合适的细腻度，将门板大小的塑料板铺在地上。他把黏土块扔在塑料板中间，开始将其压成平坦的片状。在把黏土贴到泡沫塑料的内芯上时，理想的情况是一鼓作气地贴完，就像用一张布包裹住人的身体一样。

薮木把一根与自己身高相差无几的擀面杖放在黏土上滚动。他迅速把黏土压成大约1.5平方米的片状，目测出各个组件所需的用量，拿出小刀开始切割。

"你说，那个杀人事件，到底是谁杀了谁啊？"

少女再次说话。这确实让人十分在意。不过警察既然是从东京来的，说明事情的起因还是在东京吧。

"是谁都无所谓吧，反正人总有一天是要死的。"

"话虽如此，但这也不能成为杀人的理由啊。"

"人家可不会死。人家会一直待在这里。"

"我要是死了，你们也只有死路一条了。"

"才不是这样的！"

小家鼠的说话声震耳欲聋，接着又发出了像是吸鼻涕的声音。

"那要不然，你想进玻璃箱吗？那么一来，说不定你还能活下来。不过全身上下得涂满防虫剂就是了。"

薮木用毛刷蘸水涂在切割好的黏土上，使贴面变得柔软。要是内芯和黏土的贴面里进了空气，之后会出现开裂和变形。

"俊介心眼太坏了。你讨厌人家吗？你想把人家赶走吗？"

女童开始啜泣，好几次哭得喘不过气来。

"哪有人会讨厌自己创造出来的东西啊？"

"真的吗？"

"真的。"薮木答道，把黏土贴在塑料泡沫的内芯上，剪掉多余的部分，用手指牢牢压实。接着他对散落四处的手脚和头部也施以同样的工序，终于做出了冰雪花洁白平整的白色躯干和身体组件。

"天快亮了。"

听见娼妓的说话声，薮木抬起头。东边天空泛白，不知谁家的公鸡已经开始高啼报晓。天马上就要亮了。

薮木把组件放到干燥台上，伸展四肢，全身关节咔嚓作响。他关掉灯，不经意间往下看了一眼。他发现地上落着好几只白色飞蛾的尸体。先前还那么精力充沛地四处飞舞，现在却已经筋疲力尽地落在地上。

薮木看着飞蛾，呢喃道："生命真是转瞬即逝啊。"

3

侦查员一个接一个地走出了房间。月缟新把窗户开到最大，带着尘土的风吹遍了会议室。随着事件的进展，现在一半以上的侦查员都被派往村里进行现场勘查和走访调查。从枯杉村到东京之间的高速公路上的车辆通行记录也被彻底排查了一遍。岩楯祐也和月缟新在发现案发现场的第二天参与现场查证之后，便回到了东京。

岩楯祐也翻阅着刚刚下发的报告书。月缟新也一脸严肃地看着报告书，在有疑问的地方画了下划线。

"不过，还真没想到小屋里竟然留下了五个人的脚印。脚印产生的时间也一致。是不是可以就这样认为当时现场来过五个人？"

"没错。就是这么一回事。鞋子的尺寸和磨损的地方也完全不同。这五个人应该是为了同一个目的聚集在一起的吧。"

"而且，其中一组脚印是 23.5 厘米的运动鞋。这也就意味着，杀人团伙里很可能有女性或者儿童。"

"嗯，这个结论多半没错。"

"他们一定是没想到杀人现场会被发现吧。尽管没检测出指纹，但他们完全没清理杀人后留下的痕迹。"

确实，他们能找到杀人现场可以说是奇迹了。要是换了其他人，就算找出了虫壳和鹭兰种子这两个物证，也不可能循线追查到那个地方。

说到底，根本就不会有人能想到现场附近的蚁巢里会藏有证据。案发到现在过去了半个月。岩楯祐也心想，要是没有赤堀凉子的洞察力和专业能力，他们是绝不可能这么快就找出杀人现场的。事到如今，已经没有人能否定她在调查中的价值了。

不过话说回来，杀人团伙到底是怎么找到那个地方的？岩楯祐也从昨天开始就一直在反复思考这个问题。甲迦街道附近有温泉，所以周边的居民对那里的路似乎是挺熟悉的。但是再往深处的奥御子，那里连村里人都没几个去过。知道那附近有采石场遗址的，也都是年过八旬的老人了。

"总部似乎认为，犯罪团伙是在四处寻找杀人地点时偶然发现那里的。"

"不太可能。要是不知道路，那种地方就算再怎么偶然也找不到。"

"如此一来，犯人是本地人的可能性果然还是比较大……"

但这又会牵扯出另一个问题：为什么犯人要把弃尸地点选在葛西？犯人不仅知道新堂的儿童色情片贩卖团伙，同时还对连村民都知之甚少的、福岛县深山中的采石场遗址有所了解。现场还有五组脚印。侦查员们彻底排查了新堂的人际关系，目前还未找到吻合这些条件的人物。

事到如今，岩楯祐也开始怀疑调查的方向有所偏差。至今为止的步骤并没有错，但是不管怎么调查新堂的人际关系，想必找到的也只会是流氓地痞一类的小混混。事实证明，查出来的确实都是这一类人，没一个有策划出这种杀人事件的能力。

岩楯祐也脑海里的警钟声越发洪亮，让他十分不安。他总感觉看漏了什么非常重要的东西。然而无论他再怎么努力在脑海中回顾调查的来龙去脉，也没能得出更有力的假设和结论。他再次意识到，犯人形象也好，被害者也好，又或是杀人理由也好，自己一点都没搞清楚。

"警部补，您对这点怎么看？"

月缟新把犯罪调查室提交的资料朝感叹着自己无能的岩楯祐也递去。他随便地看了一眼，便下了定论："一派胡言。"

"根据资料，他们正在探讨犯人由于信仰或是邪恶的妄想而杀人的可能性。如果再跟毒品有所牵连，那么犯罪就有可能是某种仪式，犯人和新堂之间也就产生了联系。"

岩楯祐也哗啦啦地翻着资料，在犯人形象的地方停了下来。

"我看看。主犯为 35 到 50 岁的男人，率领着犯罪组织，在组织中拥有绝对的权威。夸大妄想症。冷酷，头脑聪明，不冲动。邻居都不觉得他是危险分子，甚至还很可能对其抱有良好印象。可能不仅有工作，而且职位还不低。说不定还结了婚，孩子也很会赚钱。从全裸杀害被害者并将其放置使其腐烂这一点来看，可以推测犯罪动机与性有关，可能是乐于施虐的虐待狂……洋洋洒洒写了这么多，总能瞎蒙对一个吧。"

"不过光看现场，并没有什么宗教的感觉。"

"对吧？就像我一开始说的，这是积怨爆发而导致的杀人。很多人对死者恨之入骨。"

月缟新面色凝重地抱着胳膊，仰头看着布满污渍的天花板。

"犯人怨恨死者，恨到不惜下毒手杀人。这点我能理解。但是，牵扯到杀人事件的可是有五个人啊，要让这么多人全都同意杀人，本身就不容易，而且这么一来事情败露的概率会大幅上升。毕竟只要有一个人露出马脚就全完了。"

"肯定有人不愿意吧。"

"然而犯人还是召集了那么多人，到底是为什么？在各种意义上都疑问重重。"

月缟新所言极是，那也正是岩楯祐也感到不对劲的地方。要是真恨不得杀了她，自己一个人下手不就行了？这种刻意去找人帮忙杀人的做法，多见于女性犯罪者。女性相互之间更能感同身受，伙伴意识也比较强，因此不容易产生分歧，口风也比较紧。但岩楯祐也转念一想，殴打致死这种做法又不符合女性犯罪者的特征。

"如果能确定被害者的身份，应该就能得出更有说服力的假说吧。"

"确定身份的关键就是犯人最为担心的戒指了。"

岩楯祐也点点头，看了眼手表。这时，敲门声响了。"打扰了。"这么说着，身材略微发福的女性鉴定员进了房间。她看上去也是连续工作了好几天，眼睛周围带着一层淡淡的黑眼圈。

"让您久等了。不好意思，没有赶在会议前完成。"

"可让我好等啊。向其他部门报告过了吗？"

"是的。他们让我立刻把报告书交给岩楯警部补的小组。"

岩楯祐也指了指对面的椅子。她轻轻点点头，坐了下来。她露出豪放的笑容，把数张照片像扑克牌一样地摆在桌上。那是从各个角度拍摄的、被蓟花从地里带出的被害者的遗物。戒指表面带有锈迹，定睛一看，上面刻着某种花纹。

"首先，这枚戒指的质量不是很好，就像是在路边小摊或者民族饰品店里卖的那种，杂质比较多的便宜银戒指。"

"戒指表面的纹路是手工雕刻的吗？图案看上去有些扭曲。"

"不，这大概是机器印出来的。"

她这么说着，拿出另外的照片。那是一张经过图像处理的照片，可以看到戒指上隐约浮现出某种标志。圆圈中央刻着装饰性文字，周围则被一圈英文字母紧密包围。

"这是经过处理的照片。毕竟戒指磨损严重，锈迹斑斑，缺口、裂痕也不少。虽然微小的文字无论如何也解读不了，但至少中间标志的含义已经查出来了。"

她从蓝色制服的口袋中拿出笔，在标志的特写上画了个圈。

"这是英文字母的 R。可能比较难看清，不过缠在字母上的，是一条蛇的图案。"

"蛇？总感觉这不像是中年女性会戴的戒指啊。而且刚才你提到这枚戒指是劣质品，这点也很让人不解。"

"正常来说是这样没错。标志的粗犷风格可能会让人联想到玩重金属的人，但这个图案其实是有特殊含义的。"

她拿出另一份资料，上面印着一个图案——两条蛇纠缠在一起，形成一把权杖。

"这是阿斯克勒庇厄斯，古希腊神话中医神的标志。在 WHO 的旗帜上也能找到这个设计。"

"这下又扯上希腊神话跟医生了吗……"

"蛇的蜕皮是新生的标志，因此蛇在欧美经常被用于和医学有关的标志上。然后，请看这个。"

她又拿出一份资料，上面清晰地印着被蛇缠住的英文字母 R 的标志。

"我们终于得出了最终结论。这是美国弗吉尼亚州罗亚诺克大学医学系的标志。"

"喂，喂，怎么一下跑这么远啊。"

"是啊，我们课的人也都震惊了。其他组后来去咨询了那所大学。他们说，这种戒指叫大学戒指，是作为毕业纪念品被制造出来的。换句话说，是非卖品。"

"那这么说，受害者就是这所什么什么大学的毕业生了？"

"可能性很高。毕业戒指上有这个标志的，只有 1993 年到 1995 年这三年。因为设计过于朴素导致评价不佳，所以他们之后马上就更改了设计。"

这么一来范围就大幅缩小了。岩楢祐也探出身子，竖起耳朵听着她接下来的报告。

"这是那三年的留学记录。"她把文件推到岩楯祐也面前,"日本人一共有 36 人,其中女性有 15 人,符合受害者年龄层的有 3 人,其中两个人刚才已经联系上并取证完毕了。"

"干得漂亮。"岩楯祐也伸出右手说道。她微微一笑,握住了他的手。

"那两个人分别在女子医大和大阪大学担任外科医生。"

"还有一个人呢?"

"虽然已经查明下落,但是目前还无法取得联络,也没有人提交过寻人请求。"

她把女人的详细信息放在桌上。宫胁聪子,55 岁,内科医生,在西日暮里开了一家诊所。

"这情报非常重要。辛苦你们了。"

"不,这全拜岩楯警部补、月缟刑警,还有赤堀老师的调查所赐。法医昆虫学可真厉害啊。我真是佩服得五体投地。"

"那位老师也让我们俩感到惊喜连连呢,从各种意义上来说。"

岩楯祐也目送心情愉悦的女警出门,把报告书塞进了文件夹。

"好了,该出发了。这是个新的突破口。"

"了解。"

两人伸着懒腰走出会议室。

明明已经是 9 月下半月了,太阳却还是不打算放走夏天,今天也用火辣的阳光照射着人间。淡蓝色的力狮出了七环,开上首都高速中央环状线。月缟新握着方向盘开了口。他似乎终于按捺不住了。

"犯人现在在做些什么呢?"

"销毁证据。"岩楯祐也说出了理所当然的推测,"不过,如果犯人还在村里,那一时也跑不掉。那道警戒线可不是那么容易突破的。"

"如果死者是医生的话，那犯人怨恨她的理由就可能与医学有关。比如医疗事故或者开错药之类的。"

"简单来想，是这样没错。但是，你别忘了，犯人可是有五个人。"

岩楯祐也敲打着万宝路的烟盒，叼住弹出来的一根烟。

"就假设是犯人的亲人在医疗事故中过世了吧。然后出于悔恨和悲伤，他聚集了同伙计划谋杀医生。那些同伙也许是他的家人。怎么样，有可能吗？"

"并不是不可能，但有些过于武断了。如果是医生的过失，按常理来说，第一时间应该想到报警才对。"

"不会有人为了随随便便就能想到的理由去杀死一个无力反抗、百般求饶的中年妇女，必须有更类似于制裁一类的动机。"

"虽然也有可能是集团心理作祟，但光看伤口，犯人们并没有失去理智，化身暴徒……"

"实际上想置她于死地的伤口只有一处。另外两个人看上去有所犹豫，还有两个人没动手。可能是下定决心的那个人召集的同伙，虽然不知道是什么原因。"

岩楯祐也把车窗打开一条缝，把烟吐向窗外。月缟新表情凝重地下了高速，开上都道，在西日暮里五丁目的路口右转。车辆穿过贩卖布料、零食等各类货物的批发市场，导航仪尖锐的声音便告知两人已到达目的地，地图上的红点不停闪烁。

"就是那里，宫胁诊所。"

岩楯祐也将烟熄灭，月缟新把车停在写着"内科""外科"的招牌下方，两人下了车。诊所是一栋钢筋水泥造的三层建筑，外观没有多余的装饰，体现了重视合理性的主张。门内挂着一块写有"休诊"的牌子，自动门纹丝不动。

232

"确实没人在。"

岩楯祐也绕到诊所后面，发现一扇像是后门的门。不难猜到，这扇门也被锁得紧紧的。

"入口只有两处。也就是说，二楼和三楼是居住区。"

"我打电话试试。"月缟新看着资料，拨打了号码。与此同时，建筑物中传来微弱的铃声，响了一会儿后变成了语音留言。月缟新挂断电话，略带兴奋地说："那名死者很有可能就是宫胁聪子。"

确实，这种可能性越来越大。但不知为何，岩楯祐也总感觉有些太过轻而易举了。两人走到窗边，透过窗帘的缝隙看向里面。似乎没人在家。

岩楯祐也转身走向马路斜对面的药房。他们询问药剂师关于女医生的事，得到的证言如下：诊所里没有护士或者办事员，全靠宫胁医生一个人管理。她似乎对患者态度强硬，传闻称受不了她太过严厉而转院的患者层出不穷。大概在 8 月上旬的时候，她说要去美国，短时间内不会回来。

赤堀凉子推测出的死亡时间是 8 月 18 日之前。即使算上监禁的时间，女医生消失的时间段也吻合赤堀的推测。岩楯祐也在裤子上擦了擦手心的汗，向药剂师道谢，返回诊所。这基本已经可以确定死者身份了。岩楯祐也和在建筑物附近四处打探的月缟新会合，决定立刻调查出入境记录。就在这时，身后传来了尖锐的声音。

"你们在干什么？"

两人回过头，只见一名身材高挑、体形苗条的女人侧着身子看着两人。她剪着清爽的短发，耳朵上挂着像极了围棋棋子、看上去很重的耳环。

"你们该不会是闯空门的吧？"

"不，不是那样的。呃，请问您是哪位？"

岩楯祐也努力摆出和善的表情向她询问，但这只让她的表情显得越发警惕。即使向她展示了警官证，也没能缓和她的敌意，反而让她变得更加抗拒。

"警察又怎么样？这就能成为你们偷窥的理由吗？"

"我们只是想确认有没有人在而已，绝对不是在偷窥。"

"别啰唆了，有话直说。"她打断岩楯祐也，不由分说地说道。

"当务之急，是要确认您是不是宫胁聪子本人。"

"没错，我就是宫胁聪子。"她干脆利落地立刻答道。

才相处了这么短的时间，岩楯祐也就深切体会到了这个女人的严厉，看样子药剂师并没有夸大其词。

"不好意思，能麻烦您出示身份证明吗？"

她装模作样地叹了口气，从小挎包中取出驾照摆在岩楯眼前。不管怎么看，她都是宫胁聪子本人。鉴定报告出来还不到一个小时，这么快戒指的线索就断了。她还活着，这本是值得高兴的事情，但两位刑警却不禁感到大失所望。岩楯祐也看了眼她巨大的行李箱，问她是不是出外旅游了。

"如你所见。"女人推开月缟新走向前去，把钥匙插进了自动门的锁眼。看样子她似乎不打算和他们继续说下去了。

岩楯祐也急忙叫住她："我们有事想问您。我们在调查这个。"

岩楯祐也把文件递到她面前。她先是皱着眉头瞥了一眼，但立刻又将视线移了回去，这次她目不转睛地注视了很长时间。

"啊，好怀念啊！这不是我大学的戒指嘛！"

女人的语气一下子变了。她的脸上瞬间绽放出灿烂的笑容，眼角处堆满皱纹。

"这是怎么回事？真是吓了我一跳呢。"

"我们其实是在寻找这枚戒指的主人。"

女医生打量了岩楯祐也一会儿，打开门伸手示意两人进去。两人跟着她进了屋子，空气中弥漫着刺鼻的消毒药水味。

她在椅子上跷起二郎腿，指了指自己对面的位置对两人说："请坐。"她无论在什么场合都毫不胆怯，看上去是个有着鲜明的个人主张和好恶的人。要是坏了这种女人的心情，即便是她知道的事，她也会一口咬定说不知道。岩楯祐也至今已经吃了好几次这样的大亏。一旦选错问话的方式，她八成就会变成那种故意扯开话题，以浪费他人时间为乐的人。不过反过来，如果能成功拉拢她，她就会变得十分配合。

"所以，你们想知道些什么？"她抱着胳膊，饶有趣味地看着两位刑警。

"这枚戒指似乎是叫大学戒指，罗亚诺克大学的毕业生都人手一枚吗？"

"嗯，没错。这是医学系的戒指，每个系的戒指设计都不同。"

"是这样啊。宫胁医生，您是哪一年毕业的呢？"

"1995 年。是在我 38 岁的时候。"

"冒昧地问一句，您结婚了吗？"

"离婚了。就在我离开日本前刚离的。"女医生露出爽朗的笑容。

"这枚戒指似乎只在 1993 年到 1995 年的三年时间里被作为毕业戒指使用，那之后戒指的设计就变了。"岩楯祐也告知了宫胁自己所了解到的信息。

宫胁弓起身子仰头大笑："做得太对了。因为戒指太难看，当时大家的评价都很差。"

说完话，她像是想到了些什么，又味味地笑了几声。接着，她向两人投去试探性的目光。

"所以说，是哪里发现的尸体上戴着这枚戒指吗？"

"正是如此。"

"因为联系不上我，所以觉得我就是死者？"

"嗯，不过还没到断定的程度。"

岩楯祐也一脸苦笑。女医生把腿换了个方向，将手肘顶在大腿上。

"嗯……大致情况我了解了。被发现的遗体自然是女性，并且脸被伤得无法分辨长相，又或者腐烂严重。年龄在 50 到 60 岁，除戒指外，没有能确定身份的东西。也就是说，尸体是全裸的状态。怎么样，我猜得准吗？"

"很准，非常出色的推理。"

"当然，你们已经调查过这三年里的毕业生名单了吧？"

"对。联系不上的只有医生您一人。"

"真是可惜啊……"

宫胁把手放在嘴唇上，表情看上去像是在思索着什么一样。

"这只是假设而已，不过戒指有没有可能落入非毕业生之手？"

"当然有可能啊。不少人就把戒指给卖了。"

"卖了？"

"没错。全美国排名前十的大学的戒指可以卖不少钱。有些收藏家就很想要这种东西。"

岩楯祐也听到身边的月缟新发出了一声叹息。他能理解月缟的心情。原本已经把范围缩小到几个人之内，这下子又扩大到了像是海底捞针的地步。

"我发现，您似乎没有戴着这枚戒指。您觉得怎样的人才会戴这样的戒指呢？怎么说呢，这样说可能有点不好，不过这枚戒指做工十分粗糙，难以想象一名成熟女性会戴这样的首饰，虽然这只是我个人的见解。"岩楯祐也揉了揉因为睡眠不足而刺痛的眼角，询问宫胁道。

"你的着眼点很棒啊。明明是个公务员，但似乎并不笨嘛。我很中意你的问题。"

"多谢夸奖。"

"只有爱慕虚荣的人才会整天戴着大学戒指。"

"爱慕虚荣？怎么说？"

"戴着那枚戒指，就会被人认为除了这个没有别的可炫耀了。在美国也是这样。简单来说，就是受人嘲笑的对象。"

"那有人到了五六十岁还这样吗？"

"一般来说很难想象。哎，说不定是个极度自卑的人吧。想让自己看起来高人一等，想向人炫耀自己是拥有高学历的知识分子或是医疗从业者之类的。"

岩楯祐也开始思考宫胁的话。一心钻研医学，甚至为此出国留学的人，会以炫耀自己的母校为乐吗？实在是太荒谬了。反倒是那种憧憬着当医生的人，更有可能在这种无关紧要的地方虚张声势。

岩楯祐也摸着下巴上的胡楂陷入思考。

女医生掐准时间开了口："刑警先生，你看漏了一点。"

她居高临下地俯视着岩楯祐也，褐色的瞳孔闪烁着知性的光辉。

"你们只调查了包括硕士生在内的医学系毕业生而已吗？"

"目前是这样。"

"罗亚诺克大学有短期进修制度，虽说那顶多也就算是参观而已。"

"愿闻其详。"

她从包里取出薄荷醇香烟，叼在嘴上，熟练地点上火。

"罗亚诺克的外科医学十分发达，聚集了世界范围内大批的相关人士。我在读的时候，也有很多日本的医生或护士过去那里。"

"所谓短期，是以一年为期吗？"

"不，我记得最短的才三个月左右。像是外科移植部门，每天进进出出的都不是同一批人。"

"这种进修生也可以拿到大学戒指吗？"

"按规矩来说是拿不到的，毕竟他们不是毕业生。不过我刚才也说了，应该会有人买来做纪念吧。"

这样一来，也必须好好调查在那里进修过几个月的人了。要是这样还找不到线索，恐怕就真的得放弃戒指这条线了。卖家还另说，但要找到买家是几乎不可能的。就在岩楯祐也正开始思考下一步的行动时，宫胁聪子摁灭了烟头，换上了一副严肃的表情。

"那张照片上的戒指说不定是我的戒指。"

岩楯祐也还来不及反应她说了什么，她就继续说了下去。

"我毕业时，正好有个过来进修的护士。她好像只待了三个月，不过给人的感觉就是，她非常想和在校生交流。她不时到食堂来，要不然就是在院子里闲逛。说实话，我觉得她挺可笑的。"

"那是 1995 年的事情吗？"

"嗯，没错。因为同是日本人，所以我也跟她说过话。但怎么说呢，到最后我都搞不太懂她。"

"怎么说？"

"过来进修的医疗界相关人士每天都忙这忙那的，仿佛一秒也不想浪费。当然，大部分的人都带着一种使命感，希望回国之后能充分发挥在这里积攒的经验。"

月缟新点了点头，在记事本上奋笔疾书。

"但她给我的感觉却像是来旅游的，简单来说，就是个赶时髦的。她明明比我大了三岁左右，却还是让人感觉很幼稚，让我印象很深。换句话说，她头脑不太灵光。"

"那名护士和戒指有什么关系？"

"她当时很想要大学戒指。每次见面都要问我有没有多余的戒指可以分给她。我也真是被她的执着给惊到了。到最后，她甚至开始缠着我，要我把戒指卖给她。我当时差点没被烦死，就把戒指给她了。我本身就对那枚戒指不怎么感兴趣。"

"那名护士的名字是？"

"我从刚才就一直在想，现在终于记起来了。姓应该是笛野。名字我不记得了。"

根据女医生的话，那名护士现在已经58岁了。和遗体的推测年龄相吻合。

"您知道那名护士的住址或是工作地点吗？"

"我也许问过她，但已经全忘了。不过，我有比那些更有用的信息。"

她似乎是想创造一种戏剧性效果，故意停顿了一会儿，再次取出一支烟。

"好几年前，我在医学杂志上看到了似曾相识的脸，吓了一大跳。那应该就是笛野。虽然她胖了好多，打扮也花哨了起来，但还留着几分当年的神韵。而且，她当时还戴着我给她的罗亚诺克大学的戒指。"

"她为什么上杂志了？"

"因为她是器官移植协会的一名理事。"

听到晴天霹雳般的消息，岩楯祐也的心跳毫无疑问地加速了。他向惊讶得话都说不出来的月缟新使了个眼色，衷心地向宫胁聪子表示了感谢。

4

　　岩楯祐也再次仔细斟酌了从女医生那里得到的情报。然而，在短时间内能查明的事实十分有限。能查清的也不过是器官移植协会里有没有叫"笛野"的人这一点。总之，两名刑警为了探访刚才提到的协会，来到了虎之门办公楼。电梯缓缓上升，映入眼帘的是一块写着"器官移植协会东京总部"的牌子。

　　两人穿过大门进到一个宽敞的房间，里面摆满了办公桌。整面墙壁都被做成了白板，上面贴着各类资料，互相交叠。马克笔的潦草字迹为这个地方平添了一份紧迫感。

　　一个正在打电话的女人注意到了他们，她用肢体动作示意两人稍等。岩楯祐也点点头，漫不经心地看着墙上的资料。

　　在器官移植申请者一栏下，可以看到各种器官加起来，申请人数超过了 11 万人。与此相比，成功接受了移植手术的人数只有不到 200 人。这只是今年到现在为止的数字，从中可以窥见器官移植供需极度不平衡的现状。

　　有人一直等到死都没能接受移植，有人见证了亲人在死亡后捐出自己的器官，还有人通过新的器官得以延命。遗憾、悲伤、希望，各种各样的感情混杂在一起，沉淀在这个地方。岩楯祐也甚至能够感受到种种情感就弥漫在这里的空气之中。他感到一种莫名的内疚，与其说心情沉重，不如说是看了什么不该看的东西。

岩楯祐也回过头，将视线从资料上移开。这时，先前那个女人放下听筒走向他们。

"在工作时间前来叨扰，实在抱歉。我们是刚才打来电话的警察。"

她在反复比对岩楯的面容和警官证上的照片后，脸上露出了微笑。

"请往这边走。抱歉让你们久等了。我们这里有些人手不足。"

两人走进狭窄的接待室，房间中央摆着一张米色的沙发。他们才刚坐下，女人就立刻把茶端了上来。

"平时上班，人也是这么少吗？"

她取出名片递出，在两人对面坐下。女人身材矮小，整个人圆乎乎的，年龄在 35 到 40 岁。她把柔软而略微卷曲的头发扎成一束，露出饱满的额头。

"因为要 24 小时待命，所以很多人就算没在这里，也会通过电话或电脑工作。"

"真是辛苦了。你是本部的职员，对吗？"

"是的。我是捐献者移植协调员。"

"不好意思，能先请教一下你的工作内容吗？"岩楯祐也直白地问道。

她似乎在思考警察为什么到这里来，带着略显不安的微笑点了点头。

"所谓捐献者协调员，简单地说，就是把捐献者提供的器官交给患者的中间人。接下来的工作就得交给接受者协调员了。"

"接受者协调员又是做什么工作的呢？"

"他们负责帮助等待移植的患者，在捐献者出现时，操办包括术前准备等一系列的手续，术后也会帮助患者复健。"

"也就是说，捐献者协调员和接受者协调员的工作完全不同？"

"嗯，在心情上是完全不同的。"她的表情忧郁了起来，"接受者协调员为自己负责的患者提供器官，和患者分享希望。当然，手术本身是很困难的，不过总体来说，这还是一个展望未来的职位。"

月缟新一脸认真地记着笔记。

"与其相反，捐献者协调员需要与脑死亡或心搏停止的患者的家人见面，说服他们同意捐献器官，甚至还得陪他们一起见证器官被取出。我做的就是这种需要直面悲惨现实的工作。"她斩钉截铁地说道。

岩楯祐也明白有些人需要他人的器官，否则就活不下去。但他同时也觉得这种制度十分不完善。究其原因，就岩楯所知，在国外的捐献者中，受虐待致死的孩子占了很大一部分。为了贩卖器官而杀人会被认为是恶事，而捐献虐待牺牲者的器官却会被认为是善事。作为警察，岩楯祐也就更没办法毫无抵触地去赞美这种行为了。不知道在这里工作的人是如何说服自己的？至少她的眼神十分坚定，看上去毫无迷惘。

"现在做着这份工作的一共有多少人呢？"

"全国各县中每县至少一个。我们东京这里有三个支部，一共二十个人。除此之外，我们还会在相关医院里也安排几名协调员。另外，我们还成立了很多委员会，比如常任理事会和总务委员会。"

"印象中在医院工作的职员很少啊。"

"也许确实如您所说。这份工作不仅难做，精神压力还大，所以离职率很高。真是遗憾啊。"

她拿起茶碗，但并没有喝茶，就把茶碗放了回去。

看着她犹豫的表情，岩楯祐也越发觉得笛野这个人让人不解。若是没有使命感，是绝对做不了这份工作的。这样的地方容得下向人讨要大学戒指的轻浮女人吗？

"你的工作内容我大概清楚了。我们今天来是想询问有关某个人的问题。你认识一位名叫笛野的女性吗？"

"我们听说她是这里的理事，但是名单上却找不到她。"

"以前公司里有位叫笛野光子的女士，她曾经是一名理事。"

"意思是，她现在不是了？"

"是的……"她心神不定地活动着手指，吞吞吐吐地回答道，"那个，刑警先生，笛野女士的事会被公之于众吗？"

"公之于众？"

"你们这是在查案，对吧？"她全身微微颤抖，紧握着的双手放在膝盖上，"我们真的非常努力。我们必须同时站在器官提供者和接受者双方的立场上，尽管工作中有泪有笑，但我们都非常认真地对待每份工作。"

"等……"岩楯祐也试图插嘴，但她没有停下。

"器官移植手术本身就有很多不透明的部分。原因自然是为了保护个人隐私，此外，我们也不希望太多人纯粹出于好奇而来接触我们。但如果这种事情被公之于众，不仅我们的权威会一落千丈，就连器官移植本身都会遭人否定。"

"你等等。"

"我知道这么说很自私。但我绝不是为了自保，我是想拯救那些等待移植的患者。而且……"

"慢着，慢着。停一下！"岩楯祐也举起双手，阻止了她继续发言，"你好像误解了什么啊。你是怕什么事情被公之于众？"

"啊？"

"听上去像是笛野光子干了某件会对器官移植协会造成毁灭性打击的大事啊。"

她双手捂住嘴，圆溜溜的眼睛睁得巨大。

"对、对不起。我好像误会了些什么。"

"似乎是这样啊。能请教一下你说的是什么事吗？"

"这……"她把双手抱在胸前，惊慌失措的样子甚至让人觉得有些可怜。不过她反复深呼吸了几次，强行让自己镇定了下来。

"很抱歉，刑警先生，这事不该由我来说。我只是一介小小的协调员。"

"能麻烦你详细说明吗？这很重要。笛野女士现在在哪里？"

"她辞职了。"

"辞职了？什么时候？"

"今年2月初。"

"辞职的理由是？"

"我只听说是个人原因。"她低着头看向地板。

岩楯祐也沉默了一会儿，而后冷静地说："我们正在调查杀人事件。本月初我们发现了一具异常死亡的女性尸体，随后一路循着线索找到了这里。"

"异、异常死亡？"

"嗯。从外表上很难确定死者身份，能得到的信息十分少。"

"难道说，你的意思是，那是笛野女士？"

"当然，目前还不能这么断定。但可能性是存在的。"

"怎么会……"她浑身发抖，用手按住胸口。

"请你告诉我她的联系方式，可以吧？"

岩楯直直地看着她。她反复点了点头，走出接待室。

"笛野光子似乎搞砸了什么不得了的大事啊。"月缟新看着她关上门，合上笔记本说道。

"然后这个团体想掩盖那件事情。"岩楯祐也嘀咕道。

几分钟后，贴着海报的门打开了。她将一张字条递给两人，上面写着涩谷区神泉的某个地址，以及公寓名称和电话号码。

"不过不知道她现在还住不住在那里。"

"谢谢。然后，关于刚才的事……"岩楯祐也话锋一转，回到了刚才的话题。

她缩起肩膀，整个人立刻僵住了。

"能请你告诉我笛野光子干了什么事吗？这非常重要。"

"我不能说。"

"那到底谁才能说？"

她彻底失去冷静，身体不停地抖动着。

"我不是在责备你，但知情不报是不会有好结果的。对警察不好，对你也不好。"

她垂着头，盯着修剪得整整齐齐的指甲。

"如果你非得看到法院的传票才肯说，那我也别无他法，虽然那么做只会浪费时间。"

即使岩楯祐也这样施压，她也没有一点要开口的意思。他挠了挠脸，决定先给她点时间。结果直到他向她道谢走出房间，她的脸都没有抬起来。

岩楯祐也走到楼外，发现太阳已经有些偏西了。他看了眼手表，时间已经过了下午5点。车的尾气和湿气交织在一起形成的暖风吹拂着身子，让皮肤变得黏糊糊的。

岩楯祐也叼起一根万宝路点上，心情烦躁地把烟吸进肺里。明明就快接近真相了，却被这样的事情阻挡住脚步，他恨得牙痒痒却毫无办法。不过，她刚才说她作为一介协调员不方便说那种事，岩楯祐也也不是不能理解。

"警部补，要和更高层的人交涉吗？"

月缟新也叼着香烟，打开写着协会支部地址的资料。他走向停在路边的力狮，打开车门。眼下只能由近及远，逐个击破了。两人一个接一个地拨打了理事名单上的人所在的大学或医院的电话。然后，一等对方不情不愿地同意见面，两人就立刻出发，向其询问笛野光子的信息。

结果全是白费力气。有些理事一听到"笛野"两个字就变得守口如瓶，有些理事看上去则是真的不知道笛野的事情。由此可以看出，笛野的事被非常隐秘地私下处理了。从形式上来看，她是自愿辞职的，手续也没有任何问题。结果就变成她出于自身原因离职了。

"别告诉我调查真的要在这种地方结束。"

岩楯祐也吸了一口快烧到过滤嘴的香烟，把烟头扔进烟灰缸。时间已经过了晚上10点半。两人最后前往位于涩谷的笛野的公寓，确认她不在家后就返回了署里。

第二天也是晴朗得令人不快的天气。岩楯祐也昨天没怎么睡，全身都在抗拒着耀眼的朝阳，身体异常沉重。虽然坐在驾驶座的月缟新脸色也不好看，但多亏了他，岩楯祐也才感到了一丝充实。他一大早做的第一件事，就是翻阅月缟新漫不经心递来的资料。那是一张详细列出移植协会上至理事和总务，下至运营委员会人员的名单。月缟新还将这些人按在职年数由长到短排了序，并把可能知情的人用红笔圈了起来。这事办得还真是很周到啊。岩楯祐也忍不住笑了。为了制作这张表，他恐怕整晚都没睡吧。

"先去再见一次昨天那位协调员吧。"岩楯祐也十分赞同月缟新的这个提议。按现在的情况来看，她更有可能开口。因为只有她流露出了感情。两人不经约便出发前往虎之门，在大楼前逮住了垂头丧气地前来上班的协调员。

"早上好。不好意思啊，今天又来打扰你了。"

她看见两人，吓得后退了好几步。

"昨天提到的笛野光子的那件事，能不能请你详细说明一下呢？"

"我无能为力。"她不安地四下张望，立刻如此回答道。

"拜托你了。贵公司的理事尽是听不进人说话的大人物，一副打算隐瞒到底的样子。但我觉得你跟他们不一样。"

"我、我都说办不到了。"

"你放心，我们没跟那些大人物提到你，所以你不用担心被他们知道。不管从你这里听到什么，我们都不会把你的名字供出去的。"

她把手放在胸口上，反复深呼吸了好几次。

"刑警先生，对不起。我不能说。真的不行。"

"你的良心不会受到煎熬吗？"

听见这话，她肩膀一震。但她还是朝两人深鞠一躬，逃也似的跑进了大楼。

"还是不行啊……"

"她是真的很害怕。"

岩楯祐也仰头看着万里无云的晴空，重重地叹了口气。少了内部告发这张王牌，那些理事就没有马上开口的理由。这会很花时间。岩楯祐也直观地如此感受到，因而沉浸在因工作进展不顺而引发的深深的无力感中。不过，他还是努力打起了精神，打开力狮车门准备上车。就在这时，他听见后背传来"刑警先生"的呼喊声，回过头，只见刚才的协调员抱着一个纸袋，跌跌撞撞地跑了过来。她气喘吁吁，额头上布满汗珠，在岩楯祐也面前停了下来。

"怎么了？"岩楯祐也惊讶地把拿了一半的香烟塞回烟盒。

那名协调员用手抚着胸口试图平复呼吸。"对不起，我、我果然还是……"她话说到一半开始不停咳嗽，咕噜一声咽了口唾液，平复了喘息，"我果然还是要说。这种事是没办法一直瞒下去的。而且，笛野女士居然可能已经去世了，怎么会这样……"

"总之，你先上车吧。"

岩楯祐也拉开后车门示意她上车，然后自己坐到了她的旁边。她自始至终一副忐忑不安的样子，但从她凝重的表情里可以窥见某种决心。在月缟新坐上驾驶座几分钟后，她终于开始用低沉而沙哑的声音开口说道："笛野女士是一位充满活力、行动力很强的人。"

她抿起干燥的双唇，把视线投向车窗外。

"她曾是首席接受者协调员，非常擅长与等待移植的患者沟通。她经常积极地前往移植技术最先进的地方，比如匹兹堡和弗吉尼亚，在那些地方学习了很多东西。"

"意思是，她非常优秀？"

"是，在我看来她是十分优秀的。不过，她有时候总让人感觉有点，怎么说呢，多管闲事。"

"什么意思？"

"她喜欢给患者提多余的意见。我们作为协调员，自然需要热情地与患者进行沟通。但是，在交流的时候一定要把握好尺度，不能让患者产生过度的期待或依赖，否则对双方都不好。不过笛野女士却不同。"

"你能举个例子吗？"

"比如，之前有位得了肺淋巴管肌瘤病的患者，等待移植已经等很久了。肺部在从捐献者身上摘除直到血液再次流通之间不能超过 8 个小时。也就是说，能得到移植机会的只有捐献者附近地区的人。因为在接受者病情较重的情况下，是没办法转院的。"

"原来如此。"

"因为有这种复杂因素的影响，所以接受移植的先后顺序无时无刻不在改变。并不是说只要等得越久，就能越早做手术。"

她匆忙地把鬓发拨到耳后。

"笛野女士人脉很广，在很多主要的器官移植医院都有门路。她通过这些门路收集信息，所以清楚地掌握着哪家医院住着怎样的人。"

"你指的是患者的个人信息吗？"

"是的。她知道哪些患者已经表明了移植的意愿。然后，听说她因为掌握了这些信息，所以对自己负责的患者说了不得了的话。"

岩楯祐也不动声色地催促她继续说下去。

"'大阪那边的医院里有想捐献器官的人，如果你现在转院过去，说不定就能做上手术。'"

"也就是说，她四处散播大阪那里有人马上就要过世的消息？这可不是用一句多管闲事就能一笔带过的事啊。"

"是啊。她似乎对好几位患者都做了这样的事。"

"她受处罚了吗？"

"她说，她只是在跟患者闲聊，对方肯定不会当真的……"

"怎么会不当真，那可是攸关自己性命的大事啊。"

"就是说啊。"她涨红了双颊，咬牙切齿地说道。

女医生宫胁的感觉没有错。这个名叫笛野光子的女人似乎有着某种重大的性格缺陷，搞不清自己的立场，说话不过脑子，做事欠考虑。不过也正因如此，她招人怨恨就成了理所当然的事。

"你说她之前当过理事，那是什么时候的事情？"

"大概是 5 年前。我记不太清楚了。"

"我有个问题。为什么她这种没有常识的人能当上理事？我看名单上的各位理事都是有头有脸的大人物，几乎都是大学的教授或者医院的院长之类的。"

她对这个问题的反应十分强烈，嘴角颤抖，身体紧绷，一副怒不可遏的样子。

"她是个非常擅长献殷勤的人。她应该是利用了自己广阔的人脉和关系当上了理事。我是这么觉得的。具体情况是怎样我也无从得知。"

"她当上理事之后，还继续做着协调员的工作吗？"

"说到这个我就觉得奇怪。她之后也还继续做着接受者协调员的工作，好像只是单纯想让自己的名字进入理事名单。"

越是了解笛野光子，就越觉得她是个内心无比空虚的人，只能用卑微的优越感来掩盖无法消除的自卑感，执着于要当个徒有其名的理事。她在这件事中表现出的幼稚跟讨要大学戒指时没什么两样。

"她是什么时候辞掉理事的？"

"大概是在去年年初。"

"她为什么要辞去自己向往的理事一职？"

她停顿了一会儿，快速地说道："因为某个传闻。"

岩楯祐也凝视着眉头紧皱的她。

"有传闻说她拿了接受者的钱，在暗地里操纵患者移植的顺序。"

"移植的顺序有可能人为操纵吗？"

"我之前一直认为是不可能的，所以我当时只是觉得那是个恶意的传闻。但是……"

她欲言又止，露出一副随时要哭出来的表情。

"从捐献者出现到进行移植手术，中间有许多道程序。就像我刚才说的，器官取出后是有时间限制的。器官移植，不仅要看接受者在不在这时间限制下能达到的地区范围里，还要考虑移植双方血型是否一致或合适，跟器官本身也有关，有时候甚至还要看捐献者和接受者的体重差距。比如肝脏移植中决定优先顺序的，是患者的剩余寿命。"

"照你这么说，不是更不可能通过人为手段操纵移植顺序了吗？"

"当时的传闻是，笛野女士把剩余寿命六个月的人和剩余寿命八个月的人对换了。简单地说，就是把移植候补名单上排第一和排第二的人调换了位置。"

"剩余寿命更长的人，花钱把自己弄上了手术台，是吗？"

"……没错。但这说到底也只是传闻，现在已经没办法验证真伪了。接受者数据的更新十分频繁，有没有被篡改过也不得而知。"

这如果是事实，器官移植界多半会受到毁灭性打击吧。协调员用金钱来决定人命孰轻孰重，想必会成为一大社会问题。这下岩楯祐也明白为什么理事们一个个都一问三不知了。

"理事认为，就算这件事只是谣言，但是一旦传出去就不好了。不仅会让协会失去权威，对整个器官移植界也会造成巨大伤害。所以，他们让她自行辞职了，是这样吗？"

"她似乎直到最后都在说自己没干那种事。但她平日里的品行也有问题，所以这件事最后就以笛野女士自愿辞职了结了。"

"真是糟透了……"不怎么插嘴的月缟新也忍不住嘀咕了一句。

岩楯打开调查资料，抽出大学戒指的照片。

"笛野光子戴过这枚戒指吗？"

"对，她一直戴着。是罗亚诺克大学的戒指吧。公司里大概没有人不知道那枚戒指的事。"

她立刻回答道，从抱着的纸袋中抽出照片。那看上去像某种聚会的照片，画面上记录了盛装打扮的女人们嬉闹的场景。她指了指画面中间笑着的女人说："这就是笛野女士。"

肥胖的女人穿着黑色连衣迷你裙，毫无遮掩地露出大腿。一头鬈发染成茶色，眉毛被仔细地画过，其中一边微微上挑。中指上戴着硕大的大学戒指。尽管她跟美丽、高雅一点都不沾边，却带着一种令人印象深刻的强硬的感觉。

"笛野光子有家人吗？"

"她是单身。关于她父母的事我从没听说过。"

"这样啊。十分感谢你提供了非常宝贵的信息。放心，我们不会给你添麻烦的。"

她坚强地露出微笑，但下一刻表情又阴沉了下去。

"她是怎么死的？"

"目前还在调查。而且，还不能确定死者就是笛野光子。"

"不过，既然警察在调查，那就说明……是、是他杀？"

"嗯，这点是可以肯定的。"

"是这样啊……"她低语着望向窗外。

"每天都有很多游走在死亡边缘的人等待着移植。要是他们知道了这些事会怎么想呢？会不会就此失去了生的希望呢？"

这些话她想必已经憋了很久了。

"你们协调员的工作不就是要给患者带去希望吗？你应该也对自己的工作感到骄傲吧。"

岩楯祐也直白地表达了自己的想法。她吸了吸鼻子，擦干眼泪，把纸袋递给岩楯祐也。

"这是笛野女士5年时间里负责过的接受者的记录，不过只包括了最后成功接受移植的患者。其余的记录请向上级索要吧。"

岩楯祐也向她道谢后接下纸袋，目送着她下了车，渐行渐远。

"知道了不得了的大事啊。"岩楯祐也刚坐回副驾驶座，月缟新就迫不及待地对他说道。

"如果死者是笛野光子，这事就更不得了了。"

"动机十分充分。收入钱财操纵移植的顺序，在患者看来一定是无法原谅的事。"

"前提是传闻属实。好了，接下来要做的就是去向理事取证，还有确认笛野的生死。得去搜查她的公寓，收集指纹进行比对。我们先回署里吧。"

"了解。"月缟新点了点头，启动了力狮的引擎。

岩楯祐也把接受者的资料从后座拿过来，开始翻阅。笛野每月负责两到三个移植的项目。

他点上烟吸了一口，把烟放在烟灰缸边上。这份资料里的患者，有几个是靠花钱做上的手术？岩楯祐也脑海中浮现出了患者家属不顾体面地把钱塞给笛野的样子。"伦理""正义"在失去心爱之人的恐惧面前变得毫无意义。要是知道自己重要的家人、朋友是因为这种不正当行为而丧命的，自己又会怎么做呢？一定会想去找出真相吧。犯人说不定是在精神濒临崩溃时犯下的这起案件。

岩楯祐也叼起已经变短的烟头，开始浏览移植者名单。就在他按顺序一个个看下来的时候，口中的香烟突然掉了下来。

"月缟。停车。"

月缟新看岩楯祐也一副紧张的样子，立刻打起紧急停车灯，把车开到路边拉起手刹。

"怎么了？"

"你看一下这个。这张表的正中间。"

月缟新一脸狐疑地接过岩楯祐也递来的资料看了起来。他的视线在那个地方停住了。

"这是……"

"2007 年。5 年前。那个姑娘接受了移植。"

岩楯祐也捡起掉落的香烟放回烟灰缸，瞥了一眼资料。移植接受者的名字是日浦瑞希。移植的是某位脑死亡患者的心脏。

"这该不会是枯杉村的那个瑞希吧？"

"不可能这么刚好有个同名同姓的人出现在这张表上。得查清有几个患者是跟瑞希在同一时期等待心脏移植。我想大概会和杀人现场脚印的数量一样多吧。"

月缟新严肃地回了声"是"，粗暴地启动了车子。

Chapter 5

心跳

1

"薮木！快起床了！都要傍晚了！你这完全昼夜颠倒了吧！"

薮木在睡梦中听见郁代的怒吼。不，这似乎不是梦。然而眼皮异常沉重，一点也睁不开。伴着拉门被敲打的嘈杂声音，薮木再次进入梦乡。

好臭。空气中充满了黏土和胡粉，还有胶水的味道，被均匀地上了色的冰雪花就在身边，薮木能感觉到她在看着自己。

嚓嚓、嚓嚓、嚓嚓……

耳边响起了像是有人用指甲挠门的烦人声音。薮木瞬间清醒，猛地坐起身来。阳光没有透过拉门的缝隙照进来，意味着现在已经是夜晚了。看样子自己这一觉是睡得死死的。今天是星期几了？就在他仍半睡半醒、脑子迷迷糊糊的时候，那个声音又响起了。

嚓嚓、嚓嚓、嚓嚓……

真是既不吉利又让人难受的声音。声音的源头不是猫，而是某种更大的生物。什么东西在外面？就在薮木屏住呼吸、竖起耳朵时，拉门发出了咚的一声巨响。薮木吓得跳了起来，一把抓起毯子护住自己。尽管这道防御脆弱不堪，但他不得不这么做。

"是谁？"

没人回答。他只能听见自己汗毛竖起的声音。

"好、好痛苦。我好痛苦啊……"

薮木像是被当头浇了一桶冷水似的打着寒战，抱紧毯子缩成一团。

"开、开门啊……"

声音回荡在脑海里。薮木被吓得站不起身，就这么爬着挪到了厨房。他一把抓住素陶的罐子和手电筒，爬向后门出了屋子。他放轻脚步，绕向屋子的另一边，背靠着墙窥探着周围的情况。现在这种现象，那个叫赤堀什么的昆虫博士又会怎么说明呢？难不成她要说这也是昆虫搞的鬼，是它们在模仿人类的声音吗？

薮木吞咽着口水绕过墙角，看向院子里。月光下有个白色的东西。那个东西上身前倾，"嚓嚓、嚓嚓"地挠着门。薮木感觉鸡皮疙瘩瞬间爬满全身，不由自主地低声惊叫了出来。

听见声音，白色的东西猛地转向薮木。那东西头发凌乱，双眼放出异样的光芒。那不是虫子。那根本就是真正的幽灵。

薮木颤抖着把手伸进罐子，抓出一把盐。他大叫着，胡乱地把盐朝前扔去，打开手电筒照在怪物身上。但当他终于看清光亮中女人的面孔时，瞬间感到四肢无力，咬牙切齿道："可恶！"

浑身是盐的日浦瑞希蹲在地上捧腹大笑，嘴里还说着"我真的好痛苦啊……"。这女人的性格真是太奇怪了。薮木粗暴地擦去被吓出的汗，一动不动地瞪着日浦瑞希。

"你到底在干什么？大半夜的做这种事。"

"试胆游戏第二弹，农家惊魂。吓到你啦？"

"你那副打扮谁看了不会被吓到啊？你到底在想什么啊？再说，最近天气转凉，晚上这么冷，根本过了穿浴衣的时节了。"

日浦瑞希穿着白底絣织的浴衣，故意把头发撩到面前。

"穿着浴衣比较像嘛。我本来还想拿把菜刀过来的。"

"你要是真带着武器，我会在被杀掉之前先杀掉你的。"

日浦瑞希听后又笑个不停。

"杀我？用那个罐子杀吗？"

"能驱赶怪物的武器，也只有粗盐了吧。"

"这是糖哦。"瑞希舔了舔手指。

"可恶。"薮木再次咒骂了一声，把罐子放在踏脚石上。与此同时，薮木看见主屋里亮起了灯。他朝日浦瑞希做了个"嘘"的手势。主屋的小窗被打开了一条缝。

"是俊介吗？你在院子里吗？"

多惠醒了。薮木急忙关掉手电筒，把瑞希的脑袋往下按。

"喂，俊介，你在那里吗？大晚上的怎么这么吵啊？"

感觉她随时都要走出来了。薮木抓住瑞希的手弯下腰，静悄悄地绕到屋后。他拉着闹腾的瑞希，从后门把她推进屋里。

"怎么回事，刚才明明听到俊介的声音了……"

多惠不解的声音伴随着关窗声一同消失了。

"为什么要躲啊？又不是小孩子了。"

"你这副样子要是被婆婆看见了，不得把她吓死啊。"

瑞希往伸手不见五指的屋里张望着，脱下鞋子擅自进了屋。

"有种复读生房间的味道。"

"你这是什么比喻啊？"

"是什么来着……啊，我知道了。是美术教室的气味。像是颜料和石膏混在一起的味道。"

薮木听闻后一惊。冰雪花还放在客厅没收起来。薮木刚为她刷好底漆，她现在正全身赤裸地干燥着。糟了……她的脸和瑞希如出一辙，更重要的是，她不仅一丝不挂，而且连生殖器也被精密地雕刻了出来。人偶的头部尚未植发，被人看到可能还会以为薮木有什么奇怪的性癖。雪上加霜的是，人偶甚至还被放在了铺盖旁边，任谁看了都会觉得自己是个变态。薮木慌张地抓住了四处摸索电灯开关的瑞希的手。

"屋里很乱。你有什么事吗？"

薮木看向墙上的时钟。时间已经过了 10 点半。

"我来邀请你去赏萤火虫。我一直去的那个地方，不是已经没萤火虫了吗？所以我就又找到了另一个地方。不知怎的，那边的萤火虫会在晚上向异性求爱。0 点左右是最佳的观赏时间。"

"你爸之前不是跟你说了嘛，村里发生了杀人案，犯人还没抓到，很危险。"

"话虽如此，如果等着犯人被抓，萤火虫可就要消失了。这大概是今年最后的观赏机会了。"

"那你也得分轻重啊。况且你这么做，到时候你爸又得到处找你了吧？他已经看清我的脸了，要是这次又被他发现，我会被揍死。"

"没事。今天他跟同事去喝酒了，不喝到早上是回不来的。一直是这样。"

薮木叹了口气："总之，我送你吧。"

他试图把瑞希拉出门，她却挣脱了开来。"那是什么？"瑞希说着走进了客厅。

"等一下！"

薮木甩掉鞋子追上去，但还是没能赶在瑞希发现冰雪花之前阻止她。她和悬挂在天花板上的自己的分身面面相觑，凝视着人偶还未装上假眼的空洞眼球。苍白的月光透过小窗照进房间，使眼前的光景变得越发魔幻，仿佛一张失焦的照片。

"这是什么？"

"如你所见，人偶。"

"谁做的？"

"我。"

"这是谁？"

薮木认真地思考了这个问题。这既是瑞希，也是冰雪花。到底哪一方占的比重更大？瑞希盯着冰雪花不放，一言不发地抬起手，从人偶的锁骨一路抚摸到肚脐。她重复这个动作好几次，声音沙哑地嘀咕道："你为什么要做人偶？"

"本能的冲动。只有在做人偶时，我才能找到自我。"

"是吗……但是，这个人偶还不够好。她没有心脏。这样她是活不过来的。"

瑞希转过头盯着薮木。薮木无法理解她眼神里的含意，只知道她的双眼是死的。她握住薮木的手，将其放进浴衣。手经过了凸出的锁骨，被瑞希按在她的双峰之间。薮木能感受到瑞希的体温和按节奏跃动着的心跳。昏暗的房间里流淌着水声，两人互相注视着对方。

"给这个人偶一个心脏吧，否则她将永远是个半成品。"

她移开薮木的手，敞开了浴衣。微微发光的雪白肌肤上有一条笔直的红线。红线从喉咙开始，贯穿身体中央，消失在浴衣之下。这是什么？薮木抚摸着瑞希的身体。红线呈突兀的隆起状，硬得像是有人把一条粗绳缝在了她身上。这是伤口缝合的疤痕。然而那疤痕却一点也不显得丑陋，反倒给人感觉疤痕才是真正决定了她价值的东西。

"我的心脏是别人的。"

"别人的？是器官移植的意思吗？"

"嗯。所以，虽然我现在活着，但其实已经死了。我是违抗了命运的人。"

瑞希身上散发出死亡的气息和满溢而出的空虚。其源头则是她的心脏。

"这就是日浦一家代代相传的诅咒。冰雪花绝不会放过我们。虽然这也是理所当然的。"

薮木无言以对。的确能感觉到有某种意志在把日浦一族引向灭亡。但是，薮木还是无法认同把这全部归咎于诅咒和幽灵作祟的看法。命运只不过是一连串有意义的巧合，也就是所谓的共时性[1]。

"你听说了冰雪花的事吗？"

"嗯。"

"当头顶的木桶盖被盖上时，她是怎样的心情呢？"

薮木想象着冰雪花在黑暗中惊恐害怕的场景，答道："大概是恐惧吧。"

"她在一片漆黑的木桶里活了多久呢？再怎么哭，再怎么喊，也没有人来救她。冰雪花在绝望中断气的时候，她的胸中一定充满了怨恨。'绝不原谅'四个字一定响彻了她的灵魂。"

"即便如此，瑞希，你还是活着的。你获得了新生。"

她的嘴角浮现出空虚的笑容，咚的一声坐在了地上。

"那一定也只是无谓的抵抗吧。"

瑞希一副看破红尘的样子。薮木抱紧了她。尽管无依无靠，但瑞希跳动的心脏却充满了力量，延续着她的生命。"我要让这个女人从一切束缚中解放。"薮木认真地想。

"你想变成什么样子？"

"我不知道。"

"怎么可能不知道。你是想活，还是想死？"

---

1 共时性：瑞士心理学家荣格 20 世纪 20 年代提出的理论，指"有意义的巧合"，用于解释因果律无法解释的现象，如梦境成真、想到某人某人便出现等。

瑞希在薮木的怀中再次答道："我不知道。"

薮木把她的身子放倒在凌乱不堪的毯子上。他把浴衣拉得更开，焦急难耐地吻上了瑞希的疤痕。尽管伤口十分光滑，但还是给人一种其他生物寄生于此的感觉。瑞希曾被这道伤口分成两半，袒露出胸腔。心脏被取出，然后换上了不知是谁的心脏。

薮木把耳朵靠上瑞希的胸口。心脏跳动着，拼了命地想让她活下去。薮木觉得，这个为了毫不相干的女人而马不停蹄工作着的循环器官十分惹人怜爱。瑞希环抱住薮木，温柔地梳理着他的长发。

"心脏在跳吗？"

"嗯，毫无迷惘地跳着。"

"我真羡慕它能毫无迷惘啊。薮木，你为什么做出了那个人偶？"

"一见钟情。"

"对谁？"

"对你和冰雪花。"

也真亏薮木能毫不害臊地说出来。不过，瑞希并没有一笑置之。她像是在思考着薮木的话语一般沉默了一会儿。

"不管是对我还是冰雪花，都是出于同情吧。"

"跟同情有些不同。你们是我追寻已久的完成品。"

"我不太懂你的意思。不过你可真是个怪人啊。"

听见这话，薮木抬起头笑了出来。

"你没注意到自己也是个怪人吗？大半夜的四处游荡，挠人家的门，正常人可做不出这种事啊。"

"这是我的爱好。"

"净给旁人添麻烦。"

薮木觉得，自己对她的感情并不同于爱情。最合适的词，应该是

"渴望"吧。是一种想给她上锁，将她占为己有的异常的欲望。就像储物间的那些人偶一样。

薮木站起身，整了整瑞希的衣襟，拉起她的手。

"好了，回家吧。我送你。"

外头夜色深重，连青蛙的声音都不怎么听得见了。

"你的自行车放哪儿了？我帮你搬到车上。"

"放家里了。这样就算爸爸提早回家，只要看见自行车还在，就能骗过他，让他以为我还在家。"

"骗个头啊。那你是从那里一路走过来的吗？你到底在想什么啊？"

"一想到农家惊魂的点子，我就兴奋得坐不住啊。"

"真是个笨蛋。"

薮木感到十分无语，用遥控器解锁了车子。

"那个，我想拜托你一件事。我想走路回家。"

薮木回过头。

"我想珍惜跟你在一起的每一分、每一秒。"

真是的，竟然说这种装模作样的话。尽管瑞希努力摆出认真的表情，但薮木还是忍不住笑出了声。

"我一直想试着说说这种台词来着。但我确实也想走路回去。我知道一条近路，行吗？"

话音刚落，她就转过身自顾自地走了起来。与其说她是奔放又任性，倒不如说她身上时间流逝的速度异于常人。她只活在当下这个瞬间里。

瑞希的脚踩着青草沙沙作响。薮木走到瑞希身边，瑞希伸出洁白的手指牵住了他的手。

"我母亲在生下我之后就去世了。我爸爸因此担心诅咒降临到我身上，带着我一起逃到了东京。"

薮木回握着瑞希冰凉的手。

"父亲以为日浦家代代相传的诅咒消失了。那个诅咒让日浦家女人短命，没一个活得过 5 岁。但我从小就很健康，从来不生病。"

"那你的心脏病是后天的吗？"

"没错。在我 14 岁的时候，有一天去上学时，我突然觉得双腿变得很沉，总之就是浑身乏力，站都站不起来。"

"那就是你第一次发病吗……"

"虽然很快就没事了，但以防万一我还是去了医院。我在医院做了心电图和心导管检查，医生说我有心律不齐。我甚至还去住院了。但因为之后就没有再出现任何症状，所以我自行决定出院了。"

瑞希用手指了指方向，轻盈地跳过横在路中的水渠。

"那之后的两年风平浪静。但突然有一天，我又出现了跟之前一样双脚乏力的症状，这次持续了挺长一段时间。我便又去做了同样的检查，但这次医生告诉了我一个跟之前不同的病名。特发性扩张型心肌病。"

"扩张型？"

"嗯，我的心脏是正常心脏的两倍大小，就像是橡胶被过度拉伸了一样的状态。因为收缩力比较弱，所以无法有效地运输血液。"

"你日常生活中没有感觉到异常吗？"

"是啊。医生说原因不明的心肌病是疑难病症，不仅没办法治疗，而且猝死的概率很高。"

薮木跟着瑞希在乡间小路上绕来绕去，攀上有动物脚印的河堤。云朵如薄霞一般遮蔽了月光，夜色比刚才更浓了。

"被诊出这个病后，我的身体状况急转直下。我真的能感觉到自己一天比一天虚弱，每天都想吐，痛苦得睡不着。在那之后我就一直在住院。"

"从 16 岁开始就一直住在医院吗？"

"嗯。能救我的只有心脏移植，但等待移植的人很多，所以我当时不抱任何希望。后来他们给我安装了辅助人工心脏，那时我只剩几个月能活了。父亲希望把我送到澳大利亚接受移植，四处奔波安排手续。就在这时，捐献者出现了。术前准备和手术以惊人的速度马不停蹄地顺利完成了。"

薮木牵着瑞希的手，跳到较为平坦的道路上。

"心脏移植的存活率，以5年为界，过了5年就会下降。"

"即使是健康的普通人，存活率也是每年都在下降的。"

她用疑问的眼神看着薮木，轻轻地笑了。

"因为有其他人死了，我才能活着。我的存在建立于冰雪花的憎恨和他人的尸骨之上。你觉得这合理吗？"

薮木直视着前方，立刻答道："合理啊。"

夜风穿梭于树间，吹拂在脸上。突然，黑夜中有一丝光亮映入两人眼帘。微弱而摇曳的光芒从路旁的简陋小屋中照射出来。

"为什么亮着灯？我记得这里好像是放稻壳的小屋啊。"瑞希歪着头不解道。

薮木拉着瑞希靠近了小屋。屋里传来模糊不清的低语声。他朝正准备开口的瑞希"嘘"了一声，放轻了脚步。小屋中传出的声音又低又轻。感觉里面不是一两个人，而是一群人在说话。大半夜的避人耳目，聚在小屋里，绝对是在策划着什么坏事。

这时，薮木注意到小屋旁停着一辆破旧的婴儿车。这是诹访的妻子平时用来装那只吵人的狗用的。薮木试着透过壁板的缝隙朝里看，但视线被堆积的米袋遮挡了，看不到里面。他把耳朵贴在墙上注意屋里的动静。

"……从……东京……这么快……仓库……"

听起来像是人刚患上感冒时的沙哑声音。大概是谄访吧。

"所以计划……行不通……"

"得快点行动……媒体……布下……"

人数有五六个。性别难以分清。两人紧贴着墙，竖起耳朵倾听着这个来历不明的团体的对话。

"要是那样……凶器……"

"所以……杀了……"

杀？薮木心跳加剧。

"那个姑娘……男的也……时间……"

"那怎么……现在也太……"

"罪行是……心脏……"

心脏？他看了眼瑞希，捂住了嘴，全身僵硬。

"事到如今，就算事情闹大也没办法了。按原计划，先把人杀了再说。"

听清这句话的瞬间，薮木抓紧了瑞希的手腕。这个团体恐怕跟现在警方正在追查的杀人事件有关。而且，他们的对话中好像还提到了瑞希。

薮木拉着瑞希往小路上走。就在这时，身后传来了狗的汪汪大叫声。薮木吓得差点停止了呼吸。他回头一看，身穿万圣节服装的博美犬从婴儿车里探出头，正吠个不停。这是开什么玩笑啊！接着，一道光照射在他的背上，他听见了怒吼声。被发现了。薮木在道路拐角处右转，然后左转。他抓着瑞希爬上河堤，却被宽阔的湍流给阻挡了。

"可恶！"

两人滑下河堤，沿着河岸拼命奔跑。怒吼声虽然很远，但能切实地感觉到声音正在接近。

薮木的手突然被人从背后拉住，他的身子往前一倒，转过了头。瑞希的手捂着胸，痛苦地喘着气。她剧烈地咳嗽着，身体蜷缩在一起。

"瑞希！再加把劲！要被抓住了！"

薮木试图拉她起来，但她却平复不了急促的呼吸。

踏草之声缓缓逼近。要背着瑞希逃跑是不可能的。自己不仅不了解附近的地形，甚至不知道敌人有几个，像无头苍蝇一样乱跑只会被抓住。

薮木好不容易扶她站起身，带着她逃进有一人多高的玉米田。两人避开沉甸甸的玉米，在尽量不使玉米茎秆摇晃的前提下，小心翼翼地走向深处。薮木在看不见道路的地方蹲下，抚了抚看上去十分痛苦的瑞希的后背。

"你没事吧？"

"嗯、嗯。再等一会儿……"

"瑞希，你带手机了吗？"

她把手伸进浴衣，摸出了白色的手机。薮木急忙打开手机，却发现没有信号。

"可恶，打不了。"

他似乎听见了脚步声，急忙把手机塞进口袋。

"找到了吗？"

风中传来微弱的说话声，是男人的声音。

"不在那边。大概在我们这边。"这个声音也很低沉。

"是一男一女吧？"

"没错。我们的对话绝对被听到了。"

这时，另一个人和他们会合了。

"不在下面。但是，应该还没上国道。"

"怎么办？"

"那还用说，当然是杀人灭口了。"

瑞希大惊失色，差点喊出了声，所幸薮木及时捂住她的嘴。这些人是来真的。两人全神贯注地压低身子，屏住呼吸。敌人至少有三个。这附近是一望无际的农田，没有人家。离这里最近的村落是薮木居住的鲇泽，但从这里回去距离太远了。回去的路只有分隔水田的乡间小道一条路，没有能藏身的地方。

"瑞希，这里是哪里？"薮木擦着脖子上的汗低语道。

"大概在雨神堂附近。"

"离派出所很近啊。去国道怎么走？"

"必须通过刚才那条河。从这里一直往右走有一座独木桥。"

薮木在黑暗中看了眼瑞希所指的方向。不管走哪条路，都得先走上农用道路，再爬上河堤。玉米田被包围也只是时间问题，只能前进了。

"还能再跑一会儿吗？"

瑞希似乎也下定了决心，双唇紧闭地点了点头。薮木将神经的敏感度提到最高，感知着周遭的动静。风将远处的声音传来。薮木握住瑞希的手，用眼神示意"走吧"。他们蹲伏着身子，尽全力不摇动作物，谨慎地前进。可是，就在他们平行于河堤移动到一半时，玉米田突然变成了茄子田。

"这样就无处可躲了啊。"

"独木桥大概在前方50米。只要越过河堤到了另一边，他们从这里就看不见我们了。"

确实如此，但不能保证对面就没有敌人。50米原来这么长吗？薮木挥去流下的汗水，决定赌一把。只要上了国道，就一定有办法逃走。往山的方向走就能到派出所。

薮木再三确认周围没人后，出了玉米田，走上农用道路，在迅速地左右张望后冲向河堤。他一手拉着瑞希，一手揪着芒草往上爬。手掌被芒草割破流血，变得滑溜溜的。瑞希带着一副马上要哭出来的表情向上攀爬。薮木拉着她，手够到了河堤顶端，就差一点了。尽管自己的握力已经达到极限，但薮木还是努力把她拉上了河堤。

"就这样一鼓作气冲下去。"

"知道了。"就在瑞希这么回答时，强烈的亮光遮蔽了视线。

"你们在这种地方干什么？"

可靠的身影出现在眼前，薮木的心头重担终于放下，差点瘫倒在地上。

瑞希半带哭腔地喊道："太、太好了！大事不妙了，我们遇到了跟案件有关的人……"

薮木只听见了这些。下一秒，后脑勺传来的剧痛使他一下子失去了力气。他似乎在朦胧中听见了瑞希的惨叫，但已经无力去确认那是幻觉还是现实了。

2

9 月 25 日，星期二。

强风一阵阵地刮着，路旁的树木都像是要被折断了似的。每当强风掠过车旁，月缟新都觉得方向盘快要握不稳了。

岩楯祐也叼着烟，注视着起伏的山峦。山坡上升起了白雾。这宛如水墨画一般的绝景，丝毫无法勾起他的兴趣。云层厚重，看起来马上就要下雨，天气阴沉得让人抑郁。

"这个案件的社会反响太大了。"月缟新握着方向盘，重复了刚才说的话。

连日的睡眠不足让岩楯祐也的黑眼圈严重，神经阵痛。他摁灭了烟头。

笛野光子的住宅搜查今天也在继续着。公寓里的情况只有"异常"二字可以形容。名牌的衣服和提包散落一地，价值不菲的宝石像玻璃珠一样被随意放在桌子上。地上铺着价值数百万的手工毯子，屋里摆放着知名品牌的家具。这是一个奢侈品被随处乱扔，价值观完全崩坏的空间，可以看出笛野生前拥有花都花不完的钱。

笛野的指纹和死者一致的通知下来后，岩楯祐也立刻接到上头命令，将调查重点转移到枯杉村。腐尸的身份水落石出，犯人的动机也明朗了起来。然而，为什么事到如今都还确定不了嫌疑人？不管是调查高速路的通行记录，还是仓库附近的监控摄像头，都完全找不到可疑人物的身影。这给人一种犯人仿佛在监控网的网眼之间穿行的感觉。只有特别熟悉葛西和枯杉村的人才干得出这种铤而走险的事情。但是岩楯祐也怎么也找不到联系两者的关键，感到无比焦虑。

车子下了青波立交桥，开上国道。穿过山洞般的隧道后，黑色的群山瞬间将四周包围。开过蜿蜒的单行道，月缟新将力狮停在眼熟的建筑物前。这座派出所可以说是枯杉村的大门。刚停车，小腹凸出的竹田巡查部长马上就从派出所中走了出来。岩楯祐也低头向他致意，但竹田连敬礼都顾不上就开口了。

"这可真是了不得的事件啊，村里、镇里都闹得沸沸扬扬。"

"不难想象。媒体来过了吗？"

"到处都是电视新闻和报纸的记者。不过他们都没办法接近现场。从新甲迦开始的国道已经禁止通行了。"

"是这样啊。其实，我们想去日浦小姐的家里一趟。"

"日浦家……吗？"

竹田露出一副"为什么要去那里"的诧异表情。关于瑞希接受过移植一事，上头下了禁口令，底层警察并不知道这件事情。

"有些事想确认一下。从地图上来看，她家离这里似乎不是很远，是不是在这前面右转就行了？"

"嗯。在驱虫地藏的前面右拐。我来带路吧。请稍等。"

竹田小跑着打开门，跟里面的临时值班人员说了几句话。接着他立刻骑上摩托车，用尽全身力气反复踩踏油门，发动了引擎。他把头塞进看起来有点紧的头盔。

"出发吧。虽然离这里不是很远，但还得麻烦你们跟紧了。"

竹田挥手示意，把摩托车开上国道——这样的一条单行道居然是国道，真是让人无法想象。月缟新紧跟着他踩下了油门。巡查部长骑着摩托车费劲地爬上山坡，直线前进了一会儿后，打起转向灯拐进岔路。车辆勉勉强强地避开狭窄道路上突起的石碑后，两人看见了被大量红色围嘴缠绕的疑似地藏的物体。黄昏的光线使地藏显得异常诡异，让人不想多看一眼。车辆继续往里开，一辆车身被刷得漆黑的面包车挡住了去路。竹田下了摩托车，走到面包车的驾驶座旁，接着立刻返回两人身边。

"能请你们把车停在这里吗？日浦家就在那道围墙后面。"

"那辆挡路的面包车是怎么回事？"岩楯祐也看向面包车黑色的车体。

"他们是从东京来的电视台记者。我明明才警告过他们不要给人添麻烦。"

竹田将皮带拉高，再次看向面包车。两位刑警也下了车，跟在巡查部长身后。

"为什么媒体会到这里来？这里既不靠近现场，也不靠近侦查总部，而是在村落里啊？"

"媒体络绎不绝地过来，说想拍点村里具有代表性的风景，都没得到允许。"竹田眉头紧皱地说道，挺着圆滚滚的肚子从面包车侧面挤了过去，"我今早刚警告过这家电视台啊。"他把车牌号记在笔记本上。

两人跟着竹田在石子路上前进，看到一堵有奇特花纹的镂空石墙。巨大的橡树从墙里伸出枝叶，可以隐约看见里面有一栋带有尖塔形状屋顶的建筑物。原来如此。岩楯祐也理解了"象征性风景"的意思。深山中居然有这么华丽的洋房。这要是被媒体拍到了，一定会是一幅富有深意的画面吧。

"好壮观！"月缟发出感叹。

就在三人通过石墙的拐角处时，竹田发出一声咂舌，接着突然发出大喊："喂！你们在干什么！"

"啊，糟了……"

眼前这个男人正站在折叠梯上朝墙里拍照。另外还有两个男人在地面上整理器材的电线。

"你们几个！没得到许可就乱拍！这是非法入侵啊！"

"不，警察先生。我们没有入侵啊。我们并没有穿过石柱进入院子吧？"

"别给我整这些歪理。我今早警告过你们吧，让你们别给村民添麻烦？！"

身穿红 T 恤的男人挠着脑袋，笑着想蒙混过关。

"另外还有违规停车。我会给你们开罚单的。"

"不，不，请等一下。我们才停了不到 5 分钟啊。"

"不能饶过你们。站在这里别动。"

年轻人咒骂着毫不通融的警察。他突然注意到岩楯祐也，像是在打量他似的抬起下巴。他突然像秃鹰发现了猎物一样两眼放光。

"您该不会是刑警吧？"

"就算是，我也不接受你们的采访。我不上镜。"

岩楯祐也瞥了一眼摄影师，踩上铺着长方形石板的小路走向玄关。

"记者这样聚集在自家附近，日浦家的人没有报警吗？"

"嗯，到目前为止还没报。而且，日浦先生现在外出工作了。"

"可是车停在家里啊。"

岩楯祐也看向储物间。里面并排停着一辆轻型卡车和一辆白色的四轮驱动车。瑞希的红色自行车也停在旁边。

"啊，真的啊。车没开走啊。"

竹田小跑向储物间。岩楯祐也走到做工精致的厚重大门前，试图开门。但是门上了锁，并且不管岩楯祐也怎么敲打黄铜的门环，都没人回应。岩楯祐也从主屋边上绕了一圈找到了后门，但后门也被牢牢锁上了。前去查看副屋情况的月缟新气喘吁吁地跑回来，说副屋里也没人。

"奇怪啊。他们是徒步去了什么地方吗？"

竹田从另一个方向跑来与两人会合。他用毛巾擦着汗淋淋的脸，歪着头一脸的不解。不过，在他盯着白色四驱车看了一会儿后，终于像是想起了什么似的发出恍然大悟的声音。

"我想起来了，昨天早上日浦先生好像是骑自行车去上班的。只要他前一晚喝了酒，第二天就一定不会开车。也许他昨晚也喝了不少，在别人家里借宿了。"

"他的工作地点在哪里？"

"青波图书馆。他只要一喝起酒就停不下来，所以这也是常有的事。唉，他是个经历过很多事的男人，想必是为了借酒浇愁吧。"竹田意味深长地说道，摇了摇拉门。

"话说回来，这房子还真壮观啊。他们家以前是地主还是什么吗？"

"日浦家一直以来都是当村长的。"

"这家的女儿也有工作吗？"

"她召集了村里的孩子们，教他们书法。现在一定是出门了吧。她平时挺喜欢四处乱逛的。"

"她母亲呢？"

"听说在生下她之后就去世了。"

岩楯祐也察觉到一丝异常，但又说不上来是哪里不对劲。不过，如果日浦家富裕到能拥有这么一幢气派的大宅，要给瑞希筹备移植的钱想必也不是什么难事。

"岩楯警部补，为什么要来找日浦先生？他和这次的案件有什么关系吗？"

"我有些事想问他。竹田巡查部长，我想麻烦您联络一下日浦先生的单位。"

"我明白了。"看到岩楯祐也摆出一副不打算回答问题的样子，巡查部长只能纳闷地点点头，跟着两人通过门柱走到外面。这时，原本蹲在面包车附近的电视台工作人员带着奉承的笑容接近了三人。"驾照。"竹田不苟言笑、大步流星地走上前去，不由分说地说道。

"别开玩笑了！饶了我吧！"

"不行。快拿出来，还有车检证。"

"可恶！真倒霉！"

看着用力跺脚、悔恨不已的年轻男人，岩楯祐也突然灵光一闪，接近了他。

"说起来，你们今天几点开始就在这里了？"

摄影师推了推眼镜，露出一副思考着问题的样子，慎重地回答道："早上 6 点左右。不过我们中途也到附近转悠了几圈。"

"那时候屋子的情况如何？"

"跟现在一模一样。一个人都不在。"

"尽管如此，你们还是时不时回到这里，查看墙里的情况？"

"我们想拍到窗户打开着的画面啊。要是洋房的木窗一直关得紧紧的，不就像废弃的房子一样，毫无魅力了吗？而且，我们一直在等那个女孩回来……"

眼镜男话说到一半，身旁枯瘦的男人就用手肘顶了顶他。他马上闭了嘴，开始傻笑起来。

"原来如此。你说你们一直在等着女孩回来，准确来说是从几点开始等的？"

"……我都说了，从早上 6 点开始的啊。"

"你说当时一个人都不在，对吧？一大早看到窗户关着，一般来说会认为是人还没醒吧。然而你却说你们时不时回到这里，等着那女孩回来。

也就是说，你们断定他们不是没醒，而是出门了。"

听岩楯祐也这么说，三个人都支支吾吾了起来。

"好，我再问最后一遍。你们从什么时候开始就在这里的？"

岩楯祐也面带威严、居高临下地看着他们，把声音压低了大概两个度。三人紧张地面面相觑，最后终于开口了。

"昨晚9点左右。"

"9点？！"竹田怒目圆睁。

"不是，你看，像这样的洋房，看了肯定会想拍些让人毛骨悚然的夜晚画面嘛。杀人事件跟洋房简直就是最佳搭配啊。所以我们就……"

"什么最佳搭配啊！你们这群人，真是……就不怕给人添麻烦吗？！"

竹田怒吼到连岩楯祐也都觉得有些过头了。男人们吓得缩起了肩膀。

"你应该还有话要说吧？"

岩楯祐也抬了抬下巴。眼镜男像个被教训的小孩一样泄了气。

"在拍摄夜晚画面时，那个女孩从屋里走出来了，是个身穿白色浴衣、头发很长的女孩子。"

"然后呢？"

"因为她美得真是惊为天人，我们就去采访了她。"

"采访她有什么用啊？"

"不，就问问她对村里发生的事件有何看法、将来的梦想什么的。"

"那时候是几点？"

"大概还不到9点半。"

岩楯祐也敲打万宝路的盒子，叼住弹出来的烟。他试图点烟，火却一直被强风吹灭。最后只得转过身弯下腰，才终于把烟点上。

"你们之后还尾随了她一会儿，对吧？"

一眼就能看出他们慌神了。月缟新死死地瞪着他们，发出一声愤怒的咂舌。

"接着说吧。"

"请别误会！说是尾随太夸张了。我们本想采访她，但她完全不理会我们。所以我们就想着要再坚持一下。"

"这就是尾随啊。然后呢，接下去发生了什么？"

"她拐了个弯，我们就跟丢了。周围一片漆黑，想找也没办法。"

"她在哪条路上拐的弯？"

"就在吓人的地藏前面的那条土路上。她往左拐了。"

岩楯祐也的脑海中浮现出大致的地形。瑞希这是往村子的中心走了。

"然后你们一大早就接着在人家屋前守着，是想跟踪她吗？"

"不是，你不觉得很可惜？在这种偏僻的村子里居然能找到那么漂亮的女孩。"

"一派胡言。你们今早也没见到她吧？"

"没有。"三人紧张地点着头。岩楯祐也居高临下地看着他们，沉默了好一段时间，让他们分外不安。

"你们将会以非法入侵住宅、违反防骚扰条款跟踪他人，还有猥亵罪等各种罪行被扭送警署。知道了吗？"

"知道什么啊？！你在说什么？！我们根本没有猥亵她！我们可是正经的新闻工作者！"

"三个人大半夜纠缠一个女孩子，这也能叫新闻工作者？不管谁看到了都会觉得你们禽兽不如吧。而且，你们还拍了她，对吧？"

岩楯祐也看向放在地上的大型摄影机。

"偷拍行为也算在猥亵罪里。真是遗憾啊。"

从天而降的厄运让三个年轻男人哀号不止。岩楯祐也转向冷眼看着他们、满意地点着头的竹田。

"竹田巡查部长，之后的事就麻烦您了，可以吗？"

"我明白了。日浦先生的事包在我身上。了解情况后我会尽快与您联系。"

岩楯祐也向竹田行了个注目礼，和月缟新一同离开。他总觉得一切都是如此地让人沉不下心。刚才那种难以释怀的感觉变本加厉，令他忐忑不安。他坐进力狮，把烟头摁灭在烟灰缸里。

"岩楯警部补，我想那三个人大概马上就会被释放吧。"

"没关系。我只是想浪费他们整整一天时间而已。"

"原来如此，不愧是您。不过话说回来，她到底去了哪里呢？不是已经派了人暗中观察她的举动吗？"

"他们只是定时被派去查看她的情况而已，不能怪他们。"

三个男人边抱怨着边向竹田出示身份证明。岩楯祐也看着他们，陷入了思考。一个女人冒着撞见杀人犯的危险，在晚上9点半过后独自出门，走的还是没有路灯、伸手不见五指的村道。只要分析一下女孩的鲁莽举动，自然就能明白她为什么要不顾危险在半夜出门了。

"把车开到之前去过的婆婆家，叫'沼上'的那个地方。"

"您说的是三桷家吧。为什么？"

"你觉得那个姑娘为什么要大晚上的从家里溜出来？"

月缟新不时回头查看道路状况，反复转动方向盘，切换着前进方向，用倒车的方式把车开出石子路。

"男女幽会吗？"

"没错。"

"那为什么要去找三桷婆婆？"

"因为瑞希跟薮木是那种关系。她是朝着鲇泽方向走的。"

"有什么根据吗？"月缟新不甘罢休地追问道。

"没有根据。只是我的直觉。你应该也察觉到了吧？虽然我能明白你不愿相信的心情。"

月缟新的呼吸变得急促。他全身微微颤抖，看得出来他内心十分不悦。

"嗯，那啥，她也许现在就在婆婆家的副屋里，也有可能跟薮木一起去兜风了。或者说不定是到立交桥附近的那间豪华旅馆去了。她应该是看准了她父亲昨天出门喝酒，不会回家吧。"

"警部补，您看起来很开心的样子啊。"

"我说这些是为你好。希望你能快点忘掉那个注定不属于你的人。"

月缟新不情不愿地说了句"谢谢"，把车开上岔路，穿过门柱开到三椊家。这一周时间里，月缟的面部表情丰富了许多。就在岩椊祐也一脸坏笑地打开车门时，一阵傻笑声随风飘进耳朵。这儿也有个怪人。看来这个毫不做作、表里如一的女人即使在面对长辈时，也丝毫不会改变她的一贯作风。

"缘分真是奇妙啊。"岩椊祐也嘀咕着跨过木门槛，"下午好。"

话音刚落，岩椊祐也还没来得及喘气，赤堀凉子就从走廊里冲了过来。

"啊，原来是岩椊刑警。欢迎光临。"

"欢迎光临个头啊。为什么你会在这里？"

"鉴定人员要我亲自过来调查现场的昆虫啊。你没听说吗？"

"我听说了。可就算是这样，你也没理由出现在这里吧？"

"我是过来借用三椊忠雄老师捕捉、保存加工后的八丁蜻蜓标本的。啊，月缟，怎么样，今天心情也不好吗？行了，你们俩都别客气，快进屋吧。"

她还是一如既往地厚脸皮。就在这时，多惠从客厅探出头，郑重地坐下向两人行了一礼。

"又麻烦你们远道而来，真是辛苦了。"

"不好意思，总是来叨扰您。赤堀似乎受了您很多照顾啊。"

岩楯祐也不知怎的就说出了这种仿佛把赤堀当作家人一样的话。

"没有的事，反而是她帮了俺很大的忙。凉子帮俺把作坊屋顶上的蜘蛛网全都打扫干净了。"

岩楯祐也听后不禁浑身一震。

"啊，没事的，没事。虽然刚才在储物间里发现了一只接近 10 厘米的高脚蜘蛛，但是它不会到这里来的，所以不用担心。"

"你没把它处理掉吗？这怎么能让人不担心啊。"岩楯祐也迅速地观察了四周。

"对乡下的房子来说，高脚蜘蛛是必不可少的。怎么能把消灭害虫的虫中之王给除掉呢？除此之外，我还发现了蜈蚣跟巨型马陆，我姑且先把它们赶到一边去了。"

"巨型马陆？"

"对啊，对啊。我本来还以为是谁家的宠物呢。感觉它们在这片土地上可以快速繁殖啊。"

听赤堀这么说，多惠用力点了点头。

"最近到处都能看到长着脚的蛇。之前在村公所还出现了一只像槌蛇一样的，闹得沸沸扬扬呢。"

"那些马陆粗得跟橡胶水管有得一拼。它们将枯木作为巢穴，是一种很老实的虫子哟。"

这种东西要是繁殖起来可不好吧。然而赤堀凉子却爽朗一笑，不把岩楯祐也的担心当一回事："那些虫子放着不管就行啦。"岩楯祐也在心中暗自告诫自己千万不要靠近满地怪物的储物间。

"对了，三桝婆婆，我们想见见薮木，他现在在副屋吗？"

"俊介啊？不知怎的，好像到现在还没起呢。"

"还没起？现在已经是下午 2 点了啊？"

"真是拿他没办法，最近他总是这样昼夜颠倒。"

多惠踩上拖鞋，摇摇晃晃地走进院子，把手靠在方格篱笆上。

"俊介，你还在睡吗？"

多惠等了一会儿，对面却没有回应。

"有客人来了。该起床了。"

毫无反应。岩楯祐也踮起脚尖，看见大型越野车还停在原处。他打开木门，走向副屋。拉门全都关得紧紧的，玄关门也锁上了。

"这是咋回事？俊介出门前一定都会先跟俺说一声的。"

"这是什么？"赤堀在拉门前蹲下，拿起落在踏脚石上的素陶罐子。罐子里密密麻麻地爬满了蚂蚁，路线一直延伸到地板下方。赤堀凉子把手探进罐中，把混着蚂蚁的白色粉末直接往嘴里送。月缟新见状发出了小小一声惊呼。

"这是白糖。为什么白糖会掉在这里？"

"对了，这么说来昨天半夜，俊介好像走到院子里来了，还发出了不小的动静。"

"昨天？那是几点左右的事？"

"嗯……好像是快到午夜的时候吧。俺打开窗户问俊介发生了什么，但他没回话。"

实在是可疑。

"三桝婆婆，日浦瑞希小姐昨天晚上来过这里吗？"

"日浦？别开玩笑了，她怎么可能会过来？"

多惠不知为何脸色一变，语气也有些强硬了起来。这反应是怎么回事？这份情感既不像愤怒，也不像胆怯。

"岩楯刑警。"就在岩楯祐也注视着脸色苍白的老人时，身边响起了赤堀凉子的声音。

"后门的锁开着。"

看上去有些年头的木门打开了大约 10 厘米的缝隙。岩楯祐也走进屋子，喊了薮木一声，拉开了格子门。

房间里一片寂静，除去透过小窗射入房中的微弱阳光外，一切都笼罩在昏暗中。涂料的味道扑鼻而来。"俊介不在啊。"多惠脱掉拖鞋进了屋，边说着边打开一扇拉门，让自然光照进屋子。岩楯祐也扫视屋内，突然瞥见里面的客厅有一个人影，全身寒毛倒立。

卷成一团的毯子旁站着一位裸女。尽管隔着窗格子看不清女人的相貌，但看到女人洁白而纤细的肢体，不难想象那是谁。

"是瑞希吗？"

岩楯祐也不敢进屋，只得在窗边向她搭话。这时，穿堂风将她的身体吹得缓缓摇动，看上去简直就像是她被吊在了天花板上一样……

"我进去了！"

岩楯祐也脱下鞋子进了屋，冲进深处的房间。只见全身赤裸的瑞希被悬挂在天花板上，全身洁白无瑕，头上没有头发，空洞的双眼忧郁地俯视着岩楯。他能感受到跟着他进屋的月缟新和赤堀凉子都被吓得倒吸了一口凉气。

"这是什么啊？"

看着在风中摇摆的瑞希，岩楯祐也目瞪口呆。那是一个栩栩如生的等身大人偶。人偶从手到脚，甚至连表情的细微之处都被精心雕琢得跟瑞希本人一模一样。

"真是漂亮得难以置信……"赤堀凉子忍不住发出感叹。

人偶身上蕴含着的种种情感直击岩楯内心，他颤抖着身体，品味着这份感动。那是一份带着无穷魅力的悲哀。这完全超越了人偶的极限。

多惠面无表情地注视着人偶，向前一步，一字一句地说道："俊介他啊，是被冰雪花给附身了。他既想保护日浦家的姑娘，又想保护冰雪花。"

"这是怎么一回事？"

"俺阻止过他了。俊介那么可爱，俺可不希望他被诅咒啊。"

多惠长叹一口气，就地端坐，把这个村子过去发生的悲剧告诉了三人。尽管清楚地知道不可能，但岩楯听后还是不禁将被陷害致死的冰雪花和瑞希的形象重叠在了一起。

岩楯祐也摒除杂念，开始思考现在这个状况意味着什么。瑞希昨晚一定是到这里来了。那么为什么两个人会突然消失？难不成是被卷进麻烦事了？假设这起围绕着心脏移植进行的杀人事件中，凶手的最终目的并不是杀死在暗地里动手脚的笛野。假设他们的目标是用金钱夺取了移植权利的瑞希父亲和瑞希本人……

"月缟，出发了。"

岩楯祐也急匆匆地走到院子里，这时口袋里的手机振动了起来。是同组的部下打来的。岩楯祐也接起电话，另一头响起了断断续续的兴奋声音。

"岩楯警部补，查出来了！在日浦瑞希做手术的时候，与她同时等待移植且排位相近的患者有两人。一个是叫松崎日奈子的24岁女人，另一个叫小仓千惠美，21岁。"

"松崎和小仓？没印象啊。是在调查中首次出现的名字吗？"

"是的。不过说不定移居枯杉村的东京人里有这两人的亲戚。"

"那两个女人最后怎么样了？"

"在瑞希接受手术的同年去世了。死因均为心力衰竭。"

看来她们没撑到下一个捐献者出现。

"我明白了。这里情况很糟。日浦瑞希失踪了。"

"您说什么？"部下一下子提高了音量，"那栋房子在巡逻路线上，巡逻员每天都会汇报情况啊？"

"嗯，但是她半夜一个人偷偷溜出来了。为了避人耳目和恋人幽会。最后的目击者是记者。"

"她的恋人是？"

"薮木俊介，也失踪了。此外，瑞希父亲的行踪也尚未掌握。情况十分不妙。"

说不定是犯人被逼急了，想快点解决掉目标。岩楯祐也觉得时间不多了。

挂断电话后，岩楯祐也注意到不知何时，多惠已经走到自己身边，一把抓住了他的手腕。

"警察先生，俊介会死吗？"

"三桝婆婆，警察马上会全体出动开始搜查的。"

"要是连俊介都不在了，俺就真不知道该怎么办才好。俊介就像我的孩子一样。怎么办，俊介现在一定很苦恼。好可怜啊，俺好想帮帮他……"

岩楯祐也把手放在眼泪汪汪的多惠肩上。

"我们会尽最大努力。三桝婆婆，请您先回屋里等着吧。"

岩楯祐也留下双手合十像是在求神拜佛一样的多惠，走向力狮。刚打开车门，赤堀凉子就坐上了后座。

"岩楯刑警，让我一起去。"

"不行。接下来的事情不是你的专业。"

"拜托了，我一定会有所贡献的。"

赤堀凉子和岩楯四目相对，一副绝不退让的样子。

"赤堀，你不是警察。你该面对的不是罪犯，而是虫子。"

"你们绝对会用得上我的。别忘了，只有我能翻译昆虫的语言。让我一起去吧，拜托你了。"

岩楯祐也和赤堀凉子沉默地对峙了片刻，而后给月缟新下了命令。

"开车。"

3

　　两位刑警身处硕果累累的玉米田中。一人多高的玉米株上结出了沉重的果实。两人在迷宫般的庄稼中穿行着。走到深处时，带路的男人停住了脚步。

　　"就是这一带。"

　　田地的主人把自治消防团的帽子戴正，手指地面。肥沃的土壤上清晰地印着脚印，一组是稍大的胶底运动鞋印，另一组则呈现"二"字形，零星地散落在附近。

　　"这些脚印是什么时候发现的？"

　　"我早上不到6点就下地了，不过到玉米田这里应该已经是7点过后了。今天有些迟到了，还挺着急的。"

　　"是这样啊。附近发生了什么可疑的事吗？"

　　"不，并没有。能称得上可疑的顶多就是那个了。"

　　精瘦却结实的中年男人朝月缟新拿着的资料抬了抬下巴。那是一张带着花朵形状挂饰的手机的照片。

　　"庄稼没被破坏，作物也没被偷。我发现有人把手机落在这里，就想交给竹田先生。但他那时候可能是在哪里巡逻，我到处找都找不到他。所以刚才见到夏川时，我就把手机交给了他。毕竟派出所现在应该被东京来的警察挤得水泄不通了吧。"

岩楯祐也脑海中浮现出皮肤黝黑、留着板寸头的夏川的形象。是在派出所见过的那个男人。

"怪不得这么晚才送过来。"

"哎呀，哎呀，实在抱歉。我想失主应该是在晚上丢的手机。因为昨天傍晚我到这里来的时候，既没看到脚印，也没看到手机。"

男人的发言戛然而止。他盯着岩楯祐也看，丝毫不掩饰自己的好奇心。

"刑警先生，这该不会跟之前发生的杀人事件有关吧？难不成这部手机是犯人落下的东西，也就是所谓的'证物'吗？"

男人一脸期待的样子。岩楯祐也委婉地驳回了他的问题。

"和事件的关联性正在调查中。感谢您的报案。还有就是，很抱歉，今天这块地……"

男人迅速举起右手打断岩楯。"无须多言，刑警先生。"他反复点了点头，"要用黄色的胶带把我的田地封起来，对吧？上面写着禁止入内的那种。接着'鉴定'的人就会来采集脚印证据，对吧？！"

岩楯祐也不禁苦笑。他说得没错。岩楯祐也向不知为何看上去十分骄傲的男人道别，在他离开后蹲下身开始检查地面。

"他们似乎是一路逃到这里，躲在田地里，打算打电话求助。"

月缟新面色凝重地看着木屐的印子。岩楯祐也从衬衫口袋里取出手机，查看信号状态。信号一开始只有一格，过了没一会儿就变成了无服务状态。他眼前浮现出薮木带着瑞希逃到田里，拼命操作手机的情景。

两位刑警顺着脚印在地里前进，走上杂草丛生、勉强能过一辆车的农用道路。脚印在这里突然断了。岩楯祐也迅速四下张望，下意识地开始寻找附近的遮蔽物。上了农用道路后，不管是往左走还是往右走，都没有能藏身的地方。逃跑中的人无论如何都不会想走这条路吧。那么，他们俩又是为什么要往这里走？

岩楯祐也一边驱赶聚集在稻草人上的乌鸦，一边在作物间穿行，仔细地观察着四周。眼前是一段河堤和一条小河，河边有条沿河小路。能藏人的地方只有玉米地，除此之外都是低矮的作物。岩楯祐也再次确认了地里的脚印。看上去两组脚印一直朝着同一个方向前进，没有回头。这点岩楯祐也是搞懂了，但是接下来的事情就让人一头雾水了。

两人究竟想到逃去哪里呢？岩楯祐也焦躁不已，双手抱胸。就在这时，他听见有人发出了"喂"的一声。赤堀凉子站在农用道路上离自己有些距离的地方，大声叫喊着。

"在这里，这里。你在看哪里啊？！在这里啦！"

河堤上青草繁茂，赤堀凉子的指尖在青草间挥舞。接着她跳了起来，岩楯祐也一瞬间瞥见了她兴奋的表情。两人小跑着赶往赤堀所在的地方。

"怎么了？"

"你们看这里，还有这里。"赤堀蹲下指着地面，"这是斑蝥的巢穴，被完全破坏了，现在正在修复中。另外，附着在艾蒿根茎上的虫瘿也被彻底碾碎了。"

白色毛球状的东西挂在艾蒿茎部，破裂成两半。

"这个软绵绵的东西叫绵节，是苍蝇的聚居地。"

"所以呢？"

"从现场状况来看，是有人抓着艾蒿爬上了河堤。稍微高一些地方的蚁巢也被破坏了，所以多半是这样没错。"

月缟新立刻开始往河堤上爬，中途避开了赤堀凉子指出的那些地方。

"这种河堤，穿着浴衣的女人是爬不上去的。假设他们是两个人一起爬的河堤，那一定是薮木把她拉上去的。"

他们是打算渡河吗？岩楯祐也侧耳倾听湍急的水声。

"沿河一直往右走，有一座独木桥。只要能到达河堤的另一边，从这里就完全看不见了。说不定他们两人是因为这个才上的河堤。"

就在这时，努力攀爬着陡峭河堤的月缟新向下面大喊了一声："警部补！"他手上握着一只木屐，红色的鞋带断成两半。

"正如赤堀老师说的一样！他们两个人来过这里！可恶，竟然被追到了这里！"

月缟新咬牙切齿地说着，就这样抓着草一口气爬上了河堤。他的蓝色衬衫被草汁和泥土弄脏，脸上被芒草划了好几道伤口。月缟新站在河堤上环视四周。他突然蹲下，脸色惨白地抓起一把青草。

"这里有血迹！"

"什么？地上也有吗？"

"并没有渗到土里，只沾在了草上。"

即使不是致命伤，这也说明了有人想加害于他们两人。这时，岩楯祐也听见人声，回过头。接到通知的侦查员抱着工具，正从农用道路的拐角处朝这里走来。

"好了，剩下的就交给他们吧。"

"喂，岩楯刑警。那两个人该不会已经……"身边的赤堀凉子欲言又止，看上去十分不安。

"如果打算马上杀掉，就不会把他们带走了。不过其实应该说是那群人没办法在这里解决他们。"

赤堀凉子一脸不解地看向岩楯祐也。他朝反方向抬了抬下巴。在距两人约 35 米的地方高高地立着一根电线杆，上面安装着带有香鱼标志的监控摄像头，顶端闪烁着红灯。

"这是为了防止非法捕鱼而设置的监控。应该拍下了些什么吧。"

几十分钟后，三人来到了枯杉村村公所。他们调出昨晚 10 点后的监控记录，并设为快进模式，目不转睛地看着。所谓的夜视功能徒有其名，画质十分不清晰，光凭这样的证据多半连非法捕鱼者都逮捕不了。画面上可以看见狸猫、黄鼠狼一类的小动物时不时来到河边饮水。

时间过了午夜，画面却毫无异常。三人一动不动地盯着监控画面不放。就在时间逼近 0 点 40 分时，录像突然中断了。

"喂，喂，现在可是关键时刻啊，这是在搞什么？"

岩楯祐也按下暂停键，把录像倒退一些后再次播放。然而无论重复多少次，录像总是在同一个地方戛然而止。岩楯祐也要求见村公所的负责人。过了一会儿，理着板寸头的男人冷不防地现身了。他想起这个叫夏川的男人会修电脑。

夏川用肌肉壮硕的手臂行云流水般地敲打着键盘，输入各种让人不明就里的指令。但没一会儿他就停下了手，简短地告知三人："录像到 0 点 40 分就结束了。"

"结束了是什么意思啊？"岩楯祐也用略显强硬的口气逼问夏川。

"有可能是机器故障，导致录像停止了。"

"故障？这故障的时机也太巧了吧？"

"我不知道你说的时机是什么意思。"

"好，我懂了。我换个问题。这样的事情之前发生过吗？"

"台风或暴雨的时候，经常会发生强风导致的故障。昨天和今天风都挺大的，我觉得那多半就是发生故障的原因。"

夏川挠着板寸头，显得有些抱歉地解释道。不过他抱歉的神情也只是流于表面，仿佛在告诉着别人"会发生这种事不是因为我能力不足"一样。两位刑警不停地咂舌。偏偏在这种关键时刻发生故障，真是太倒霉了。就在岩楯祐也和月缟新一起抱怨着机器质量差劲时，默默看着屏幕的赤堀凉子缓缓地按下了快进键。

"说不定之后还拍到了些什么。"

画面依然满是雪花点。就在她打算继续往前快进时，屏幕上突然出现了影像。小动物们受到惊吓四散开来，接着一辆轻型卡车以极快的速度冲出屏幕外。

"停下！"岩楯祐也下意识地从椅子上站起身。那段一闪而过的画面持续了不到一秒，一不小心就会看漏。录像显示时间是 1 点 02 分。这之后画面再次变成了雪花点。月缟新迅速操作着鼠标，一帧一帧地将画面倒回。在轻型卡车马上就要从屏幕里消失的画面中，可以看出车斗里坐着四个人。

"那是薮木。这个是瑞希吧。"

长发男人筋疲力尽地躺着。穿着浴衣的瑞希头上被套着什么东西，奋力挣扎着。从短暂的录像中只能看出这点信息。

"看不清这些人的脸。也看不出性别。人数也确定不了。"

岩楯祐也从一捆资料中取出监控摄像头的安装地图。沿河的监控探头并不是等间距安装的，而是被集中设置在能够捕获香鱼的地方。

"这是最靠西的监控啊……"

"从这条路一直往西走的话，一定会上国道吧。"

赤堀凉子用手指在地图上描绘出车辆的行进路线，岩楯祐也默默点头。这时，一言不发地盯着屏幕的月缟新低声说道："等一下。我觉得这不像是强风导致的机器故障。"

什么？岩楯祐也和赤堀凉子同时抬起了头。面无表情的月缟新逼近了呆立在一旁的夏川。

"可以问问身为专家的你的意见吗？"

"确、确实看起来不像是故障。"

"不是故障，那是什么？"

夏川吞了吞口水，战战兢兢地开口道："……被人删除了。"

"果然是这样啊。"

月缟新话音刚落，夏川就脸色大变，双手在面前摆个不停。

"等、等一下！我什么都没做！这监控我也是第一次看！真的！删除监控记录，这种无法无天的事我可……"

岩楯祐也接过月缟新的话头，抬起手让夏川停下。

"说起来，你好像经常在村子里到处出没啊。不过，毕竟你是村公所的人，这也不足为奇。但每到关键时刻，有人就会提到你的名字。派出所里有你，掉落的手机也是交给你。"

"在村子里到处移动是出于工作需要，我什么可疑的事情都没做啊！难不成你觉得我是杀人犯吗？"

"顺便问一下，昨天深夜你人在哪里？"岩楯祐也不顾夏川的解释，义正词严地向他提问。

"当然在家了！我在睡觉……啊啊，就算我这么说，你们也一定会要不在场证明吧？！跟我一起住的父母也早就睡了啊！"

"这份监控录像，除了你之外还有其他人能看吗？"

"当然有，当然有！只要是村公所的人，谁都能调出来看的！操作也很简单，密码大家都知道！谁想看都不成问题！"

"在其他地方能对录像进行操作吗？"

"谁都能在村公所的终端机上看录像，但除了看之外什么都做不了！"

汗珠经过夏川的鼻子滴落在地上。岩楯祐也仔细观察着他直到满意为止。他的嘴唇因为恐惧变得惨白，不停颤抖，眼神飘忽不定。这个男人绝对做了什么亏心事。从他的举动中能看出他在拼命地掩饰自己的心虚。就先假设删除记录的人不是夏川吧。从凌晨1点多到现在，已经过去了约15个小时。这意味着有人在这段时间里来过这里，把录像删掉了。枯杉村现在到处都是警察，这一举动实在是大胆。不过反过来想，说不定杀人团伙中的某个人就是村公所的工作人员。

岩楯祐也走向隔壁的会议室。他向昨晚来到枯杉村的一课课长说明了大致情况。岩楯祐也将夏川和村公所工作人员的审讯交给其他侦查员，带着月缟新和赤堀凉子再次外出。外头风越发强劲，山顶被乌云笼罩，预示着一场风暴即将来临。一坐上车，岩楯祐也就打开了村子的地图。

"这个村子有一点好，就是只要不过桥，哪里都去不了。"

"甲迦街道也出于调查原因禁止通行，所以犯人也没办法从反方向离开。"

"剩下的两个方向是险峻的高山。也就是说，那群人多半还留在村里。村里到处都是警察，要是大半夜开车出村，一定会被拦下来盘问。"

岩楯祐也告知了月缟新前进的方向。他看了眼手表，时间已过下午4点半。他计算着薮木和瑞希还活着的概率。那个数字在脑海中不停变化，已经不得不去考虑数字为0的可能性了。就算得到了再多细枝末节的线索，眼下要是找不到监禁地点，一切都是徒劳。

岩楯祐也在副驾驶座上点上烟，好不容易把思绪从焦虑的深渊里拉了回来。突破口在哪里？什么才是把这些线索联系到一起的关键？已经得到这么多关键性证据了，为什么就是没办法将它们联系在一起？

就在这时，口袋中的手机开始振动。屏幕上显示着刚才还在一起的部下的名字。"警部补！"刚按下通话键，手机中就传来了震耳欲聋的声音，"找到了！查出没能接受移植而过世的两个女人的父母了！他们都搬到这个村子里来了！"

部下的声音断断续续。岩楯祐也看了眼屏幕，信号只有两格，还不停闪烁着，一副随时就要消失的样子。岩楯祐也让月缟新停车，把手机设为免提模式，放在仪表盘上。赤堀凉子从后座探出身子。

"我记得移居者名单中没有和死者相同姓氏的人啊？"

"只是个简单的小把戏罢了！夫妻俩先离婚，然后复婚。丈夫以入赘的名义改为女方的姓。所以才找不到相同姓氏的人！"

"他们都叫什么名字？"

"真舟博之、郁代夫妇。还有诹访政春、基子夫妇。两对夫妇都是一年前搬过来的。他们的女儿分别是日奈子和千惠美。她们在等待捐献者的过程中去世了。"

驾驶座上的月缟新迅速地翻阅着资料，找到对应的名字，用力点了点头。

"找到他们了吗？"

"已经出动大批警力在找了！"部下话还没说完，电话就断了。月缟新马上发动了力狮。

岩楯祐也开始整理自己一团乱麻的脑袋。出于因器官移植而产生的怨恨，两对夫妇为了向居住在此地的日浦一家进行报复，不惜一同搬到村子里来。这是案件的原点。但是，外来者是怎么找到异变蜻蜓生息之地的？此外，被杀死的笛野又是为什么被弃尸在了葛西的仓库里……

犯罪团伙有五人。然而因为笛野暗中受贿，操作移植顺序而死亡的，只有真舟家和诹访家的女儿。那么剩下的那个人究竟和日浦有什么关系，又是出于怎样的怨恨才涉足杀人的？

车子在国道上右拐，可以看到道路上摆放着三角锥、路障，以及带着箭头的警示灯。四处都是巡逻车和警察。出村的道路全都被警戒线封了起来。岩楯祐也看到了正吹着警哨、挥动着红色指挥棒的竹田。

岩楯祐也打开车窗向竹田致意，他见状便一路小跑到车旁。竹田身穿安全背心，汗流浃背，圆滚滚的脸颊热得通红。

"岩楯警部补，我已经从总部接到详细通知了。"

"移居的两对夫妻是东京人。你见过他们吗？"

"嗯，当然见过了。我平日里经常和通过促进定居政策搬过来的人进行交流。因为他们时常会跟本地居民发生矛盾。"竹田擦着汗流不止的脸说道。

"不瞒您说,为了防范非法捕鱼而安装的监控摄像头,拍到了薮木和瑞希被轻型卡车载走的画面。时间是凌晨 1 点多。"

竹田一脸惊愕,睁大了双眼,话都说不出来。

"要出村,有一条路线是途经派出所的。派出所前应该设有面向道路的监控,我想看一下监控记录,现在,马上。"

"我明白了。"竹田频频点头,坐上小型巡逻车,立刻发动了引擎。几十分钟后,两辆车抵达了派出所。才刚下车,一直一言不发的赤堀凉子突然停下脚步,仰头朝天,看着快速飘动的乌云。她集中注意力观察着什么,营造出一种紧张的气氛。接着她突然取出捕虫网开始在空中挥舞。"怎么了?"岩楯祐也问道。但是,赤堀凉子完全沉浸在自己的世界里,仿佛没听见他的声音。

岩楯祐也和月缟新决定把昆虫的事交给赤堀凉子。进入派出所后,竹田粗暴地打开了靠里办公桌上的笔记本电脑。因为过于慌张,他中途好几次按错键,一边咂舌一边用手背擦着额头的汗水。看着他不甚熟练地操作着鼠标,竹田身后一位从青波警察署外派来的年轻人自告奋勇地接过了他的活。长相中仍带着一份青涩的年轻警察快速调出画面,发出了"咦"的一声。

"奇怪啊,文件找不到。"

"你说什么?真的吗?"岩楯祐也说着,走到后面的一张桌子前。这次操作人换成了月缟新,他坐下开始搜索文件。

"确实,找不到 8 月初开始的数据。可能在这一个半月时间里,监控探头都没有正常运转。或者,也有可能是数据被人删除了。"

"被人删除了?"年轻警官发出一声惊呼。

"竹田巡查部长，这部电脑是不是被村公所的夏川动过？"

"嗯。前天我让他帮忙处理电脑的一些故障。他嘴里说着什么缓存出了问题，我完全没听懂。"

也就是说，这也是夏川干的好事？那家伙到底跟这起事件有着怎样的关联……就在岩楯祐也闷头苦想时，赤堀凉子的脸出现在窗边。

"竹田先生，能过来一下吗？"

"好的，什么事？"

"小型巡逻车的后备箱里，是不是装了什么小动物啊？"

"啊？后备箱吗？"

竹田小跑着出了门，途中还被椅子绊了一下。月缟新的双手快速地敲打键盘，搜索着文件被删除的痕迹。两名刑警和年轻的侦查员将脸凑近屏幕。

"可能是用新的数据覆盖了原有数据。这么一来，原有数据就全部消失了。"月缟新关闭文件夹，说着抬起头。

"行，接下来的任务就是审问夏川了。"岩楯祐也这么说着，开始走向力狮，打算用无线电联系部下。虽然看到了被丢在车旁的捕虫网，但岩楯祐也完全没有在意，直接打开车门拿出了无线电。然而，网中飞舞着的黑色物体掠过眼角时，岩楯祐也停住了脚步。仔细一看，捕虫网中装着好几只小小的黑虫。他放下无线电蹲了下来。网里的苍蝇体长不到1厘米，身上是偏黑的绿色，复眼呈砖红色。岩楯祐也全身的鸡皮疙瘩都起来了。他瞬间想起赤堀凉子说过的话："这些是大头金蝇。这种苍蝇一旦闻到尸臭，10分钟以内就会赶到……"

"赤堀！"

岩楯大叫一声，跑到派出所边上的停车处。小型巡逻车消失了。等等！这是怎么回事？！不对，自己至今为止到底看到了些什么，又做了些什么？！

岩楯祐也拿出手机，拨打南葛西警署的号码，让接线员转接署长，并坚持不懈地说服他把拘留中的松江浩树带到电话旁来。在不耐烦地等待了几分钟后，岩楯耳边传来了毫不可爱的熟悉的声音。

"你是谁啊？"

"松江，你说过有个大叔经常跟你的保护观察官一起行动，整天对你说教，对吧？那个大叔是谁？"

"我忘了。"

岩楯祐也的耳边传来冷笑声。他的脑海中浮现出松江摇摆着金色莫西干头的样子。他强压怒火，用冷冰冰的低沉声音说道："听说你申请保释了啊。"

"那又怎么样？"

"你要是再这么胡闹下去，就别想离开派出所了。"

"什么？谁给你的权力？"

"我就是有这个权力。不仅你的申请马上会被驳回，我还会用尽手段保证你一步也走不出去。我是认真的。要怎么做，马上给我决定。"

浩树接连不断地咒骂着岩楯，岩楯能听见电话对面的警察在劝他安分一点。在警察的一声怒吼后，浩树终于消停下来，傲慢地开口道："可恶。这里到处都是暴力条子。真是个鬼地方。说教的大叔是车站前的一个小交警。"

岩楯心中一惊。

"……他叫什么？"

"是个叫竹田还是什么的大叔。"

怪不得自己一直觉得不对劲。岩楯祐也紧紧握着手机，反省着自己的无能。即使查明了仓库里的尸体和枯杉村有关，警方也完全找不到犯人前往葛西时留下的蛛丝马迹。原因大概是犯人没有上高速，同时避开了交通主干道。他们还对仓库周边监控探头的位置了如指掌，犯案时异常小心。因为犯人清楚地知道，这些都是最容易露出马脚的地方。

最了解村中所有交通路线和地点的人是谁？面对岩楯祐也总是隐约流露出警戒之心的又是谁？除了夏川和村公所工作人员，可以删除村公所监控记录的人是谁？有一类人比他们更能自由进出村公所，而且即使操作终端机也不会引人注意——警察。自己珍贵的情报全部给了主犯，真是"可喜可贺"。

岩楯祐也汗流浃背地冲进派出所，在办公桌上到处翻找。

"出什么事了？"月缟新惊愕地走向岩楯祐也。

为什么事情会走到这一步？这一切到底跟竹田有什么关系？岩楯祐也把抽屉里的东西倒在桌上，一个无署名的信封从里面滑了出来。

"怎么回事？竹田原先是在南葛西警署任职的。为什么会出现在这个村里……"

"什么？请等一下。巡查部长现在在哪里？"

"消失了。赤堀大概也被一起带走了。立刻去追踪小型巡逻车的位置，并向总部请求支援。"

"这是怎么回事？！"月缟新拼命挠着脑袋，用力把手拍在灰色的办公桌上，"巡查部长年纪那么大了，不可能再重新被编制进地方警察吧！"

"总之快联系总部！小型巡逻车的后备箱里装着尸体！周围都是大头金蝇！赤堀刚才就是发现了这一点！"岩楯祐也高声怒吼道。

月缟新的脸瞬间变得惨白。"食腐的大头金蝇……难道说，后备箱里装着的是薮木和瑞希……"他话没说完便奔向了巡逻车。

站在一旁不知如何是好的年轻警察战战兢兢地开了口："那个，我听说竹田巡查部长是通过特别调职制度留在这个村子里的。"

"特别调职制度？"

"对。三年前，这片地区受到大型台风的直接袭击，损失惨重。那时，警视厅特别派遣了大量调查员前往受灾地救灾。竹田巡查部长当时作为特派调查员的一员，被编制进了青波町。后来，他得知枯杉村没有地方警察，便申请了延长调职，留在了这里，虽然这个延长也是有期限的。"

原来是这样。岩楯祐也把信封里的东西倒在桌上，是一张女人的照片。女人长着一张丰满的圆脸，用手撩起乱蓬蓬的长发。当岩楯祐也看见女人明显的双眼皮时，突然意识到一件事，心头一紧。这个女人，跟竹田似乎有几分神似啊……

沉淀在脑海中的雾霭终于散去。牵涉到器官移植的还有一个非常重要的因素——心脏。没错，就是被摘除心脏的捐献者一方。

岩楯祐也冲进力狮，从后座上取出捆成一捆的资料。他粗暴地翻阅着文件，用颤抖的手指搜索着日期，最后停在日浦瑞希接受移植手术的 2007 年 3 月。

捐献者哮喘病发，导致癫痫，进入缺氧状态。在被送往急救的途中病危。一周后被院方诊断为脑死亡，在得到家属同意后进行了器官摘除。

摘除的器官和接受者姓名被写在一起，分别是"心脏"和"日浦瑞希"。捐献者的名字则是"竹田彩音"，26 岁。

"可恶！是他女儿啊！"

得知了难以置信的真相，岩楯祐也不禁发出怒吼，一拳砸在引擎盖上。怎么会这样！他用力地把资料揉成一团。就在这时，月缟新高声喊道："追踪到小型巡逻车的位置了！似乎是在位于高鹭的竹田家附近！侦查员们正迅速赶往那里！"

岩楯祐也上了车，月缟新开着力狮粗暴地向前冲去。

4

　　赤堀凉子按照命令转动着方向盘，把车开上狭窄的私家道路。竹田坐在副驾驶座上，把枪口对准她，一句多余的话也不说。看样子他从一开始就打算把赤堀凉子的话当作耳旁风。赤堀凉子把车子开到房子前下了车，被竹田催促着走向屋子。她试图寻找逃走的机会，但竹田实在是无懈可击。某种决心让竹田原本柔和的表情变得紧绷。

　　还有，巡逻车的后备箱里到底装了什么？光是想想，胃里就翻江倒海。看大头金蝇的数量，就能清楚地知道里面放着的是还没死多久的尸体。赤堀凉子从刚才开始就一直在想自己的判断是不是错了。但是，无论怎么想，得出的结论都只有一个。里面装着的，是那两个人的尸体……

　　赤堀凉子被推进老旧平房后的储物间，摔倒在地。接着生锈的卷帘门立刻被放下，白炽灯亮了起来。没有窗户的储物间里十分潮湿，散发着一股霉味，肮脏的家具和用旧的废品被杂乱地堆在里面。她下意识地开始寻找逃生之路，四处张望。她的视线停在了墙边的柴堆上。大小中等的木头已经腐烂，能看见树皮甲虫一类的虫子在上面四处爬动。赤堀凉子的心脏怦怦直跳。强有力的帮手在这里呢。同时，她注意到房间深处站着四个人，吓了一跳。

　　"真够慢的。真是的，我都担心死了。"

瘦弱的驼背男人将带着黑眼圈的脸转向这边。他指着赤堀咂嘴问道："那个女人是谁？"

竹田再次握紧手枪，开口道："她太会关注细节了。为了尽量争取时间，我只能这么做。"

"你们是一分钟时间都争取不到的。我建议你们不要小看岩楯刑警。"

赤堀凉子的话语被高亢的男声给盖了过去。

"喂，你该不会是把她抓来做人质的吧？"

男人的视线在竹田和赤堀之间游移，嘴唇发抖。"我受不了了。"他挤出这句话，拨乱了贴在额前的头发。

"这到底是怎么回事？！只要搬到这个村里来就一定会安全，这可是你说的。你看看现在成什么样了！到处是警察，想出去都不行了。你还抓人质？警察的处理方式，你最清楚吧！"

"……是啊。"

"而且，你还说杀死笛野的罪名会有人帮我们背！所以我们才大费周章地把尸体搬到葛西去了！你说要帮小孩子改邪归正什么的，这种无理取闹的要求，我们也都答应你了！"

"不管是这个地方也好，笛野的身份也好，还是移植的事也好，本来都是万无一失，绝对不会败露的。一开始计划还进行得非常顺利。都怪这个昆虫学者找到了昆虫的碎片，搅乱了计划。"

竹田摘下警帽擦了擦脸，用疲惫的眼神看向赤堀。这时，瘦弱的男人突然闭上了嘴，像是意识到什么一样浑身颤抖。

"不，等等。你等一下。你的意思是，我们干的事全都败露了？"

"嗯。警察马上就会到这里来。"

"你说什么？那现在根本不是悠闲聊天的时候啊。得赶快换个地方！"

"已经晚了。就算现在离开，也会撞上警方紧急组成的包围网被抓住。"

男人愤愤不平地跺着脚，胡乱大叫着。像是在伴奏似的，四人身后传来模糊不清的大笑声。

"活该。"

男人停下动作，歪着嘴唇转过身，一脚踢飞了巨大的垃圾箱。

"吵死了！不是让你闭嘴吗？！你这个人渣！"

男人的最后一根理智之弦似乎已断开，完全失去了判断能力。他踢倒装着灯油的汽油瓶，不顾一切地把杂乱放置的篮子和盆子等废品踢飞。赤堀凉子仔细一看，蹲伏在角落里的人是满脸瘀青、全身上下被绳子牢牢捆绑住的薮木。他身后的瑞希痛苦地呻吟着，让男人住手。

竹田试图抓住赤堀，但她将竹田的手甩开，猛地冲出去把驼背男人撞飞。男人摔了个跟头趴在地上，斜放着的耙子和扫帚被他扫倒在地。赤堀在薮木身边蹲下。

"薮木青年！你没事啊！真是太好了！振作一点！"

薮木咳了一会儿，吐了口唾沫，缓缓抬起肿胀的脸。

"哟、哟，是昆虫老师啊。在这里相见真是有缘啊。"

"就是说啊！你没事吧？"

双手被绑在身后的瑞希脸色异常惨白，嘴唇也失去了血色。她虽然看上去没什么外伤，却满面泪痕，状态十分糟糕。赤堀抚摸着薮木的脑袋和脸颊，检查伤口的情况。他的后脑勺肿了个大包，凝固的血液让头发变得硬邦邦的。

"竹田巡查部长，请立刻叫救护车。你们已经无路可逃了。你自己也很清楚这一点吧。"赤堀回过头，厉声对竹田说道。

突然，她的头发被人从后面猛地揪住了。瘦弱的驼背男人流着鼻血，站在赤堀身前。

"你这家伙怎么搞的……"男人抓着赤堀的头发，左右摇晃她，"一个个都来坏我的好事！"

赤堀摔在地上，被按住肩膀。就在她跟男人揪打在一起时，薮木将男人绊倒，使他再次撞在废品上。

"迟钝的家伙。"薮木用带血的嘴唇微微一笑。

赤堀凉子内心十分想附和他，却心有余而力不足。那是因为那个男人越发怒火中烧地走向她。这样下去，她肯定会被他弄死。

看见赤堀在地上滚动，拿起扫帚，竹田冷冷地说了句"住手吧"，话音中饱含着颓丧情绪。接着，一个身材微胖、面相和善的女人拉住了驼背男人的手臂。

"诹访大哥，停手吧。已经够了。"

"什么够了？郁代，你是想为自己脱罪，对吧？现在回想起来，你对杀人和绑架都持消极态度。结果到最后你也没下手。你丈夫头脑痴呆，没有判断能力。你是打算否认自己怀有杀意，设法申请酌情量刑吗？"

"你冷静一点。我觉得笛野光子死不足惜。我也不会否认自己的杀意。不过，薮木和这个人，跟这件事一点关系都没有。我们有什么理由这样折磨他们？这么一来，我们不就跟那些头脑不正常的杀人犯一样了吗？"

诹访突然发出难听的笑声，鼓起掌看向郁代后方。

"你听到了吗，基子？她说杀人犯还分种类。那我肯定是好的杀人犯啊。我帮这个世界清理了垃圾。那些等待移植的病人可得好好感谢我。我真是最棒的清洁工啊！"

与弓着身子笑得喘不过气的诹访不同，他的妻子基子沉默不语，一动不动。她抱着小型犬，从一开始视线就没离开过瑞希，表情中的憎恶之情令人毛骨悚然。郁代痛苦地咬着嘴唇。剩下的那个男人多半是她丈夫，一个人对着墙不知道在嘀咕些什么。这个空间让人窒息。憎恨和悲伤，还有无处宣泄的杀意和焦躁交织在此处，不断发酵。

就在诹访收起笑声时，耳边传来了巡逻车的警笛声。从回荡在山间的警笛声中，足以得知警车数量很多。基子怀中的博美犬受到声音的刺激，也开始狂吠起来。

"所以我早就说了，趁晚上把他们杀掉就好了。那么做的话，事情也不至于发展成现在这样。"

"首要任务是处理日浦。要是他被东京那群家伙保护起来，我们就没有下手的机会了。"竹田立刻回答道。

诹访的眼神不安地游移着："你这么说也没错……"他的气势一下子弱了下来。他太过激动，已经没办法好好思考了。他面容悲戚，赤堀凉子瞬间感受到了他们丧女的哀伤。步步逼近的警笛声和狗叫声不停地震动着鼓膜。察觉到声音中还夹杂着苍蝇的振翅声，赤堀凉子心头一惊，终于明白小型巡逻车里放着的是谁了。

"日浦先生的尸体，现在就放在巡逻车的后备箱里。"她看着举着枪的竹田说道，"你们无法原谅他用钱买下接受移植的权利。但是，你们就算复仇了，又能改变什么？你们该做的，难道不是将这一切公之于众吗？"

赤堀凉子看向在场所有人。郁代深深地低着头。诹访下意识地想反驳，不过看样子是没找到合适的措辞。

"竹田巡查部长，你为什么会牵扯进这种杀人事件？"

赤堀凉子试图厘清他心中杂如乱麻的感情之丝。从他毫无生气的混浊眼神中可以看出，他心底隐藏着巨大的痛苦。即便她向他施以无言的压力，他也毫无反应，不愿走出自己的世界。警笛声在非常近的地方停了下来，接着响起了接二连三的开门声。就在赤堀凉子拼命地思索该说些什么时，身后传来了低沉的声音。

"在瑞希胸腔里跳动着的，到底是谁的心脏？"

赤堀凉子转过头，看见薮木用瘀青肿胀的眼睛盯着竹田。

"因为没能接受心脏移植，你们的女儿死了。本来按照顺序，瑞希身体里的这颗心脏，应该被移植到她们俩其中一方身上，对吧？"

薮木看向诹访和郁代，接着再次把视线锁定在竹田身上。

"那么，你到底又跟这件事有什么关系？如果你跟移植接受者没有关系，那剩下的可能性就只有心脏的主人了。捐献者是你的家人吧。是你女儿吗？"

竹田的表情略微紧绷了起来。

"原来如此。把失去女儿的悲哀发泄在毫无罪过的瑞希身上，你还真是个无可救药的警察啊。"

"不对，薮木，不对。不是那样的。"

郁代忧心忡忡地插了话，但薮木却没有停下。

"所以呢，你到底想怎么样？你要把瑞希的心脏挖出来，沉浸在自己和女儿的回忆之中吗？还是说，你的女儿给你托梦了，让你把相关的人全部杀光？"

竹田的脸色渐渐涨红，肥胖的身体微微颤抖。赤堀凉子能感觉到门外有一大批侦查员。先是窸窸窣窣的摩擦声，接着是喇叭发出的噪声，最后响起的则是带有金属质感的人声。

"竹田、诹访、真舟，这栋建筑物已经被包围了。你们逃不掉了。放了人质，从里面出来，不要再徒增自己的罪行了。"

就算看不见外面的情况，赤堀凉子也能想象出大量警察把储物间包围的情景。就在这时，狂吠不停的博美犬从基子怀里跳出来，撞向被强风吹得不停震动的卷帘门。

"千惠美！"

迄今为止表情毫无变化的基子大声喊道，追着博美犬跑了起来。她抱起穿着粉红色衣服的博美犬，转过头瞪着日浦瑞希。基子痛苦地喘息着，唾液从扭曲的嘴角流淌而出。这个女人已经陷入疯狂。

"……千惠美死了。她是那么痛苦，那么痛苦，那么痛苦，最后死了。"

基子双膝跪地，把狂吠不止的博美犬举到日浦瑞希面前。被绑住的日浦瑞希吓得话都说不出来，只能向薮木靠去。

"你们家钱多得数不过来，去美国买个心脏不就好了。偏偏要在小小日本跟我们争夺那些为数不多的心脏。不光是这样，你们居然为此还不惜杀人。"

"杀、杀人？"瑞希发出沙哑的声音。

难道竹田的女儿是因为移植而被杀的？赤堀凉子看向巡查部长和基子，又看向郁代和诹访。每个人胸中的憎恶之火都熊熊燃烧着。区区一个移植协调员，真的可能做出这种惊天动地的大事吗？赤堀凉子惊愕无比、难以置信地看向生锈的卷帘门。不止笛野一人。后备箱里装着的不就是她的共犯吗？那个男人为了得到心脏，大概什么事都做得出来。

赤堀凉子和薮木俊介同时发出惊诧的咂嘴声。明白了一切的日浦瑞希浑身颤抖着，呼吸紊乱得让人不禁担心她的安危。赤堀凉子把举着博美犬的基子推到一旁，抚摸着瑞希的背，将她手上的绳子松开了一些。

"没事的。慢慢呼吸。冷静一点，不用担心。"

就在赤堀凉子打算解开绳子时，她察觉到竹田的枪口稍微动了一下。自己的性命全掌握在他的一念之间。尽管背上已经满是冷汗，但赤堀凉子还是强行把绑着瑞希的绳子解开了。巡查部长什么也没说，只是一味地俯视着她。外头传来警察试图说服竹田的声音，其中夹杂着的雨声也越来越大。

"竹、竹田先生。是真的吗？我身体里的，是你女儿的心脏吗？"瑞希用几乎低到听不见的声音询问道。

回应她的是漫长的沉默。竹田的表情虽然毫无变化，但浑身肌肉都紧绷了起来。就在瑞希打算再次开口时，巡查部长用眼神让她闭嘴了。

"我女儿哮喘很严重，每天得吃三次药。她跟你父亲一样，在北青山图书馆当过图书管理员。她非常尊敬你父亲。她还说，你父亲很体谅她的病情，从不给她排太辛苦的班。"

敲打着屋顶的雨声突然变得剧烈起来。竹田的视线一刻也没有离开过日浦瑞希。他用毫无起伏的声音继续说道："现在回想起来，那不是对她的关心，只不过是对'心脏'的关心罢了。他得确保心脏移植到你身上时是健康的状态。笛野跟日浦提出可以收钱来操纵移植的顺序。但是，他大概觉得那样操作太慢了吧。毕竟，要移植心脏，必须先有脑死患者出现。这样的移植案例，日本一年也就十个左右。而且，就算捐献者真的出现了，也不一定在你就诊的医院附近，能轮到你的概率也相当低。"

"这不可能……因为，我本来都已经要去澳大利亚移植了。"

竹田缓缓摇头："你的病情在确诊时情况就很危险，没办法随意转院。不管怎样，你都不可能出国做心脏移植。心脏移植不需要那么多麻烦的匹配测验。只要血型一致，体重相当就可以移植。这样一来，跟想赚钱的笛野合谋，准备一个条件适合的捐献者就简单得多，你不觉得吗？"

日浦瑞希抱紧了赤堀凉子的胳膊。

"他把我女儿的药调了包，让她突发了严重的哮喘。听说在救护车开往医院的途中，你父亲还一直握着她的手给她鼓劲。'加油，快到了。''不要放弃。'与其说他是在跟我女儿说话，其实更像是在跟心脏说话。心脏以外的部分，对他来说都是没用的垃圾。"

"所以呢，你到底想怎么做？"默默倾听着的薮木突然插了嘴。

"要是杀了瑞希，你的女儿也会死。"

"……闭嘴。你懂什么？捐献器官是她的遗愿，所以我就在同意书上签字了。我女儿身体还那么温暖，心脏也还在跳动，医生就冷漠地宣布她已经死了。当他们摘除了器官，把她的遗体送回来时，她的身体冰冷得吓人。这根本就等于是我按下了她的死刑执行按钮！"

听见竹田突然提高音量，外头嘈杂的声音突然安静了下来。周围只剩下雨滴敲打铁皮屋顶的声音，博美犬不知何时也停止了叫唤。赤堀凉子深切地体会到了竹田的心情。她也能理解诹访和郁代眼睁睁看着女儿死去却无能为力的懊悔。事态发展得如此迅速，现在已经注定没办法画下圆满的句号了。

赤堀凉子向郁代和诹访投去目光，示意他们差不多该放弃了。然而已经走到这一步，他们似乎不知道接下来该怎么办了。要怎么做才能阻止他们？赤堀凉子拼命地思考着。表示同情和理解多半无济于事，想说服他们也找不到合适的话语。她清楚地知道，只有同为当事人说的话他们才听得进去。既然如此，自己的使命就是拖延时间，直到警察到来。

赤堀凉子咽了口口水，一字一句地说道："竹田先生，怨恨瑞希是不对的。该负责任的是笛野光子和日浦昭造。杀害他们这件事本身就是错的。你也是警察，应该比谁都清楚我说的是什么意思吧？"

"所谓罪过，如果不在活着的时候偿还就毫无意义。就算坏人死了，也什么都无法改变。如果事不关己，我大概也会这么说。真没想到我居然是通过这种方式切身体会到犯罪受害者的心情，真是讽刺啊。"

"好好想想，为了你自己。现在只要考虑自己的事情就好了。拜托你了。"

"竹田大哥……"郁代也语带苦闷地开了口。

斜吹的暴雨敲打着卷帘门，噪声中夹杂着储物间的墙壁被什么东西摩擦的声音。赤堀凉子知道侦查员们正在逼近。但是，深知警察作风的竹田，一定一开始就料到事情会走到这一步。

赤堀凉子只能一味地盯着面无表情地举着枪的竹田。看见竹田把手放在扳机上，她感受到了前所未有的强烈恐惧。然而被绑住双手的薮木却冲到瑞希前面，将她挡在身后，同时也撞开了赤堀。

"你可别忘了，瑞希身体里跳动着的是你女儿的心脏。"

"别等了，快开枪！你的女儿像个奴隶一样，一直被强迫劳动着！连死了都不得安宁！快让她解脱吧！用你的双手还她自由吧！"抱着狗的基子满怀恨意地大声说道，并走上前去抓住竹田的手腕，"你真是没出息！不论是杀笛野的时候，还是杀日浦的时候，你都没有下重手！你难道还不清楚你的女儿有多怨恨、多懊悔吗？！你这样子不觉得愧为人父吗？！"

赤堀凉子抓住基子粗壮的手臂，基子却大叫一声"滚开"，用力地将拳头甩在赤堀凉子的脸上，她顿时痛得泪如泉涌。外头的侦查员们发出怒吼，把一根撬棍从卷帘门底下伸进来，尝试着把门撬开。虽然赤堀凉子试图阻止失去理智的基子，但基子一下子把她撞飞，接着粗暴地抓住了竹田。

"拿过来！"

见基子抢过竹田的手枪，赤堀凉子马上朝她冲了过去。就在这时，一声巨响撕裂了空气。子弹掠过赤堀凉子的太阳穴，把斜放在墙边的几片玻璃击得粉碎。赤堀用手护住脸俯下身子，滚进柴堆。柴堆哗啦啦地倒下，重重地打在赤堀的脑袋和脸上，一瞬间她差点失去意识。从进储物间开始，赤堀凉子就一直关注的虫子们从腐木的缝隙里爬出来，一股脑儿地掉在她脸上。那是被当地人称为槌蛇的，身体呈黄色和茶色条纹状的巨大马陆。

"赤堀！"

听见有人在叫自己，赤堀凉子心中一惊。不知何时，卷帘门已被破坏，岩楯祐也带头冲进了储物间。赤堀凉子通过柴堆的缝隙看见他和竹田扭打在一起，同时也看见基子把枪口对准了岩楯。

　　赤堀凉子用尽全力大声叫喊，但她的声音湮没在基子的尖叫和侦查员们的怒吼中，岩楯没有听见。赤堀再怎么挣扎，也没能从压在身上的柴堆中脱身。

　　赤堀抓住脸上的马陆，一股脑儿地往基子身上扔。巨大的马陆爬行在基子的脸和脖子上，她发出惨叫试图把它们弄掉，手中的枪掉在了地上。就在这时，月缟新穿过飞扬的尘土冲了进来，抓住基子的手腕将她压制在地上。

　　一身黑的男人们一个接一个地涌进储物间，将不知所措的竹田和诹访控制住。就在赤堀凉子松了一口气时，她又听见了另一种怒吼声。

　　"把灭火器拿过来！快叫消防车！"

　　灭火器？难不成柴堆着火了？储物间里此起彼伏地响起"快到外面去"的声音，但赤堀仍旧无法动弹。

　　糟糕了。就在赤堀凉子扭动着身子伸出手时，她感到有人用力地拉了她一把。将冒着烟的柴火踢开的人是岩楯祐也。看着岩楯被煤灰弄得灰头土脸、不顾形象地搭救自己的样子，赤堀不禁想哭。岩楯扶着赤堀冲进了大雨。

　　"差、差点以为要死了。"赤堀凉子一边咳嗽一边磕磕巴巴地说着。

　　岩楯祐也像是终于松了一口气似的说道："我可不能让你这位昆虫大师就这么死掉。"

　　"谢谢你，岩楯刑警……谢谢。"

　　不知为何，赤堀凉子一时不知道除了"谢谢"之外该说什么。她的脑海里一片空白。雨滴沿着岩楯祐也的刘海滴下，他一言不发地紧紧握着赤堀的手。在赤堀被这份温暖深深拨动心弦的同时，马陆从她衬衫的袖口爬了出来。水管粗细的大型马陆爬过赤堀的手，紧紧缠在岩楯祐也的手腕上。他大惊失色，挥舞着手臂。

"可恶！这是什么啊？！跑到衣服里去了！"

"多足亚门，喀麦隆大马陆。"

"我不是在问这个！赶快把它弄掉！快点！我说，你到底把这些虫子养在了什么地方啊？"

赤堀凉子把马陆从跺着脚的岩楯祐也手上抓起，用力扔向远处的草丛。浑身是泥的月缟新赶来时正好目击了这个情景。"那恶心的生物是怎么回事啊？"他这么说着，凝视着马陆的着陆点。

"那虫子可是岩楯刑警的守护天使呢。幸好不是蜘蛛呀。"

岩楯祐也一脸恍惚地思考了一会儿，然后一本正经地点了点头，说了句"那真是太好了"。

身上披着毛巾的日浦瑞希丢了魂似的穿梭在来回奔走的侦查员中。她走到被绑住的竹田面前蹲了下来，看着竹田黯淡无光的双眼。

"竹田先生，我是不是死了比较好？"

这简短的一句话使这个地方重归寂静，周围嘈杂的声音像退潮一般消散而去。

"对父亲来说，我就是他生命的全部。他不惜失去一切也要让我活下去。他确实是最差劲的人，但我没办法恨他。我是不是应该跟父亲一起消失？"

竹田紧咬着毫无血色的嘴唇，以头撞地，放声大哭。竹田胸中积攒着的情感通过痛哭爆发出来，泪水混在雨滴中，倾注在这片土地上。

尾声

办公桌上堆着数量多到让人心烦的文件。这么多报告书到底是从哪里冒出来的？绝对比昨天更多了。岩楯祐也用手揉着眼角，活动着肩膀，关节发出咔嗒咔嗒声。在这种情况下，要鼓起干劲是不可能的。要不去把月缟骂一顿发泄发泄吧。就在岩楯祐也半开玩笑半认真地这么想着时，他从资料堆和电脑的缝隙间看见了月缟的脸。

"被杀的笛野，似乎提出以 1 亿元为代价来帮助日浦操纵移植顺序。"

岩楯祐也找出重复的资料揉成一团，扔向垃圾桶的方向。

"被笛野操纵了顺序的移植手术，光查明的就有 11 件。价格大概在每人 2000 万。日浦的情况与众不同，因此价格相当高。"

"日浦毕竟家财万贯，不管是怎样的高价他都付得起。笛野就是看中了这一点吧。而且，考虑到跨国移植至少要花 1.5 亿元，对日浦来说，能用 1 亿元解决已经算是很便宜了吧。"

"实在是太过分了。不过，两位主谋就这样被杀害，让人有些不痛快。我还想把他们拖上法庭，让他们好好认清自己的罪过有多重。"

岩楯点点头，拿起从竹田家中搜出的信件的复印件，有 20 多封。每张信纸上都带有四季花朵的图案，上面的钢笔字整齐漂亮得像字帖一样。这些是接受了移植的日浦瑞希通过移植协会转交给竹田的感谢信。她体谅到捐献者家属的心情，没有写下诸如"我很高兴能够接受移植"这样直白的话语。取而代之的是曾经绝望无比的生活被重新添上色彩时的喜悦、在琐事中感受到的幸福和对他人赋予的新生命的感激。在读的过程中，连岩楯祐也都不由得时而感到悲伤，时而感到温暖。当事者读的时候，该是多么百感交集啊。就这样在互不知道对方姓名的情况下，竹田和瑞希之间的通信波澜不惊地持续了大概一年时间。

"尽管捐献者家属和接受者之间的信件往来是匿名的，但其中还是夹杂着许多的个人情感啊。"岩楯祐也看着信件说道。

"我甚至都被她的信感动了。只有在鬼门关徘徊过的人，才写得出这样洋溢着喜悦之情的文字。"

"日浦瑞希只是单纯地想表达自己的感激之情。但是竹田巡查部长却渐渐开始把瑞希当成自己女儿的化身。一开始他只是希望通过通信来抚平失去女儿的伤痛，但慢慢地，他就觉得不满足了。"

"您的意思是，他抑制不住想亲眼见一见拥有着自己女儿心脏的人，是吗？"月缟新隔着文件露出了忧郁的表情。

"他一开始没打算做什么惊天动地的事。就算对方不知道自己的身份，只要自己能知道接受者是谁，他就满足了。他的职业想必帮了他大忙吧。即使调查申请是伪造的，但竹田毕竟是警察，移植协会没有理由怀疑他。他很轻松地就查出了女儿的心脏到底移植到了谁身上。"

"但是，没想到对方竟然是自己女儿仰慕的上司的女儿。天底下不可能有这样的巧合。"

那之后，竹田花了一年时间查明了笛野所做的坏事，知道了自己的女儿是被人杀死的。像笛野那样利欲熏心的女人，要逼她说出真相应该不是什么难事。他还追查出了其他几件笛野在暗中动过手脚的移植手术，并联系上同样被笛野害死家人的另外两个家庭，让他们成为自己的同伙。竹田在他们身上看到了自己的影子，他觉得自己有义务联系他们。他们跟自己在同一时期失去女儿，而且死因也跟自己的女儿有关。可以想象，竹田是带着一种要诉说真相的责任感去接触他们的。

"笛野头部遭受的三处殴打，正常来说会想当然地认为致命伤是竹田留下的，但事实并非如此。没想到下手最重的竟然是诹访基子。在巡逻车后备箱中发现的日浦，多半也是被基子刺杀致死的。悲痛和憎恨让她彻底疯狂了。"

"从某种意义上来说，她也很可怜啊。其实，除了笛野之外，不管是加害者，还是受害者，所有人都是出于对孩子的爱而杀的人。这点实在让人难受。"

月缟新面色凝重地摇了摇头。

"不过，犯罪嫌疑人为什么要在杀死笛野之后把她冷冻起来？在审讯的时候这点也说得不清不楚的。"

"那是因为，"岩楯祐一边给资料盖章边回答道，"当时青波警察署辖区正好是交通安全周。道路上到处都有警察在查酒驾和指挥交通，没办法载着尸体出远门。当然，竹田原本的计划应该不是在这个时候杀死笛野。但笛野当时身体十分虚弱，而犯人们又无论如何都想亲手了结她的性命。"

"原来如此……不禁让人有些同情竹田巡查部长呢。他做的事残忍无比。但如果他不把尸体丢在葛西的仓库，恐怕警方是绝对查不出任何蛛丝马迹的吧。"

"嗯，你的预测没有错。"

岩楯祐一也抬眼看着月缟新端正的五官。

"长期在南葛西警察署辖区内任职的竹田似乎注意到了新堂在干违法勾当，盯上了他。他努力帮助青少年改过自新，从接触到的小混混口中得到了许多情报。他也时常跟金发莫西干头的浩树见面，不断搜集着新堂犯罪的证据。"

但是女儿突然过世，竹田无心再把精力集中在那些事情上。不过他计划着杀死笛野和日浦的同时，也没有完全忘记自己的职责。

"把笛野的尸体送给新堂那群人，希望借此摧毁这个犯罪集团……他大概是这么想的吧。毕竟他留下了那样的案发现场，新堂再怎么狡辩也没办法蒙混过关。"

"真是扭曲的正义感啊。"

"竹田直至今日都不后悔杀了笛野和日浦。这只是我的推测，不过我觉得日浦家老村长的死大概也是他暗中做了手脚。村长掉进沼泽，被判定为事故身亡。这也是为了让那两个人回到村里来。"

"恐怕立案很难。还有这次，最倒霉的大概就是枯杉村村公所的夏川了吧。"

岩楯祐也露出微笑："那个夏川，三天两头说要帮人修电脑，没想到真正的目的是往电脑里安装间谍软件，以窥探他人的隐私为乐，真是个不折不扣的变态。幸好把他抓住了。"

"不过话说回来，竹田巡查部长的计划里，有没有包括杀害日浦瑞希呢？"

月缟新谈及日浦瑞希时，总带着些莫名的悲伤。部分原因是月缟新对日浦瑞希一见钟情，但更重要的原因是瑞希的境遇和两人间的邂逅让他思考良多吧。

"竹田不可能杀她的。瑞希对他而言就跟女儿一样。"

"是啊。"

"还有，通过这次的事，你也明白薮木是个多有毅力的人了吧？"

"是吗？"

"他好像打算留在村子里。说是没办法留婆婆一个人。看来村里的政策也未必是错的啊。这次日浦瑞希的事情，倒是让薮木得到交口称赞。"

薮木毫不动摇、不顾自身安危地保护着身处案件中心的日浦瑞希。

就结果而言，这次案件背负了最多罪恶感的还是日浦瑞希吧。不过，她似乎也下定决心要向前看了。

"你能不能放心把瑞希小姑娘交给薮木呢？"

"我基本上不喜欢那种散漫的男人。简单地说，我讨厌他。"

月缟新嘴上这么说着，表情却带着几分明快。

"你们俩很像。"

"不敢苟同。"

"是吗？我觉得你们俩说不定能成为挚友呢。"

"恕我拒绝。"

月缟新的回答虽然依旧冷淡，但之前尖锐的语气已经和缓了不少。

岩楯祐也看着满嘴抱怨的搭档哈哈大笑，将注意力集中到报告书上。这东西可就没那么好笑了。自己这里的报告书都要处理不过来了，但赤堀凉子提交资料的速度简直慢得令人绝望，害得他被上司喋喋不休地说教了好久。而且，赤堀凉子提交的资料中错字多到让人觉得她是故意的，经常被上头以"看不懂"为由退回来。她是个即便在资料中把自己的名字打成"吃苦"，也能不以为意地提交上去的强者。摊上赤堀凉子，对岩楯祐也来说，简直就是城门失火，殃及池鱼。他得在忘掉之前再叮嘱叮嘱她。岩楯祐也想着，打开电子邮箱，输入赤堀凉子的邮箱地址。

"警部补。"就在这时，身后传来月缟新的声音，"我撤回了希望调职到小笠原群岛的申请。"

"是吗？那是打算改去八丈岛吗？"

"不是。我打算以进入本厅一课为目标继续努力。"

眼前的这个人，已经不是那个成天闹别扭、嘴里嘟囔着"真没劲啊"的年轻人了。不知何时，他身上开始涌现出了一股率直的干劲。

岩楯祐也写着邮件，嘴角露出了微笑。

主要参考书目

死体につく虫が犯人を告げる

マディソン・リー・ゴフ　著　垂水雄二　訳（草思社）

虫屋のよろこび

ジーン・アダムズ　編　小西正泰　監訳（平凡社）

飛ぶ昆虫、飛ばない昆虫の謎

藤崎憲治　田中誠二　編著（東海大学出版会）

アリの生態ふしぎの見聞録

久保田政雄　著（技術評論社）

昆虫──驚異の微小脳

水波誠　著（中公新書）

虫たちの生き残り戦略

安富和男　著（中公新書）

虫の目で人の世を見る

池田清彦　著（平凡社新書）

湿地に生きるハッチョウトンボ

水上みさき　写真・文　海野和男　監修（偕成社）

解剖実習マニュアル

長戸康和　著（日本医事新報社）

人の殺され方——様々な死とその結果

ホミサイド・ラボ　著（データハウス）

現場の捜査実務

捜査実務研究会　編著（立花書房）

図解雑学・科学捜査

長谷川聖治　著　日本法科学鑑定センター　監修（ナツメ社）

いのちの選択

小松美彦、市野川容孝、田中智彦　編（岩波ブックレット）

移植コーディネーター

添田英津子　著（コスモトゥーワン）

いのちに寄り添って

朝居朋子　著（毎日新聞社）

吉田式　球体関節人形制作技法書

吉田良　著（ホビージャパン）

编新的随行手账本

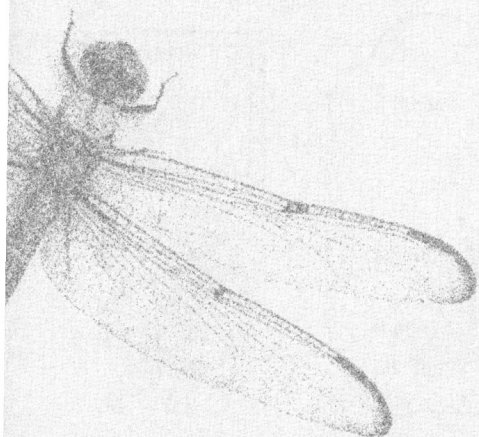

● 四类虫子跟腐烂分解有关！拿罪犯来打比方的话——

1

食腐肉的虫．主要是苍蝇和甲虫。

它们就是闯空门的小偷，乘虚而入，入侵尸体。

2

小型的蜂和蚂蚁。

它们是狡猾的诈骗犯。

3

大型的蜂和蚂蚁。

不仅吃尸体，也吃聚集在尸体附近的虫子，是既凶狠，犯罪性质又恶劣的罪犯，就像黑帮。

蜘蛛。

它们在现场布下蛛网，毫不费劲地就能捕获猎物，像高智商罪犯一样。

还会有一些偶尔路过，临时过来看热闹的昆虫，如茶色小螳螂。

这些比喻有必要吗？总感觉加了这些比喻之后，反而更复杂了。

……

- 日本境内最小的蜻蜓: 八丁蜻蜓

濒危物种红色名录

2cm

- 它们最常出现的地方有:

  ① 水田

  ② 采石场遗址

  ③ 深山老林中被人开采后
     偶然湿地化的地方

  ④ 大坝

叶蝉科

蜉蝣目

每周菜单	日	月	火	水	木	金	土

- 除了叶蝉科和蜉蝣目的昆虫之外
  都！不！吃！

- 从九州到青森，有两百多处地方
  被确定为八丁蜻蜓的栖息地。

  在东京范围内被认为已经灭绝！

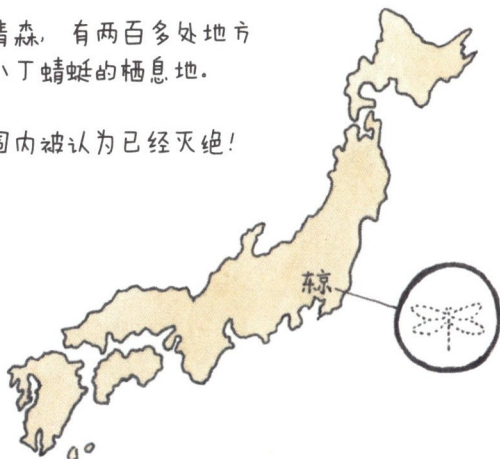
东京

周计划

星期一	
星期二	
星期三	
星期四	
星期五	
星期六	
星期日	

周计划

星期一	
星期二	
星期三	
星期四	
星期五	
星期六	
星期日	

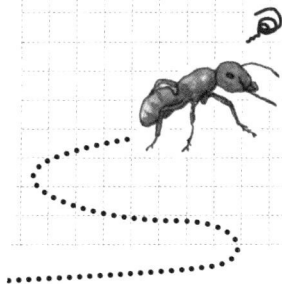

周计划

星期一

星期二

星期三

星期四

星期五

星期六

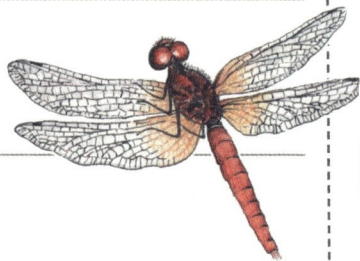

星期日

周计划

星期一

星期二

星期三

星期四

星期五

星期六

星期日

周计划

星期一	
星期二	
星期三	
星期四	
星期五	
星期六	
星期日	

－法医昆虫学捜査官－

シンクロニシティ